LA CIBLE

ROGER BORNICHE

LA CIBLE

FRANCE LOISIRS
123, boulevard de Grenelle, Paris

Édition du Club France Loisirs, Paris,
avec l'autorisation des Presses de la Cité

ISBN 2-7242-4747-7

Il est possible que des personnes actuellement vivantes soient confondues, à tort, avec des personnages du récit en raison d'une similitude dans les positions qu'elles ont occupées. Ces ressemblances sont pure coïncidence et ne sauraient, en aucun cas, engager la responsabilité de l'auteur.

En outre, pour préserver la vie et la réputation de personnages qui ont été mêlés, de près ou de loin, au récit qui va suivre, ou qui, depuis, ont changé d'existence, j'ai volontairement modifié leur nom ainsi que les dates et les lieux de l'action.

R.B.

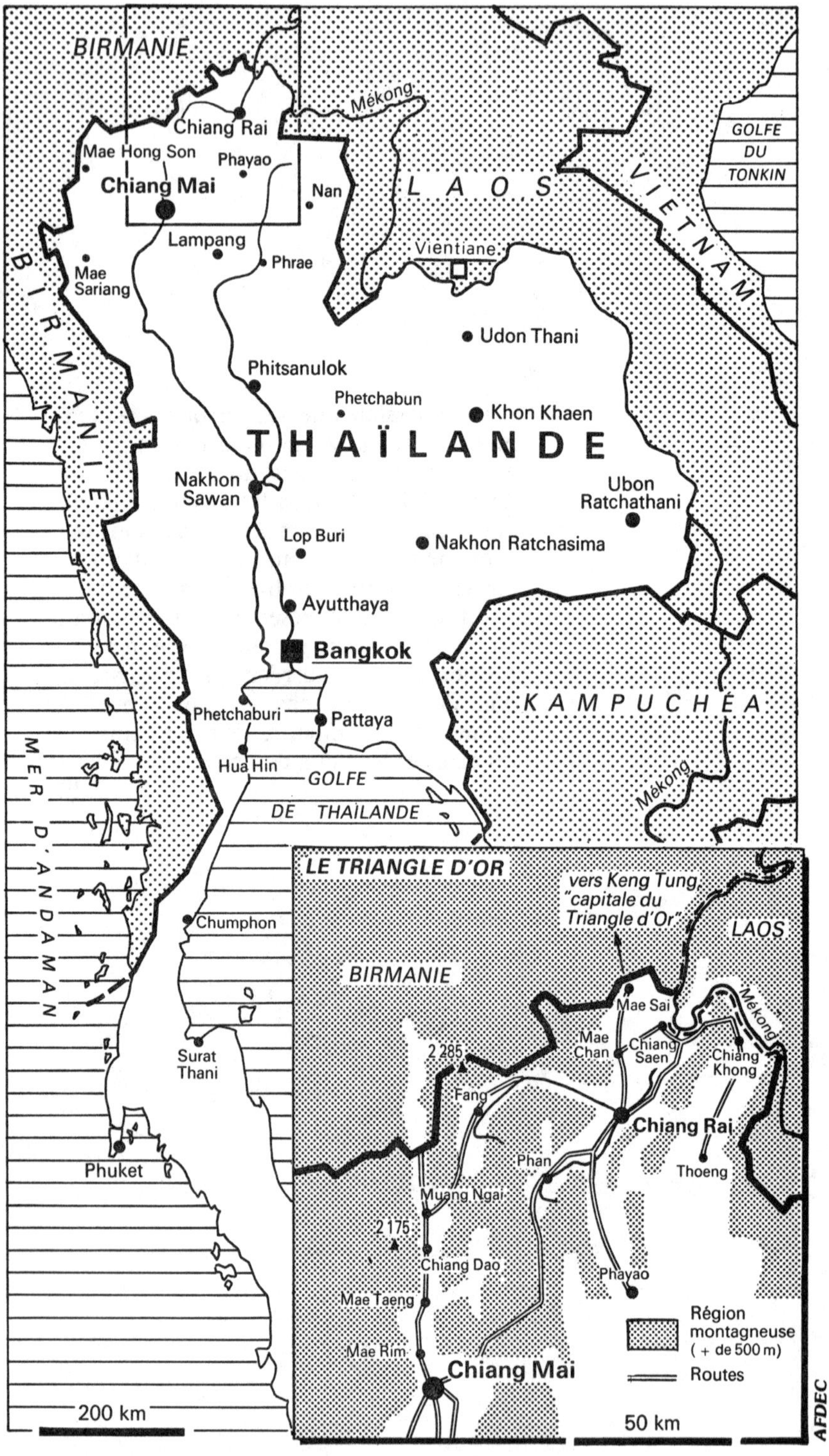
BIRMANIE
Chiang Rai
Mae Hong Son
Phayao
Chiang Mai
Nan
Lampang
Phrae
Mae Sariang
Mékong
LAOS
Vientiane
VIETNAM
GOLFE DU TONKIN
BIRMANIE
Udon Thani
Phitsanulok
Phetchabun
Khon Khaen
THAÏLANDE
Nakhon Sawan
Ubon Ratchathani
Lop Buri
Nakhon Ratchasima
Ayutthaya
Bangkok
KAMPUCHEA
Phetchaburi
Pattaya
Hua Hin
GOLFE DE THAÏLANDE
Mékong
MER D'ANDAMAN
Chumphon
Surat Thani
Phuket
200 km
LE TRIANGLE D'OR
vers Keng Tung "capitale du Triangle d'Or"
LAOS
BIRMANIE
Mae Sai
Mékong
Mae Chan
Chiang Saen
Chiang Khong
2 285
Fang
Chiang Rai
Phan
Thoeng
Muang Ngai
2 175
Chiang Dao
Phayao
Mae Taeng
Région montagneuse (+ de 500 m)
Mae Rim
Chiang Mai
Routes
50 km
AFDEC

PROLOGUE

Rapide Marseille-Paris, vendredi 24 octobre.

Lancé à pleine vitesse, le rapide illuminé brûle les stations dans un bruit de tonnerre. Le nez collé à la vitre du compartiment qui lui sert provisoirement de cellule et duquel émerge une odeur de fauve, Gianni Lovera, les mâchoires serrées, regarde la campagne défiler. Dans la lumière mystérieuse du petit jour, un paysage chasse l'autre, en un canevas de bâtisses badigeonnées de chaux, aux toitures rouges ou grises, cernées de pâturages, de forêts sombres, de carrés de terre brune. Le profil d'une colline couronnée de ruines disparaît pour réapparaître entre des écrans d'arbres ou de granges. Parfois, le convoi fait trembler les réseaux d'aiguillage tandis que le sifflet de la locomotive déchire la voûte d'un tunnel interminable.

Depuis le court arrêt le long du quai de Lyon-Perrache, Gianni, l'œil fixé sur la montre qu'on lui a restituée quand il a quitté la prison marseillaise, compte les minutes. Son destin d'homme libre se jouera entre Laroche-Migennes et Joigny, dans la campagne mollement accidentée de la Bourgogne où les coteaux, les routes étroites et les fermes jalousement isolées, aujourd'hui assoupies, subiront, demain, les assauts de journalistes en mal de copie. Son oncle Jo Benutti et l'avocat Carlotti ont tout prévu, tout organisé, tout chronométré. Les trois parties de la pièce doivent se dérouler suivant la logique d'un ordre établi avec minutie : le prologue sitôt passé Laroche, l'épisode dès le ralentissement du train, l'exode lorsque le convoi sera définitivement stoppé au point kilométrique déterminé.

Quand le commissaire marseillais Pedroni l'avait soustrait à la caresse du soleil d'une calanque de Cassis, Gianni Lovera avait compris que rien ne pourrait le tirer d'affaire. Un mois plus tôt, le braquage de deux encaisseurs d'une banque piémontaise avait tourné au désastre. Le sang avait coulé. Si son complice, Antoine Ferragi, l'auteur des coups de feu, avait réussi à tenir sa cavale, l'indicateur du coup et le conducteur de la voiture volée utilisée pour commettre l'agression avaient, par contre, été interpellés par les carabiniers et s'étaient mis à table. Pour les magistrats italiens, pour le commissaire Pedroni, Gianni Lovera, reconnu sur photographie, était devenu le coupable idéal. Il avait eu beau nier sa participation au hold-up, personne ne le croyait. Et sa parenté avec Jo Benutti n'arrangeait pas les choses.

Me Carlotti, que son oncle lui avait désigné comme conseil, n'avait pas caché son pessimisme. L'avocat général requerrait la peine maximum pour expédier, derrière les murs d'une maison centrale, de force, un accusé encombrant, déconcertant et dangereux, malgré sa jeunesse.

– Un pays n'extrade pas ses ressortissants, avait prévenu l'avocat du Milieu, étalant sa jaquette dentaire dans un sourire prétentieux. L'ennui, c'est que les magistrats français ne voudront pas être en reste avec leurs collègues italiens. Tu risques le maximum. Jo m'a demandé d'assurer ta défense, mais si tu pouvais m'éviter de plaider cela m'arrangerait. Un maître du barreau bien dans sa robe déteste les échecs...

Gianni n'avait nul besoin du jargon du baveux pour savoir que le vénal Carlotti, grassement honoré, comme toujours, en raison des multiples services rendus à l'organisation lui était acquis. Il n'y avait plus qu'à le laisser agir.

Pendant des jours, des semaines, des mois, Gianni s'était cantonné dans une observation attentive derrière les barreaux de sa cellule, au troisième étage de la prison des Baumettes. L'évasion est une longue patience. Il ne suffit pas d'inventer un moyen de s'enfuir et de réunir les outils indispensables. Il faut pouvoir passer à l'acte.

Un matin enfin, Me Carlotti, venu promener sa panse au parloir des Baumettes, avait poussé son pion :

– J'ai une affaire pour toi.

Gianni l'avait dévisagé, ironique et sceptique.

– Parce que vous croyez que je n'en ai pas assez sur le dos? avait-il rétorqué avec un sourire entendu.

L'avocat l'avait regardé avec compassion :

– Une de plus, une de moins, quelle importance? Ce qui compte, c'est de ne pas affronter les Assises.

Fixant les yeux étonnés de Gianni, l'avocat marron avait enchaîné :

– Un juge d'instruction est compétent dans son arrondissement, et là seulement. Celui de Marseille n'a donc pas plus juridiction sur Strasbourg que celui de Bayonne sur Lille ou Rennes ou Limoges. C'est idiot mais c'est ainsi. Et c'est tant mieux pour nous. Suppose qu'un hold-up ait été commis à Paris et que j'en connaisse les détails par un participant, un compatriote qui ne sera jamais découvert. Tu prends les faits à ton compte avec un tel élan de sincérité qu'il t'attirera vite les bonnes grâces de la justice. La police vient t'interroger aux Baumettes. Sur la foi des éléments recueillis, qui coïncident avec ce qui s'est exactement déroulé, le juge parisien t'inculpe. Il délivre contre toi un mandat d'amener et le tour est joué. Ici, on se méfie de tes relations. A Paris, tu es noyé dans la masse!

– Et j'écope d'une peine qui viendra s'ajouter à celle de Marseille... Merci du cadeau!

Carlotti avait feint de ne pas avoir entendu.

– Le principal est que tu sois transféré. Entre deux gendarmes, bien sûr, enchaîné, forcément! Mais c'est la seule occasion de faire la belle...

Jamais Ferdinand Renaudie n'a été à pareille fête. Alors que Gianni Lovera, la main droite reliée par la chaînette d'acier à la barre d'appui de la fenêtre, s'étiole dans son coin, lui s'étire, s'épanouit à la pensée des quatre jours de permission que sa mission d'accompagnement va lui procurer dans la capitale.

Quand l'adjudant-chef des transferts avait sollicité deux volontaires pour accompagner un détenu à Paris, Renaudie avait immédiatement levé la main. Il avait été le seul. Après bien des tergiversations, Mouquart, un briscard blanchi sous le harnais, avait été commis d'office pour prendre le titre de chef de mission. Il avait fait la grimace. Le fait de quitter Mazargues pendant près d'une semaine ne lui souriait guère. Et c'est avec une mauvaise volonté évidente qu'il avait pris la direction des opérations.

A la gare Saint-Charles, c'était la pagaille. Le sirocco qui avait succédé au mistral de la semaine écoulée charriait du feu, brûlait les lèvres, desséchait les gorges. Le fourgon bleu roi avait déposé Lovera, solidement encadré, devant l'entrée des grandes lignes. Renaudie, qu'une chaîne d'acier reliait par le poignet aux menottes du détenu, avait fait une entrée remarquée sur le quai. Le trio s'était installé dans le compartiment réservé, au début du wagon numéro 13. Le superstitieux Renaudie avait pensé que la chance était de son côté.

A 22 heures, le train s'ébranle. Mouquart place Gianni sur la banquette, tout contre la vitre, baisse les rideaux du compartiment côté couloir. Les deux uniformes, l'un en face de l'autre, bloquent l'ouverture de la porte que Mouquart a pris soin de verrouiller de l'intérieur.

– Surtout, a recommandé l'adjudant, pas de balle dans le canon. Le laisser croire, bien sûr, mais il faut savoir éviter les tentations.

De temps à autre, étouffant dans la fournaise du compartiment, Mouquart et Renaudie jettent un coup d'œil discret sur leur prisonnier qui semble, lui aussi, souffrir de la canicule. Le règlement étant le règlement, pas question d'entrouvrir la glace, d'ailleurs condamnée.

A peine le train a-t-il dépassé Avignon que Mouquart lance à Renaudie un clin d'œil complice qui signifie : « Tu fais gaffe pendant que je me repose quelques minutes. » Les freinages brusques et successifs l'arrachent à plusieurs reprises à son sommeil léger mais alors que le rapide fend la nuit après l'arrêt de Lyon-Perrache, des ronflements sonores avertissent Renaudie qu'il ne doit plus compter que sur sa propre vigilance.

A nouveau il observe Gianni, recroquevillé dans son coin. Sa pâleur soudaine le frappe. Il aperçoit, par reflet dans la vitre, les ailes du nez pincées, le mouchoir que le prisonnier tient constamment devant sa bouche.

– Quelque chose ne va pas, Lovera?

Gianni se détourne à peine pour expliquer à travers le mouchoir:

– Si, si... Une envie de dégueuler, c'est tout. Je ne sais pas ce qu'ils nous ont donné à bouffer hier à la taule, mais ça m'a foutu en l'air.

Il reprend sa position fœtale, le visage vers l'extérieur. Renaudie, inquiet, ne cesse pas de l'examiner.

– Tu ne vas quand même pas dégobiller là, dis donc?

Par réflexe, il prend ses distances, se calant contre la porte. Ses jambes heurtent celles de Mouquart, qui émet un grognement.

– J'ai surtout des coliques, annonce Gianni. Je me demande si je vais pouvoir tenir longtemps.

Une lueur inquiète traverse les yeux de Ferdinand. Il ne manquerait plus que le voyage soit perturbé par des odeurs nauséabondes. Et ce Mouquart qui ne se doute de rien!

Il essaie de gagner du temps.

– Moi aussi des fois, j'ai des coliques, tu sais... Ça finit toujours par passer...

Un rictus apparaît sur les lèvres de Gianni.

– On verra.

Renaudie réfléchit: emmener le prisonnier aux toilettes, juste derrière le compartiment, n'est après tout pas interdit. La note de service est formelle: « Si, en période de transfert, un détenu demande à aller aux WC, ne jamais l'abandonner seul à l'intérieur. Le laisser faire ses besoins, toujours menotté, l'entrave fixée au milieu des menottes solidement maintenue à l'extérieur par le gradé accompagnateur qui devra bloquer la porte avec son brodequin. La fréquence des déplacements est à éviter. Pour les sous-officiers désirant se soulager, veiller à ce que la garde ne soit jamais abandonnée même si le détenu est enchaîné. Ne pas oublier de verrouiller la porte du compartiment avant et après chaque usage. »

Ces consignes, le gendarme auxiliaire Ferdinand Renaudie est là pour les appliquer.

Anxieux, Gianni attend que les pastilles d'émétine produisent leur effet. Il en a ingurgité quatre d'un seul coup, mais il n'a éprouvé jusqu'alors qu'un léger malaise. D'après ce que lui a assuré Carlotti, la dose d'ipéca doit agir deux ou trois heures après l'absorption et provoquer des vomissements incoercibles. Gianni n'a eu aucune peine à les dissimuler dans l'ourlet de son tee-shirt. A son départ des Baumettes, il a subi une fouille à corps, complètement nu. Il a même dû se plier en deux, le pied gauche sur le tabouret du greffe pendant que le maton le faisait tousser à plusieurs reprises, explorant son sphincter avec le doigté d'un proctologue. Ses baskets ont été soupesées, les semelles passées aux rayons et les poches de son jean retournées. Par contre, le tee-shirt en chiffon sur le sol, démuni de poche, n'a pas attiré l'attention, et les minuscules cachets savamment espacés sont passés inaperçus.

– Tu joues les mal-en-point dès que tu montes dans le wagon et sitôt Valence, tu ingurgites les pastilles, avait expliqué Carlotti. Il vaut mieux que ça fasse plus d'effet avant qu'après! Avec ce qu'ils donnent à bouffer aux Baumettes, les cognes ne seront pas étonnés.

Cette fois, des nausées, légères au début, puis de plus en plus violentes, secouent Gianni. Son ventre est ballonné, douloureux. Son estomac gargouille. Des gouttes de sueur perlent sur son front. Les tempes lui font mal. Il tente de contenir, à l'aide du mouchoir, les assauts de bile qui déferlent sur ses lèvres. Il n'a aucune peine à simuler le malaise. Un goût infect lui emplit la bouche.

Renaudie le scrute. Sa courte expérience jointe à sa ruse de paysan lui commande de se méfier, mais Lovera paraît vraiment malade.

– Oh, s'exclame Ferdinand en se levant. Ça va pas mieux, mon gars?

Gianni tente d'endiguer un flot de bile noirâtre, mêlée de glaires et de restes de nourriture. La main gauche aplatissant l'étoffe sur sa bouche, il fait signe de la tête qu'il doit gagner les toilettes, d'urgence. Un nouveau spasme finit par décider Renaudie.

– Dites, Mouquart, il y a le type qui dégueule...

Mouquart ouvre un œil, renifle, glisse l'index dans la poche intérieure de sa veste, tend la clé des menottes.

– Mène-le aux chiottes, mais fais gaffe.

Tenant prudemment ses distances, Renaudie détache la menotte de la barre d'appui, passe le bracelet libéré au poignet gauche de Lovera, fixe à son crochet médian la chaînette d'acier dont il entoure son propre poignet. Il donne au passage un coup de genou à Mouquart.

– La porte, chef.

A nouveau, le brigadier ouvre un œil, bredouille quelques paroles inintelligibles, tire une autre clé de sa poche, déverrouille la serrure. Le dos voûté, Gianni, entraînant le gendarme Renaudie, se précipite vers les toilettes. Elles sont, par chance, inoccupées. Il ouvre la porte, s'agenouille devant la cuvette. Par spasmes successifs, il se débarrasse du contenu de son estomac, demeure accroupi plusieurs secondes, le front appuyé sur son avant-bras tandis que, debout sur le seuil, le gendarme laisse un peu de mou à la chaîne de sécurité.

Gianni, les traits décomposés, se relève. Avec difficulté il arrache du porte-serviette quelques morceaux de papier gaufré, essuie ses lèvres, son visage. Son pied appuie sur le champignon de la chasse d'eau. Une odeur fétide sature la cabine.

– Comment tu te sens? interroge Renaudie à travers l'ouverture.

Lovera s'appuie de la main à la paroi de la cabine, vacille lorsqu'il se cramponne à la porte pour l'ouvrir complètement. Les paroles de Carlotti lui martèlent le crâne: « Tu joues les mal-en-point dès que tu montes dans le wagon, ça les mettra en confiance.» Ce rôle, Gianni l'a interprété à jeun, au départ de Saint-Charles. Maintenant, il faut le poursuivre. Déjà, la station de Laroche est derrière lui.

Il se maintient au chambranle, les paupières closes. Ses gestes sont automatiques. Il les a si souvent imaginés, répétés, fixés dans son esprit, qu'il se voit les accomplir en même temps qu'il les exécute au ralenti, dans un semi-brouillard.

Renaudie hésite. Il se sent pris de pitié pour ce malheureux qui souffre. Sa compassion est plus forte que le règlement. Il est là en tant que gardien, non pour jouer les justiciers ou le vengeur des innocents comme Billois, ce collègue prétentieux qui l'autre jour, au mess des sous-officiers, se vantait de faire danser à coups de nerf de bœuf les «ceusses qui ne voulaient pas parler»...

Comme s'il désirait se justifier vis-à-vis de lui-même, Renaudie donne un peu plus de mou à la chaîne d'acier. Il se dit qu'il ne risque rien avec son uniforme et son pistolet, face à ce détenu fiévreux, incapable de se tenir droit dans ses baskets. La main tendue, il s'avance pour soutenir Lovera.

Alors, Gianni frappe, avec une promptitude foudroyante. Le tranchant de sa main atteint Renaudie à la gorge. Le coup est assené avec une telle force, une telle précision, que le gendarme en a le souffle coupé. Il tombe à genoux, au pied de la cuvette. Gianni a déjà refermé la porte, poussé le verrou. Sa main gauche est allée cueillir dans le vide-papiers, sous le lavabo, un P.38 qu'il brandit sous le nez de Renaudie.

– Un mot et je te brûle, gronde-t-il en même temps qu'il lui confisque son arme de service. La clé, vite...

Hébété, la bouche sèche, tremblant, Renaudie désigne la pochette de sa vareuse. Gianni se libère des menottes, frotte ses poignets endoloris, frappe à nouveau, avec une aussi furieuse violence, la nuque du gendarme qui s'affale.

La Peugeot 504 se glisse à travers les terres labourées longeant la double voie ferrée, peu avant le viaduc qui enjambe la vallée de l'Yonne. Les ressorts de la voiture gémissent dans les fondrières qui apparaissent dans le pinceau des codes comme de mystérieuses oubliettes. André Bouissou est digne de sa réputation de chauffeur hors pair et semble même prendre plaisir à déjouer les pièges des ornières et des bas-côtés boueux. Mathieu Barzoli et Antoine Ferragi, eux, se tassent sur la banquette arrière, les mains soudées aux armatures.

Mathieu respire fort pour desserrer l'étau qui l'oppresse. L'action dépend de lui. Il en est le maître d'œuvre. A lui de diriger la scène rapidement et sans défaillance. Jo Benutti, qui lui a confié le sort de son neveu, attend le résultat.

Renseigné avec une précision remarquable par Me Carlotti, Barzoli est venu repérer les lieux, plusieurs jours auparavant, pour s'assurer le maximum de chances de succès. Il a étudié le passage des trains de nuit, enregistré les variations de vitesse à l'entrée de la courbe précédant le viaduc. Grâce aux horaires qu'il s'est procurés à la S.N.C.F., il sait à quelle heure le Marseille-Paris quitte la gare Saint-Charles, quelle est la durée de ses arrêts lors des principales stations du parcours, quelle est son heure d'arrivée à la gare de Lyon. Mais il a surtout appris par Carlotti la date et l'heure du transfert ainsi que le numéro du wagon dans lequel deux gendarmes ont fait grimper Lovera, menottes aux mains.

La 504 se faufile au long de chemins herbeux, noyés dans la nuit. Le viaduc se dessine, sous le rayon de lune, avec ses arches qui enjambent la vallée, chevauchant la rivière qui scintille.

– Tu t'arrêtes là, ordonne Mathieu à Bouissou. Dès qu'il sera l'heure, Antoine grimpera sur le pylône pour mettre le feu au rouge. Il suffit de changer le carreau vert. Nous on va aller mettre au jaune celui qui précède, à deux kilomètres de là. Il faut tenir compte de la vitesse et du tonnage d'un convoi, pour qu'il arrive à stopper à l'endroit choisi.

– On aurait mis un pétard, ça simplifiait les choses...

– C'est tellement plus sûr de travailler en silence... Il n'est pas loin de six heures. Le rapide doit débouler en pleine nature, en ce moment.

Le train vient d'amorcer son ralentissement. Gianni l'a

ressenti à la soudaine pression des patins de frein sur les bandes de roulement, aux soubresauts successifs des boggies. Il faut faire vite. Dans moins d'une minute, le mécanicien stoppera sa machine.

Un coup de sifflet prolongé déchire l'air, suivi de deux autres, brefs, impératifs. Le crissement des roues ferrées sur le rail s'intensifie. Les signaux ont fonctionné. Gianni jette un coup d'œil au gendarme qui gît, inanimé, la tête coincée entre la cuvette des toilettes et la tôle ajourée du protège-radiateur. Il le soulève par les aisselles, lui enserre les poignets dans les menottes, l'adosse, pantin désarticulé, à la porte qu'il entrebâille avec difficulté. Le couloir est désert.

Avec précaution, Gianni regagne le compartiment réservé. Les rideaux sont toujours tirés. Mouquart somnole, la bouche ouverte, la tête renversée. La visière du képi protège ses yeux de la lumière du plafonnier. De sa gorge s'exhale un ronflement sonore.

La tentation est trop forte. Avant même que le chef Mouquart ait pu reprendre ses esprits, un terrible uppercut lui relève davantage la tête, l'expédiant, pour le compte, dans un sommeil profond.

PREMIÈRE PARTIE

1.

Paris, vendredi 16 janvier.

– Il faut que j'y aille, dit Jean-Baptiste. Ça ferait du vilain si David rappliquait!

Il écrase sa cigarette dans le cendrier, ramène sa main vers les draps froissés entre lesquels Bettina s'étire, les yeux battus et le sourire comblé. De nouveau, la main de Jean-Baptiste glisse sur sa peau, décrit les courbes de ses hanches, remonte sur les seins pour s'y attarder, redescend au creux du ventre. Bettina soupire. Frissonne. Pourquoi a-t-il parlé de Marcus, dont elle partage l'existence depuis bientôt quatre ans?

– Encore cinq minutes, murmure-t-elle en se serrant contre le corps musclé de Jean-Baptiste Marceau. David n'est jamais là avant sept heures. Et pour lui, sept heures, c'est sept heures. Il est aussi précis que son ordinateur.

Le jeune homme tente de s'écarter, mais Bettina s'accroche à ses épaules, lui caresse la nuque.

– Cinq minutes, pas plus, supplie-t-elle. Après, promis, on se lève.

Il se dégage avec douceur, mais fermeté.

– Ordinateur ou pas, il finira par nous tomber dessus, un de ces jours! Sois raisonnable. On se voit demain, à deux heures, chez moi.

Bettina hoche la tête et le regarde en silence s'habiller,

nouer sa cravate, boucler la ceinture de lézard qu'elle lui a offerte pour ses vingt-huit ans. Dans la psyché Directoire qui fait face à sa coiffeuse, Jean-Baptiste lui paraît encore plus musclé. Aucun homme ne lui a donné de pareils moments d'extase. Ni Giorgio, le séducteur napolitain qui voulait faire d'elle le mannequin-vedette de sa maison de couture. Ni David Marcus, rencontré par hasard au *Ritz* lors d'une remise de décorations, alors qu'il errait, ruminant ses chiffres, dans le grand salon de l'hôtel.

Dès que son amant a franchi la porte, Bettina éprouve le poids de sa solitude. La chambre, tout à l'heure vibrante de sensualité, lui donne une pénible sensation de vide. Elle repousse du pied les draps de soie rose, rassemble ses sous-vêtements épars sur la moquette, gagne la salle de bains. Elle se penche au-dessus de la baignoire de marbre rouge, règle le robinet mélangeur, relève la tête. L'immense glace biseautée qui la surmonte lui renvoie l'image de son corps parfaitement galbé, de la cambrure de ses reins. Une seconde, elle ferme les yeux. Elle a l'impression que Jean-Baptiste, derrière elle, pose ses mains sur ses hanches.

Elle se redresse, choisit une brosse dure pour démêler ses longs cheveux noirs qu'elle discipline avec art, les rejetant sur ses épaules d'un gracieux mouvement de tête. Puis elle ferme le mélangeur et s'allonge dans l'eau transparente.

Dans le silence de la salle de bains, Bettina perçoit le bruissement de la pluie, sur la terrasse. Sa pensée s'envole vers Jean-Baptiste qui roule en ce moment sur sa moto, sous le déluge glacial, vers sa garçonnière de la rue Visconti, au troisième étage d'un vieil hôtel particulier du quartier Saint-Germain.

Heureusement qu'il est là, Jean-Baptiste, pour lui faire oublier la grisaille de ce mois de janvier. Brun, la peau mate, il ressemble tellement aux garçons qui la courtisaient, aux beaux jours de son enfance napolitaine.

– C'est drôle, lui avait-elle dit un jour. Tu as un nom bien français, alors que tout en toi est italien. Ton visage, ton accent, même...

Il avait quelque peu hésité avant de répondre. Sans doute n'appréciait-il guère la curiosité féminine.

– Parce que je suis corse. De Sartène. Mais mon père venait du Continent.

Le regard de Bettina erre sur les glaces couvertes de buée. La Corse, l'Italie... Avaient-ils connu la même enfance dans des ruelles écrasées de soleil, avaient-ils soulevé dès leur adolescence les mêmes regards d'admiration? Très jeune, Bettina, avec sa chevelure sombre, ses yeux verts, et son corps somptueux, avait pris conscience de son pouvoir, même auprès d'hommes aussi blasés que les maîtres de la couture!

– Toi, Tina, tu arriveras, avait prédit son père, un ouvrier marbrier de Pozzuoli, l'un des faubourgs les plus miséreux de Naples. Regarde Sophia Loren... Elle a fait son chemin, non? Et qu'est-ce qu'elle a de plus que toi?

Giorgio avait été du même avis, qui avait fait suivre à Tina des cours de maintien et de maquillage dans une école spécialisée de la piazza Matteoti, à Naples. Il avait aussi transformé son prénom en Bettina, suivant le snobisme des couturiers qui, comme les coiffeurs, raffolent des prénoms dans le vent, avant d'en faire son mannequin-vedette.

Bettina, parfaitement armée pour la profession, ne devait pourtant pas s'y éterniser. Un soir où elle sirotait un cocktail de fruits au *Greco*, à Rome, un homme avait dérangé plusieurs tables pour l'aborder: Giuseppe Del Monte, un imprésario de cinéma à la recherche de talents nouveaux. Il lui suffirait, disait-il, de présenter Bettina à quelques producteurs fortunés et à des vedettes masculines en renom pour que son avenir soit assuré. En attendant, Del Monte l'avait arrachée à Giorgio et à l'Italie pour l'installer dans une suite du *Ritz*, d'où il lui faisait admirer la place et la colonne Vendôme. Quelques jours plus tard, il l'avait entraînée dans un logement plus modeste, certes, mais à proximité des studios de Boulogne.

Hélas, le trop séduisant imprésario n'était qu'un aventurier. A la suite d'une escroquerie particulièrement maladroite, deux inspecteurs avaient momentanément retiré Del Monte du circuit des hommes libres. Mais le ver était dans le fruit. Bettina avait compris, une fois pour toutes, que ses atouts physiques lui permettraient de dénicher un mécène susceptible de lui faire réaliser, à défaut de cinéma, son rêve de bijoux, de fourrures, de farniente et de luxe.

C'est ainsi qu'elle avait rencontré David Marcus.

Douillettement installée dans l'appartement-terrasse du financier dominant le bois de Boulogne, Bettina pensait bien n'avoir plus de soucis à se faire. Elle avait tout ce qu'elle souhaitait. Son emploi du temps de femme oisive était au point. Le bain, les boutiques, le coiffeur, les salons de thé en compagnie de deux ou trois amies aussi désœuvrées qu'elle, occupaient l'essentiel de ses journées, pendant que David Marcus vaquait à ses affaires. Évidemment, dans cette parfaite organisation, il manquait l'amour...

Et puis un homme était passé à l'appartement, un après-midi de décembre, pour porter un pli urgent à Marcus, à la place d'Antoine Ferragi, le coursier habituel.

Beau comme un héros de roman-photo, il avait sorti de son blouson une épaisse enveloppe de papier kraft.

– De la part de Mathieu Barzoli, avait-il dit. Je dois le remettre en main propre à M. Marcus.

Sa phrase s'était perdue dans les yeux verts de Bettina.

– C'est tout comme. Entrez, voulez-vous?

Il hésitait, troublé par le parfum frais et léger de cette superbe créature dont la peau évoquait le repos dans un bain prolongé. Le chemisier rouge, assorti aux lèvres pulpeuses, laissait deviner des seins hauts et fermes. La jupe noire, qu'il eût souhaitée plus courte, dessinait, sous la taille étonnamment fine, des hanches et une cambrure très féminines, comme, en bon Latin, il les aimait. Quant aux longues jambes, il ne pouvait en détacher ses yeux.

Bettina, de son côté, l'avait observé. Son corps, sans cesse déçu par les molles et rapides étreintes de Marcus, était soudain tendu vers cet homme jeune, beau et svelte que le ciel lui envoyait. Elle le désira.

– C'est l'heure de l'apéritif, dit-elle. Puis-je vous offrir un verre?

Il avait accepté deux doigts de whisky.

Une heure plus tard, la grosse enveloppe de papier kraft reposait sur le bureau de Marcus, toujours rangé avec un soin maniaque. Et dans le lit en désordre, Bettina et Jean-Baptiste apprenaient à se connaître.

Depuis, malgré le froid hivernal dont elle a horreur, Bettina s'épanouit comme une plante gorgée de sève. Elle ne sait rien de Jean-Baptiste Marceau ou de ses activités et, bien que parfois son regard étrange l'inquiète, elle préfère n'en rien connaître, de peur de rompre le charme. Déjà, elle trouve leurs rendez-vous trop courts, trop fugaces.

David Marcus n'est pourtant pas homme à la surveiller. Il la laisse libre, depuis son départ de l'appartement, chaque matin à neuf heures pile, jusqu'à son retour à dix-neuf heures précises. Jamais une minute d'avance, jamais une minute de retard. Réglé comme un métronome, il prévoit les aléas de la circulation, devance les embouteillages, sait contourner avec une sérénité olympienne les défilés des grévistes en mal de revendications. En tout cas, il ne rentre jamais avenue Foch sans prévenir.

Bettina n'a rien à reprocher à Marcus. Sauf peut-être ses manies, qui la faisaient rire au début, et qui lui sont devenues insupportables. Parfois, lorsqu'elle n'a pas vu Jean-Baptiste de la journée, que son corps est frustré et son esprit agacé, des idées sombres l'assaillent. Des idées confuses, vagues, puériles, annonciatrices de haine, qui deviennent obsédantes. Elle en vient à souhaiter à David le sort de sa femme Mathilda, morte des suites d'un accident de voiture... Puis elle se reprend. Marcus est son bienfaiteur. Il lui a donné procuration sur ses comptes bancaires numérotés, l'a couchée sur son testament, ne laissant que la part légale à sa fille Sophie. Qui s'est d'ailleurs réfugiée dans un appartement de la place Dauphine, dès l'intrusion de Bettina sous le toit paternel.

Bettina sort son bras de l'eau, récupère sur le rebord de la baignoire sa montre d'orfèvrerie incrustée de diamants. En ce moment, son amant est sur le point d'arriver rue Visconti. Il a dû foncer sous la pluie, protégé par le casque intégral et la combinaison qu'ils ont choisis ensemble chez Tunmer, place Saint-Augustin.

– Un Martien, avait plaisanté Bettina lors de l'essayage. Ce que cela te va bien! Tiens, je prends les mêmes, pour quand tu m'emmèneras me balader en moto...

Elle avait dissimulé la combinaison dans une vieille valise et le casque dans un carton à chapeau, au-dessus de la penderie de la chambre de service. David n'y met jamais les pieds.

Un moment, elle avait envisagé de transformer la chambre en garçonnière, pour avoir Jean-Baptiste à sa portée. Mais elle avait vite renoncé à cette séduisante idée. Avec César, le gardien d'élite de cet immeuble de luxe, mieux valait se tenir sur ses gardes. Ancien parachutiste, il a conservé de ses années dans l'armée le coup d'œil du maître à qui rien n'échappe et une âme de flic. Une chance cependant: le boîtier électronique que Bettina a confié à son amant a pleinement rempli son rôle. César n'a jamais vu Jean-Baptiste entrer dans le parking, ni en sortir. Il est vrai que le cerbère est rivé à son poste de télévision une grande partie de l'après-midi.

Cinq minutes encore à se prélasser. Du robinet que vient d'ouvrir Bettina, l'eau chaude tombe en cataracte, décore de guirlandes de bulles la pointe de ses seins. Jean-Baptiste est chez lui maintenant. Il a garé sa lourde Kawasaki dans la courette du vieil immeuble, grimpé les marches de pierre de l'antique escalier, fait jouer la serrure de la porte de chêne aux moulures XVIIe. Devant la photographie de Bettina, sculpturale dans un maillot de nageuse, il ôte sa combinaison et s'allonge pour récupérer un peu des forces qu'il a dépensées avec elle.

Bettina sourit. Elle se sent l'âme d'une amoureuse romantique. Sa passion pour Jean-Baptiste, exclusive, la dévore tout entière. Elle voudrait qu'il ne vive que pour elle. Elle a besoin de l'entendre parler, de le sentir respirer...

– Tu sais ce dont j'ai envie?

– Dis toujours.

– De partir loin, très loin, avec toi. Au bout du monde... Sous le soleil des Tropiques. Nous nous roulerions, nus, enlacés, dans le sable chaud. Les perroquets nous étourdiraient de bavardages...

– Attends que je sois aussi riche que David. Pour le moment, je suis loin du compte...

Que sait-elle, en fait, des activités professionnelles de Jean-Baptiste? Depuis le début, il s'est montré d'une discrétion totale à ce sujet. Pourtant Bettina a surpris un jour une conversation téléphonique éclair, alors qu'il la croyait dans le salon. Le jeune homme semblait être en affaires avec un certain Mathieu, travaillant dans l'import-export. Il ne pouvait s'agir que de Mathieu Barzoli, un homme avec lequel David Marcus menait des affaires discrètes. Elle se rappela l'enveloppe que Jean-Baptiste avait apportée un jour à David, déclenchant ainsi leur rencontre. Vu le médiocre standing de Jean-Baptiste, Barzoli ne devait pas se ruiner pour ses collaborateurs... Qu'importe, après tout! De l'argent, Bettina en a, plus qu'elle ne peut en dépenser.

– Tu n'as aucun souci à te faire, chéri... Mon compte en banque n'est pas près d'être à sec.

– Sauf si Marcus fermait le robinet, avait-il plaisanté. Tu serais bonne pour l'Armée du Salut.

– Pas si je vide les comptes avant. Je ne supporte plus David, tu sais. J'ai envie de le plaquer...

Le visage du beau mâle avait brusquement changé.

– Oui, mais pas de conneries avant que j'aie fait ma pelote... Ça ne saurait tarder.

En attendant, Bettina avait décidé de brader deux de ses manteaux de vison, peu portés mais qu'elle considérait comme usagés. Ça ferait toujours de l'argent de poche... Elle les avait isolés dans la penderie de la chambre de bonne, où la valise et le carton à chapeau recélaient toujours sa tenue de motard. Il en ferait une tête, David, s'il voyait Bettina dans cet accoutrement, à califourchon sur une selle, lui qui ne cessait de l'inciter à visiter plus assidûment les grands couturiers!

Dans douze minutes, elle y aura droit, à David. Hargneux ou en forme, selon le volume des affaires réalisées et le montant de l'arnaque qu'il a montée dans la journée. Il posera sa serviette sur la chaise du boudoir, sans la moindre prévenance pour la garniture de soie Louis XVI, détachera du mur le Van Gogh qui masque le coffre à combinaisons multiples, procédera à l'ouverture, et glissera dans la gueule entrouverte le contenu de l'attaché-case. Puis il méditera quelques secondes, religieusement, devant son tabernacle, le verrouillera et l'escamotera de nouveau sous le tableau.

Comme chaque jour Bettina aura droit à la sempiternelle question :

– Quoi de neuf, aujourd'hui, chérie?

Sans même attendre la réponse, il enchaînera sur les écarts enregistrés aujourd'hui à la Bourse, sortira de sa poche sa mini-calculatrice pour comparer les cours du yen, du dollar ou du mark. Brusquement, cette routine lui semble insupportable.

Un coup d'œil sur sa montre précieuse : sept heures moins dix. Il ne lui reste plus beaucoup de temps.

La lourde Mercedes émerge du flot de voitures qui tourbillonnent autour de la place de l'Étoile et s'engage, à faible allure, dans la contre-allée de l'avenue Foch en direction du bois de Boulogne. Il pleut sur Paris. Une pluie fine et froide qui rend la chaussée glissante. Un sinistre plafond de nuages noie l'Arc de triomphe, encapuchonne les immeubles du rond-point.

David Marcus conduit pied au frein, palpant de temps à autre avec une jubilation rare l'attaché-case bourré de billets de banque posé sur le siège de cuir à côté de lui.

De l'argent qui vient récemment de changer plusieurs fois de mains avant de finir dans cette mallette, après un circuit que lui, Marcus, financier occulte du Milieu et expert ès blanchiment, connaît à la perfection.

Clignotant sous les lunettes cerclées d'or, les petits yeux de Marcus ont toujours l'air de rêver. Pourtant l'homme qui a su, en quelques années, spéculer et amasser une fortune suffisante pour vivre jusqu'à la fin de ses jours sur un pied digne des Rockefeller est loin d'être un rêveur. Ce que n'ignorent pas quelques privilégiés anonymes en quête de placements fructueux qui ont fait et font encore appel à sa diabolique expérience de grand initié des chiffres.

La fumée de l'énorme Davidoff a envahi l'habitacle. David Marcus baisse la vitre pour chasser les volutes du cigare, s'apprête à franchir le croisement de l'avenue Raymond-Poincaré.

Par réflexe, il jette un coup d'œil dans le rétroviseur pour s'assurer qu'il n'est pas suivi, continue sa route, rassuré...

Devant l'entrée du parking de son immeuble, il brandit une télécommande électronique. La porte blindée bascule, découvrant, dans la galerie du premier sous-sol, l'alignement majestueux des capots de voitures haut de gamme. Les phares de la Mercedes balaient l'allée centrale pour se fixer sur le mur chaulé d'un box que protège une grille coulissante. Marcus coupe le contact, tend la main vers son attaché-case.

Une apparition cloue le financier à son volant. Devant le pilier se profile en ombre chinoise une silhouette de motard dont il ne peut distinguer les traits.

Dans la main gantée, un pistolet, énorme, muni d'un silencieux.

Marcus demeure la bouche ouverte, paralysé, incapable de crier, de supplier. Ce qui serait d'ailleurs inutile. L'index presse la détente. Une première balle, à bout portant, lui fait exploser le crâne. Des bribes d'os giclent sur le parebrise. Des filaments de cervelle s'éparpillent sur le bois précieux du tableau de bord et le cuir fauve des sièges.

Au bout de l'allée transversale, le petit homme grisonnant qui garait sa Rover ne s'est aperçu de rien.

2.

La nuit de ce mois de janvier s'est depuis longtemps refermée sur le quartier de la porte Dauphine lorsque l'inspecteur Moreux, les mains dans les poches de son imperméable mastic, examine les baies éclairées de l'immeuble cossu où David Marcus a trouvé une mort brutale. Les agents qui contiennent la meute des curieux rectifient la position avec une simultanéité empressée. Le pâté de maisons baigne dans une forte odeur d'herbe mouillée. Sous le porche d'un immeuble voisin, des photographes de presse battent la semelle, ponctuant d'exclamations une conversation animée.

Moreux traverse à grands pas le hall dallé de marbre, interpelle le gardien figé devant la porte d'accès au parking :

– C'est par là que ça se tient?

Sans attendre la réponse, il s'engouffre dans l'escalier de béton qui dessert un palier plongé dans la pénombre. Des voix, entrecoupées d'éclairs de projecteurs, le guident jusqu'au box du crime. Il s'arrête, le sourcil froncé. Devant une caméra de télévision, le commissaire du quartier pérore, joue les vedettes, surexcité par cette occasion unique d'offrir à des millions de spectateurs son visage grêlé de cicatrices d'acné et son nœud papillon à rayures noir et mauve.

Moreux a du mal à dissimuler sa mauvaise humeur. Il déteste les cabots, surtout les fils à papa qui prennent le métier de flic pour un divertissement mondain. Sorti du rang, il a fait ses classes à l'école de la rue, pas dans le bureau capitonné d'un chef de service, où les bourgeoises endiamantées viennent minauder, la bouche en cœur, pour faire sauter leurs contraventions.

Le visage fermé, il serre la main du commissaire sans le regarder, apostrophe les reporters d'un ton rogue.

– J'aimerais que vous nous laissiez travailler!

Puis, indifférent, dédaigneux, il se détourne tandis que les projecteurs s'éteignent. Son regard se radoucit lorsqu'il se fixe sur le trépied de Vossel, le photographe de l'Identité judiciaire, qui opère consciencieusement, l'œil rivé au viseur de son Hasselblad.

Comme Moreux, Jules Vossel est né et mourra flic. Chaque fois qu'un crime ou un cambriolage l'appellent sur le terrain, c'est pour lui l'occasion de s'évader vers le mystère. La recherche, c'est sa vie. Voilà plus de vingt-cinq ans qu'il casse sa silhouette trapue de Limousin sur le même tabouret de laboratoire, niché sous les combles du Palais de justice. Il officie, dans la blouse à l'écusson P.P. – préfecture de police – qui lui bat les mollets, la prunelle soudée au microscope de comparaison qui supervise deux microscopes jumelés par un jeu de miroirs et de prismes. L'image qu'il obtient lui révèle si les détails à analyser se superposent ou se différencient. Moreux a souvent eu l'occasion d'apprécier son travail de haute précision.

C'est qu'il en a vu, des cadavres, l'inspecteur Moreux, depuis son affectation à la Criminelle! Heureusement qu'il est vacciné contre les corps mutilés, recroquevillés, décomposés, car le spectacle qui l'attend dans le parking n'est pas beau à voir. Une vision d'horreur.

L'homme gît, affalé sur le volant, la tête penchée de trois quarts sur l'épaule droite. Une branche de ses lunettes émerge d'une bouillie blanchâtre et de sang coagulé. Le rétroviseur panoramique est maculé d'éclaboussures. La glace de la portière droite, qu'une balle a traversée, s'est transformée en mille-feuilles, et le cuir des sièges avant porte des traces de brûlures de plus de quatre centimètres de circonférence.

A deux ou trois reprises, Moreux sent le regard interrogateur du commissaire se poser sur lui. « Jolie boucherie », pense-t-il. Mais il ne réagit pas, se contente de mastiquer un peu plus vigoureusement sa tablette de chewing-gum, comme d'habitude gardant ses impressions pour lui.

Le commissaire, en revanche, ressent le besoin de s'agiter.

– J'ai recueilli l'identité de la victime et celle de sa jeune maîtresse, pontifie-t-il. Je les ai notées sur mon carnet pour le rapport final... Cela va bougrement vous faciliter le travail, n'est-ce pas, inspecteur?

Et, comme Moreux ne semble pas spécialement émerveillé de cette initiative, il ravale sa déception, poursuit:

– Je croyais... En tout cas, il est sûr que le vol n'est pas le mobile du crime. Le tueur a négligé la mallette bourrée de devises. Je l'ai restituée à la femme. Très jolie fille, vous verrez.

– Restituée? s'étonne Moreux. Vous en avez vérifié la provenance, au moins?

Les sourcils de l'homme au nœud papillon se froncent, les lèvres se pincent.

– Je connais mon métier, inspecteur. Marcus s'occupait de finances. Il avait l'habitude des transactions et de transporter d'importantes sommes d'argent. La femme du gardien est bien placée pour le savoir, c'est elle qui fait le ménage...

– Dans ce cas, émet Moreux, ironique, on tiendra compte de ses révélations capitales! Ne manquez surtout pas de mentionner cette restitution dans le procès-verbal que vous établirez et que la concubine signera. Cela évitera d'éventuelles contestations. A quel étage habite-t-elle?

Le visage grêlé s'agite dans tous les sens.

– Elle était si choquée que je l'ai autorisée à aller passer la nuit chez une amie. Vous ne pensez tout de même pas qu'elle puisse être pour quelque chose dans l'assassinat de son compagnon, inspecteur?

Moreux fait voyager son chewing-gum de part et d'autre de sa solide mâchoire.

– Je n'écarte aucune hypothèse, commissaire. Mais je dois vous dire que vos initiatives me surprennent. L'amie de la victime était la première personne à interroger, quel qu'ait été son état de choc. Ça aussi, vous le noterez dans le procès-verbal, n'est-ce pas?

Le commissaire, ulcéré, tourne les talons, se dirige vers la sortie, s'arrête brusquement. Une nuance d'ironie dans le ton, il lance à Moreux avant de disparaître :

– Tenez, vous ne serez pas seul pour l'interroger, inspecteur. Voilà votre ami Vérot!

Moreux mâchonne son chewing-gum avec moins de conviction. La venue de l'inspecteur principal Vérot, de la brigade antigang, l'indispose. Nonœil, que l'on a affublé de ce surnom à la brigade criminelle en raison d'un strabisme divergent prononcé, ne lui inspire aucune sympathie. Il a tout du taureau bigle. Sa physionomie est étrange. Les cheveux bruns huileux, plaqués, évoquent un crâne nu qu'on aurait peint en noir. Le nez est agressif, le menton en galoche. La mâchoire, paralysée du côté droit, ponctue les phrases de curieux sifflements. De tous les flics du Quai des Orfèvres, c'est assurément celui qui passe le moins inaperçu.

Non, la nature ne l'a pas gâté, Vérot, sur le plan esthétique. En revanche, elle l'a doté d'une mémoire et d'un flair incomparables. Avant d'être muté à l'Antigang, il a fait de l'excellent travail à la section de la voie publique affectée à la surveillance de la rue. Ce qui le passionne, c'est la chasse aux truands de haut vol. Et quand le préfet de police a décidé de frapper un grand coup contre les malfaiteurs organisés, c'est à Vérot qu'il a fait appel pour prendre la direction du peloton de la traque.

Nonœil, fouineur incorrigible, se moque éperdument des attributions territoriales qui lui ont été dévolues. Il louche sur tout, met son nez partout, de jour comme de nuit, malgré les protestations de ses collègues de la police judiciaire. Les réclamations ont beau s'accumuler sur le bureau du directeur de la P.J., rien n'y fait. L'inspecteur principal est le champion des affaires du Milieu. On le respecte, on le vénère. On a recours à son activité débordante pour damer le pion aux hommes de Vieuchêne, son principal concurrent de la Sûreté nationale, l'amiral de l'armada policière de la rue des Saussaies, le pourfendeur des ennemis publics de tout poil. Vérot, sourd aux récriminations, de quelque côté qu'elles viennent, continue imperturbablement de glaner ses « crânes ». Il est une police à lui seul. Aux louanges comme aux critiques, il n'oppose qu'une réponse :

– Je m'en bats l'œil!

Ce qui contrarie Moreux, c'est que l'inévitable Vérot va se ruer tête baissée sur l'affaire, à son habitude, se fiant davantage à son intuition et au hasard qu'aux bonnes vieilles méthodes de rouleau compresseur des hommes de la Criminelle. Et l'assassinat de David Marcus est le type d'aubaine dont il est friand.

Tout en continuant de faire fonctionner ses mâchoires sur le chewing-gum désormais insipide, l'inspecteur Moreux, le visage dur, ne peut s'empêcher de grommeler :

– Tu n'as rien à foutre ici, Vérot! Je n'ai pas besoin d'un ange gardien ou d'une potiche pour faire mon boulot!

L'inspecteur de l'Antigang se contente de passer les pouces à l'intérieur de la ceinture de sa gabardine avant de ricaner :

– Tu aurais peur que je te fauche ton fromage que ça ne m'étonnerait pas! L'état-major a balancé le meurtre dans les voitures radio. J'étais dans le coin. Je viens jeter un œil, un point c'est tout!

– Ça dépend lequel, maugrée Moreux. On ne te connaît que trop, à la Crim'. Alors, fais-moi plaisir. Tu regardes le macchabée tranquillement, et tu nous laisses travailler, Vossel et moi.

Sa main va pêcher une nouvelle plaquette de chewing-gum dans l'étui qui stagne, en permanence, au fond de sa poche, sans cesser de surveiller à la dérobée les faits et gestes de Vérot qui fait le tour de la Mercedes.

– Et fais gaffe où tu mets les pieds! s'indigne-t-il. Si des empreintes éventuelles sont piétinées, Vossel n'aura plus qu'à aller se rhabiller!

L'inspecteur principal Vérot préfère ne pas répondre. Il s'éloigne à petits pas de la voiture, rejoint un de ses équipiers qui l'attendait, près de la cage de l'ascenseur.

– Viens, Montillet, dit-il d'une voix assez forte pour que Moreux la perçoive. On a l'air d'être de trop ici. C'est un monde de travailler dans la même maison et de se tirer comme ça dans les pattes!

Dès qu'il a disparu, Vossel soulève le couvercle de la mallette où il entrepose le matériel nécessaire pour relever les empreintes. Il en extrait un papier de soie qui contient deux douilles de dimension imposante.

– Quand j'ai vu arriver Nonœil, dit-il, j'ai tout de suite planqué les demoiselles éjectées à deux mètres de la bagnole. Il aurait été capable de les écraser...

Il fait sauter les douilles dans sa main, ajoute:

– Si elles veulent causer quand je les passerai au scope, mes demoiselles, on aura fait un bond en avant. Les collerettes prouvent déjà que le tueur ne pouvait pas rater sa cible. Les balles ont été tirées à bout touchant.

Moreux n'a aucun mal à interpréter les propos de Vossel. L'orifice d'entrée d'une balle dans les chairs, généralement plus petit que l'orifice de sortie, est cerné par une auréole, dite « collerette », que produisent les impuretés du canon entraînées par le projectile.

– Donc, on attendait Marcus, et on connaissait ses habitudes, conclut-il. Tu les expertises quand, tes demoiselles?

Le technicien lui adresse un clin d'œil amical.

– Le temps de ranger mes outils et je rentre à la boîte. Je verrai ça ce week-end. Appelle-moi lundi, dans la journée. Autrement, pas d'empreintes... du bon boulot...

Il rabat les angles du papier de soie sur les douilles, les replace dans la valise entre son cher appareil-photo et un pot de poudre blanche d'où émerge un pinceau.

Secoué d'un petit rire, il décerne à Moreux un nouveau clin d'œil.

– Je vais te dire quelque chose, ma vieille. Pour moi, ce David-là n'était pas né sous une bonne étoile!

Il continue de rire en pliant son trépied, qu'il glisse dans un sac de moleskine noire avant de quitter le parking.

Moreux le suit des yeux un instant, puis appelle le brigadier de service.

– Si vous pouviez alerter la morgue pour qu'on nous enlève ça rapidement, ça m'arrangerait, dit-il.

Découragé, il reste un moment songeur. Il se serait bien passé de cette affaire qui vient grossir encore son classeur bourré de dossiers. En lui collant ce meurtre sur les bras, le directeur lui a fait une belle vacherie!

Reste à déterminer le mobile du crime : vengeance, jalousie, passion, intérêt? Les devises abandonnées ne veulent rien dire. Ce peut être une astuce destinée à brouiller les cartes. Ou peut-être le tueur a-t-il été dérangé...

Le plus urgent, c'est d'entendre la fausse veuve. Elle ne doit pas être difficile à trouver.

3.

Le panonceau métallique, emblème de ralliement des candidats aux contrats de mariage et aux successions dans l'étude de Me Brignon, notaire à Paris, brille de toute sa dorure au-dessus de la porte de l'antique hôtel particulier du boulevard de Sébastopol. Aux temps heureux où les transporteurs provinciaux déversaient sur le pavé des Halles leurs chargements destinés au ravitaillement de la capitale, le quartier n'était qu'un immense bazar. On y trouvait de tout. La nuit, les rues se transformaient en un labyrinthe impraticable peuplé de camions, de montagnes de fruits et légumes, de pyramides de salaisons et de fromages. Les diables des maraîchers et des mareyeurs se croisaient comme des fourmis dont on vient de renverser la forteresse, au milieu d'un tumulte d'interpellations bruyantes. Des prostituées peintes comme des sapins de Noël jouaient du sein et de la croupe avant d'aller se réconforter, sur le coup de cinq heures du matin, avec la traditionnelle soupe à l'oignon dans les bistrots du Carreau.

Depuis que le ventre de Paris s'est déplacé à Rungis, le secteur tend à retrouver le secret d'une sérénité bourgeoise. Les belles de nuit se sont repliées vers la porte Saint-Denis, devant les sex-shops qui se multiplient à chaque coin de rue. Les colonies de rats ont préféré émigrer vers des réserves mieux ravitaillées que les fondations du centre Beaubourg.

Sous la puissance des jets de sable, les pierres de l'hôtel

particulier de Me Brignon ont repris leur lustre d'antan, les mascarons, décrassés, leurs grimaçants visages. Seul le portail qui s'ouvre sur une cour pavée n'a pas encore recouvré ses ferronneries d'origine.

L'escalier plusieurs fois séculaire, à la rampe de fer et aux marches de pierre bordées de bois, me conduit à un perron couronné d'une marquise. La réceptionniste au chignon poivre et sel qui m'ouvre la porte, m'apostrophe d'un ton revêche :

– C'est samedi, aujourd'hui. L'étude est fermée. Repassez en début de semaine.

Je m'appuie d'une main sur le chambranle de la porte en dédiant à l'échalas acariâtre un sourire forcé :

– J'aimerais voir Me Brignon.

Elle sursaute comme si une guêpe venait de la piquer au cœur de son anatomie.

– Puisque je vous dis que c'est fermé. Et puis, on ne voit pas Me Brignon comme ça! Il faut qu'un clerc lui fasse d'abord le compte rendu de votre dossier. C'est pour quoi, au juste? Un contrat de mariage? Une donation? Un testament?

Je secoue la tête en silence, ce qui a pour effet de renfrogner un peu plus l'intraitable cerbère.

– Me Brignon m'a demandé de passer à l'étude à quinze heures. Il est moins deux et j'ai déjà eu du mal à garer ma voiture. C'est à moi d'apprendre ce qu'il me veut.

– Deux minutes.

Un soupir émane de la gorge décharnée et les doigts s'en vont tripoter la manette d'un standard de bois verni où scintille une batterie de voyants lumineux.

– Excusez-moi, maître Brignon. J'ai là un monsieur qui veut vous voir. Il ne sait pas pourquoi.

L'écouteur émet des sons nasillards comme seuls en dispensent les appareils d'un temps révolu.

Il faut croire que les quelques mots dispensés à la réceptionniste ont fait leur effet car, tel un diable à ressort, elle se précipite vers une porte capitonnée pour appuyer sur une sonnette à cadrans. Une lumière verte s'allume aussitôt sur le dispositif.

La vieille fille rébarbative s'est métamorphosée, le temps d'un court séjour dans l'antre du notaire. C'est une créature presque rayonnante qui s'efface avant de refermer la porte sur mes talons.

Me Brignon vient à ma rencontre, traversant un bureau qui m'apparaît aussi majestueux que la nef d'une cathédrale. Sous le haut plafond à poutres apparentes, on pourrait loger, l'un sur l'autre, deux de ces appartements que le modernisme réduit à l'état de cages à poules. Des meubles haute-époque se bousculent de part et d'autre de tapisseries murales et de bergerades : sièges seigneuriaux à dosserets, bahuts à parements de métal, coffres cloutés et ferrés. Au plafond, deux lustres hollandais à boules et à branches de cuivre jaune distillent une lumière tamisée sur l'immense table de chêne style Renaissance, encombrée de dossiers plus volumineux les uns que les autres, derrière laquelle va se rasseoir le maître des lieux.

Me Brignon est laid, très laid même. Il a la soixantaine flasque et adipeuse, les paupières lourdes et violacées. Ses mentons superposés tressautent comme des vaguelettes chaque fois qu'il ouvre la bouche, qui surprend par une quasi-absence de lèvres. Il arbore en revanche toutes ses dents, dévorées par la nicotine. La nature lui a collé sur la tête des cheveux roux, contorsionnés comme du céleri rémoulade. Petit, fort et court sur jambes, il marche en se dandinant comme un teckel. Je l'imagine, moine solitaire, déambulant, silencieux et méditatif, un bréviaire à la main, entre les piliers d'un cloître, insensible à la débauche du monde extérieur.

Installé derrière son sous-main de cuir brun orné d'armoiries dorées, il me désigne un fauteuil dont la mollesse invite aux confidences.

– Je vous remercie d'avoir répondu aussi vite à ma sollicitation, commence-t-il. C'est le chef du contentieux de la compagnie Winterthur qui m'a donné votre numéro de fil. Je crois que vous travaillez pour les assurances...

– Je travaillais... Depuis quelques années, je me consacre plutôt à la rédaction de mes mémoires de flic.

Les sourcils du notaire remontent de deux centimètres:

– Vous ne faites donc plus d'enquêtes?

– En général, non. Sauf si une affaire passionnante se présente. Ça m'est arrivé, il n'y a pas si longtemps... La nostalgie du métier, sans doute... En quoi puis-je vous être utile?

Me Brignon chausse d'impressionnants lorgnons à verres cul-de-bouteille.

– Voilà, dit-il en tirant une chemise violette de dessous une pile de documents. Je suis le notaire de la famille Marcus. Vous en avez entendu parler?

– Tous les journaux parlent du meurtre de David Marcus, dis-je. Mais je n'en sais pas plus.

– Marcus était un financier très prisé dans le monde des affaires. Il devait à son père, mort en déportation, une grande intelligence, et une parfaite maîtrise de la comptabilité. Il se jouait des mathématiques avec une facilité déconcertante, ce qui l'a conduit à se passionner pour l'univers de la finance. Cela, pour vous situer le personnage...

J'acquiesce d'un signe de tête, tandis que mon regard se pose sur le canapé qui meuble un des coins du bureau, près d'une table de dactylo supportant une machine à dicter le courrier. Le notaire a dû souvent laisser choir son confortable postérieur sur les coussins, car l'armature s'affaisse en sa partie centrale.

– Jonglant avec les chiffres et les devises, reprend le maître adipeux, David Marcus n'a pas été long à acquérir une belle fortune, ni à se faire des relations à la chambre des agents de change et chez les courtiers en Bourse... Il m'avait chargé de rédiger un testament dont la principale disposition instituait sa fille, Sophie, légataire universelle. Je dois dire que Mathilda, sa femme, décédée il y a quatre ans des suites d'un accident d'automobile, a été remplacée dans le cœur et la vie de David par une jeune beauté italienne, Bettina Calgirone, sur laquelle Sophie et moi ne savons rien... Vous me suivez?

Je me secoue. Dans la molle tiédeur du fauteuil, ma pensée commençait à s'évaporer en rêverie.

– Je vous suis, affirmé-je avec conviction, en réprimant un bâillement.

La voix monocorde reprend sa litanie :

– David Marcus vient d'être assassiné dans son parking. Tous les journaux en parlent, en effet. La police a établi que le meurtrier l'attendait à proximité de son box. La nouvelle a bouleversé Sophie, qui vivait séparée de son père dans un studio de la place Dauphine. Elle souhaite que vous enquêtiez sur le passé et les activités de Bettina Calgirone, qu'elle soupçonne de vouloir s'approprier la fortune de son père...

Me Brignon se remet à toussoter, comme pour dissimuler son émotion, se lève, contourne sa vaste table de travail, vient se planter devant moi.

– Pour vous, cela ne doit pas être très difficile, il me semble. Nous avons dès ce matin demandé ce service à l'inspecteur Moreux qui mène l'enquête, mais celui-ci a invoqué le secret de l'instruction...

– Il a raison, dis-je. S'il lui fallait renseigner les parents, les amis et la presse sur ses démarches, ses investigations n'aboutiraient jamais... Qu'est-ce que Sophie Marcus peut faire de renseignements sur cette Bettina?

Le front du notaire se plisse. Sa courte taille se courbe vers moi. Ses yeux démesurément grossis derrière les lentilles sont rivés aux miens.

– Sauriez-vous garder un secret?

La curiosité d'un flic ne s'efface pas de sitôt. Tout au long de ma carrière d'inspecteur, j'ai trop cherché à m'immiscer dans les vies privées pour ne pas prêter une oreille attentive aux propos de mon hôte. Le commissaire Vieuchêne, mon ancien patron de la Sûreté nationale, m'avait éduqué. Si je voulais être renseigné sur tout et partout, il me fallait prêter une oreille complaisante aux indicateurs, presser comme des citrons ces petits pions de l'ombre, furtifs et efficaces, sans lesquels on ne fait pas tomber les beaux « crânes ». Il fallait aussi distribuer quelques services en échange de trahisons.

J'écarte les mains, en un geste d'étonnement feint.

– Si vous ne m'en croyez pas capable, ne me posez pas la question, Maître.

Les paupières papillotent derrière les loupes :

– Excusez-moi.

Les jambes du notaire le portent jusqu'à sa chaise de bureau, sur laquelle il reprend place. Il ouvre une chemise, en tire le portrait d'une jeune femme aux longs cheveux dorés, qui sourit au photographe. Les lèvres sensuelles, d'une chaude et vive carnation, découvrent les dents du bonheur.

– Qui est-ce? Sophie, ou Bettina?

Me Brignon hoche la tête en souriant.

– Sophie. Et je prends très à cœur son désir d'en savoir davantage sur cette Bettina... Je m'explique. David Marcus avait l'habitude de placer de l'argent – des sommes considérables – en Suisse, au Luxembourg, et aux Bahamas. Il se peut que Bettina Calgirone possède une procuration et vide ses comptes. David avait assuré sa femme sur la vie. Son accident leur a rapporté beaucoup d'argent, à lui et à Sophie. Qui, légalement, doit hériter de la part de sa mère. De plus, il s'est sans doute assuré lui-même. Nous aimerions connaître le ou les bénéficiaires des contrats. Sophie est décidée à saisir les autorités helvétiques, s'il le faut.

Mes yeux ont du mal à se détacher de la photographie que le notaire a déposée sur le sous-main. Je garde quelques instants le silence, puis :

– Êtes-vous en train de me dire que le meurtre de David Marcus se résume à une histoire de gros sous?

Les pommettes rosissent, le regard se trouble, la tête poupine dodeline de droite à gauche.

– Je ne sors pas des articles du code en matière de succession. Le testament de feu David Marcus va être bientôt ouvert mais un autre testament, de dernière heure, peut changer le cours des choses. Je trouve normal que Sophie prenne ses précautions. Bien entendu, la totalité de vos frais sont à la charge de l'étude...

Lentement, les doigts courtauds de Me Brignon glissent vers le visage de Sophie, le saisissent, le replongent dans le secret de la chemise. Il ôte ses lunettes, sort de sa poche un mouchoir à carreaux, se met à essuyer les verres. Plus je l'observe, plus je le confonds avec le capucin aux joues rubicondes qui orne le couvercle d'une boîte de fromage en renom.

– Découvrir un compte bancaire en Suisse ou au Luxembourg n'est jamais facile, dis-je. Encore moins aux Bahamas. Pour les contrats d'assurances, c'est pire. Rien n'est centralisé, et chaque compagnie tient rigoureusement secret le fichier de sa clientèle. En ce qui concerne Bettina Calgirone, ce devrait être plus aisé. La brigade mondaine a en général des tuyaux sur ce genre de filles. Sinon, Sophie Marcus devrait pouvoir me renseigner tout de même un peu, non?

– Vous voulez que je l'appelle?

– Pas pour l'instant. Vous me donnez ses coordonnées et je l'appellerai moi-même. A moins que cela vous dérange?

Me Brignon tire de sa poche un carnet de chèques, le déplie sur la table avec soin, décapuchonne son stylo.

– Une provision de combien pour commencer? demande-t-il.

Je repousse l'offre de la main :

– Vous allez vite en besogne, Maître. Je souhaite tâter le terrain dans un premier temps. Je vous ferai part de ma décision sous quarante-huit heures.

4.

Mathieu Barzoli déteste la pluie. Cet hiver qui n'en finit pas, cette brouillasse cotonneuse au long des berges de la Seine, quel supplice pour un homme du Sud! Les rideaux de voile sont tirés sur les baies de son salon du quai de Bourbon, entre les lourdes tentures qui masquent les deux tiers de l'arrondi vitré, strié de tristes coulées de pluie. Le luxe de la pièce est trop raisonnable, le silence trop feutré, le repos trop pesant.

Le maître des lieux ne prête même plus attention à ce luxe de bon aloi, d'où se dégage le parfum cossu des vertus bourgeoises. Le lustre à pendeloques de cristal nimbe d'une lumière discrète les natures mortes et les portraits accrochés à des rails accolés au plafond, que des tiges d'acier soutiennent comme la corde retient le pendu. Quelques meubles marquetés reflètent la lumière à coup de facettes astiquées.

Il s'en moque, Mathieu Barzoli, de ce décor. Ce n'est que le résultat d'une grosse somme payée cash, en liquide, à un décorateur spécialiste des styles Louis XV et Louis XVI, signes évidents d'une réussite durement conquise.

Mathieu Barzoli ne conçoit pas d'autre écrin pour contenir, loin des sombres souvenirs de disette, l'heureux possesseur d'une fortune bien gagnée. Seul anachronisme : l'écran géant de télévision, devant lequel l'ancien boxeur s'est installé, face à la retransmission du match d'ouverture du

Tournoi des Cinq Nations, France-Écosse au Parc des Princes, vautré sur le canapé, mêlant les cacahuètes à la bière, et ponctuant chaque action de cris gutturaux.

A quarante ans, il est assez abîmé, Mathieu. Passe pour son visage taillé à la serpe. Mais ses oreilles boursouflées comme un cœur de chou-fleur et son nez écrasé témoignent d'exploits de bagarreur qui lui ont valu, dans sa jeunesse, quelques succès sur le ring. Une prothèse de porcelaine trop étincelante s'est substituée à une denture que les poings de l'adversaire ont réduite à néant. Une calvitie précoce révèle les ravins du front bosselé, dessinant, à l'arrière, une couronne de cheveux poivre et sel digne d'un monastère archaïque.

Barzoli est originaire d'Asco, un village corse accroché aux aspérités de la pente rude du monte Cinto. Ses biceps, il les a développés en abattant des pins dans la forêt de Carozzica. Bûcheron durant la semaine, il mesurait sa force, chaque dimanche, sur le faciès de ses rivaux, à la sortie des bals du canton. Ses nombreuses victoires par K.O. lui avaient fait croire que la puissance de son punch pouvait lui valoir un beau succès dans les rangs des boxeurs professionnels, après un passage éclair chez les amateurs.

La malchance devait pourtant anéantir ses espoirs. A Marseille, où le *Ville d'Ajaccio* l'avait débarqué, il recevait, entre les cordes des salles populaires, davantage de coups qu'il n'en distribuait. Comble de malheur, une méchante droite allait lui fracturer l'épine nasale. Fou d'humiliation et de fureur, ivre de vengeance, Mathieu, hors de lui, avait attendu son adversaire à la sortie d'un cinéma du Prado pour lui infliger une féroce correction à coups de barre de fer. Résultat : huit mois de prison aux Baumettes, et la suppression de sa licence. Sa carrière chez les poids moyens sombrait définitivement dans l'eau souillée du Vieux-Port.

A sa sortie de cellule, le pavé marseillais avait été dur à arpenter. Jusqu'à ce qu'il soit présenté à Jo Benutti, le futur parrain français du trafic de stupéfiants en tous genres, qui lui avait mis le pied à l'étrier de la délinquance. Il avait su se rendre à la fois familier et discret, débrouillard et rapide. Il exécutait les contrats sans bavure. Sa réputation avait été vite établie.

Monsieur Jo l'avait initié à la transformation de la morphine en héroïne et à l'exportation clandestine du produit vers les États-Unis, grâce au réseau international qu'il avait mis sur pied depuis longtemps, et qui résistait aux coups de boutoir policiers. Il l'avait même intéressé au blanchiment de l'argent sale, par l'entremise de comptes secrets, aux Bahamas et au Liechtenstein.

Mathieu Barzoli s'était rapidement imposé comme le spécialiste des affaires douteuses. De jour en jour, il avait perfectionné la préparation des coups, le choix d'hommes de main pour éliminer discrètement les concurrents, la recherche de villas isolées ou l'implantation provisoire de mobilhomes pour installer des laboratoires clandestins.

Aujourd'hui, les caïds de la pègre recherchaient sa compagnie, lui faisaient une cour assidue, au même titre qu'à son patron Jo Benutti. Sa carrière était faite : la Mafia, dont le redoutable Monsieur Jo était l'antenne française, l'avait adopté.

Grâce à elle, Barzoli fait des affaires en or. Sa fortune gérée par David Marcus, le conseiller de Monsieur Jo pour les investissements, est devenue considérable. Outre son portefeuille d'actions et ses comptes dans les paradis fiscaux, Mathieu Barzoli peut jouir en toute propriété de son appartement raffiné du quai de Bourbon, au cœur de l'île Saint-Louis, de son somptueux mas de Mougins, assez discrètement niché dans une courbe de l'arrière-pays cannois pour pouvoir servir de relais et de laboratoire le cas échéant, et d'une chaîne d'hôtels et de pizzerias en Amérique latine...

Les flics n'ignorent évidemment rien de sa lucrative activité, mais Mathieu est un malin, qui repère les indics les mieux camouflés. Le piège des inspecteurs ou des agents du fisc ne s'est jamais refermé sur lui. Barzoli est l'une de leurs cibles prioritaires, il le sait. Mais il ne rechigne pas à rétribuer grassement ses comptables. Ainsi se dressent, autour de lui, d'inextricables chevaux de frise juridiques contre lesquels viennent se briser les vagues successives des défenseurs de la loi. Découragés, fatigués, irrités, les incorruptibles ont fini par battre en retraite. Quant aux familiers du tandem Mathieu-Jo, ils savent que toute infraction à la loi du silence serait punie de mort.

Deux brefs coups de sonnette violent le calme du salon, sans surprendre Mathieu Barzoli. Il sait toujours, au moment précis, à qui il a affaire. La pendule à colonnes dorées marque seize heures. Gianni Lovera est ponctuel, comme d'habitude. Mathieu chausse ses babouches, éteint la télévision et traîne paisiblement les pieds jusqu'à la porte d'entrée. Kali, son serviteur guinéen, est en train de briquer la Rolls dans le garage de l'hôtel particulier. Par réflexe, Mathieu consulte l'écran de télévision du système de sécurité, avant de déverrouiller la porte blindée. D'un mouvement de tête, il invite Gianni à franchir le seuil, puis il repousse le battant, assujettit la barre de sécurité, tend une main délibérément molle et guide son jeune compatriote vers le fumoir tendu de cuir, que les persiennes assombrissent. En silence, il allume la lampe de bureau, désigne du menton à Gianni un des fauteuils Regency de la seule pièce qui échappe au XVIIIe siècle français, choisit dans le coffret humidificateur en ébène un imposant havane qu'il caresse, sans l'allumer, entre ses doigts massifs.

– Est-ce que tu as vu les actualités, hier soir? demande-t-il brusquement.

– Non, répond Gianni, surpris par cette entrée en matière.

– Ben voyons! Tu n'as pas non plus écouté la radio? Ni lu les canards, ce matin?

Il hume le cigare dont il a éprouvé la souplesse, le fait passer à plusieurs reprises sous ses narines pour en savourer la verdeur, sans cesser de dévisager le jeune homme. Du tranchant de ses incisives reconstituées, il sectionne l'extrémité du havane, recrache quelques brins, allume l'imposante cheminée horizontale avec des aspirations de soufflerie.

– Dommage, commente-t-il. Je ne pige pas que vous, les jeunes, vous ne vous intéressiez pas plus à l'actualité. La télé, il n'y a que ça...

Les yeux de Gianni passent de l'étonnement à un début d'inquiétude :

– Pourquoi? Il y a quelque chose qui nous intéresse?

Mathieu se renverse contre le dossier de son siège, tête son bâton cubain en silence, rejette une bouffée de fumée... Une suave odeur chatouille les narines de Gianni.

– Je ne te le fais pas dire, grommelle-t-il.

– Mon évasion revient sur le tapis? C'est ça? Ils en reparlent dans les journaux...

Soudain, il semble soucieux, Gianni. Jusqu'alors, il a vécu, à Paris, des journées calmes, détendues. Chaque matin, en lisant *Le Figaro* et *Le Parisien libéré* que le garçon de la *Brasserie Odéon* lui propose en même temps que les croissants frais, il se réjouit de constater que la presse ne fait plus cas de son évasion du Marseille-Paris. En cette mi-janvier, les remous de la campagne des candidatures pour l'élection présidentielle américaine ont pris le devant de l'actualité. Les flics semblent eux aussi l'avoir oublié, après l'avoir vainement recherché pendant plus de deux mois.

Mathieu avait exécuté à la lettre les instructions de son patron Benutti.

– Tu héberges Gianni quelques jours chez toi, le temps de lui dénicher une planque, et tu lui files des faux papiers.

– Chez moi? Mais il y a ma femme. Je la laisse souvent seule...

– Et alors? Il ne va pas te la sauter de force, ta femme! Les Ritals le veulent, les pandores qu'il a mis K.O. ne décolèrent pas, ce n'est pas le moment de faire du sentiment...

– Qu'est-ce que je lui mets comme nom?

Dans l'écouteur, le débit de Jo Benutti s'était accéléré :

– Ce que tu veux, il n'en manque pas dans l'annuaire! Un nom français, en tout cas.

C'est ainsi que, par les bons soins de Barzoli, Gianni Lovera était devenu Jean-Baptiste Marceau. Son installation momentanée dans la chambre d'amis du quai de Bourbon n'avait pas eu l'heur de plaire à Mathieu dont la jeune épouse lui paraissait sensible au charme de son invité. Aussi s'était-il empressé de trouver au neveu de Benutti l'asile parisien qui convenait à leur tranquillité respective : un studio ancien, au fond d'une courette du quartier Saint-Germain. Barzoli l'avait loué sous un nom d'emprunt. Pour oublier les heures sombres de la prison des Baumettes, le détenu en cavale, le nez collé à l'œil-de-bœuf du studio, buvait la lumière du ciel éblouissant, se grisait de sa liberté retrouvée. Fanny Barzoli, deux fois par semaine, lui rendait visite à l'insu de son mari, ne serait-ce que pour assurer le ravitaillement. Bettina Calgirone n'avait pas été la première à succomber aux charmes du bel évadé.

Début décembre, Gianni s'était risqué hors de la courette, puis il s'était aventuré jusqu'au carrefour Odéon. Comment les garçons de la brasserie auraient-ils pu se douter que le jeune athlète qui dévorait la presse matinale en dégustant son crème-croissant n'était autre que l'échappé du train de nuit qui avait si brillamment ridiculisé ses anges gardiens?

Mathieu souffle vers le plafond trois ou quatre serpentins de fumée bleutée.

– Ton évasion, on n'y pense plus, énonce-t-il. Mais il se peut qu'on te coure après pour Marcus!

Gianni, nerveux, se redresse dans le fauteuil, élève la voix. Son sourcil se fronce :

– Pourquoi, Marcus? Qu'est-ce qui se passe, avec Marcus?

Mathieu fait tourner son havane entre le pouce et l'index, scande ses mots, avec une rage et un dégoût qu'il ne peut s'empêcher de laisser transparaître :

– Il se passe qu'il a été flingué hier soir dans son garage, et c'est ce qui m'emmerde! Que les flics apprennent ta liaison avec sa souris, et ils risquent de nous dégringoler dessus! Qu'est-ce qui m'a pris de t'envoyer porter des fonds chez lui! Comme s'il n'y avait pas assez de nanas à sauter dans le quartier, il faut que tu te farcisses la femme de mon correspondant! Tu étais encore avec elle, hier, j'imagine? En train de roucouler, comme d'habitude!

Gianni, les yeux écarquillés, observe Barzoli comme s'il s'agissait d'une blague. Il n'a pourtant pas l'air de plaisanter, Mathieu, qui cesse de suçoter son cigare et reprend de sa voix grasseyante :

– Est-ce qu'au moins tu te rends compte que c'est grave, Gianni ? Parce que, tant que la P.J. n'aura pas tiré l'affaire au clair, il va falloir te mettre au vert. J'en ai parlé à Jo cette nuit, au téléphone. Il est d'accord. Il te conseille de le rejoindre à Bangkok le plus tôt possible. On a suffisamment de soucis avec nos affaires sans que tu viennes y ajouter les tiennes... Et puis ça te fera voir du pays.

En une suite de flashes, Gianni revoit les scènes de la veille. Il sort du somptueux appartement de David Marcus, prend l'escalier de service jusqu'au quatrième étage, puis l'ascenseur qui l'amène au parking. Sa Kawasaki est garée au troisième sous-sol, dans son coin sombre habituel, à l'abri des regards. Il sort sa combinaison de la vaste sacoche du porte-bagages, la passe, puis décroche son casque attaché par le câble antivol à la roue arrière...

Sur les Champs-Élysées, le vent plaque la pluie contre le plastique de sa visière. Gianni pilote prudemment, dans le déluge. Bien harnaché, il voit Paris défiler comme un aquarium. Il évite de justesse un barrage de police boulevard Saint-Germain, à la hauteur du ministère de la Défense, qui coupe la rue du Bac. Enfin, il est chez lui. La pluie martèle la toiture, brouille les vitres de la mansarde. Il grignote un sandwich puis se laisse tomber sur le lit comme une masse. Il n'émerge de son lourd sommeil que lorsque le téléphone s'obstine à vriller ses tympans. C'est Mathieu.

Mathieu qui est maintenant là, devant lui, dans son bureau capitonné, style vaguement anglais 1820. Gianni secoue sa rêverie, se lève. Sa silhouette se découpe sur le mur fauve.

– Qu'est-ce que vous voulez que j'aille faire en Thaïlande ? grogne-t-il. Je suis bien, ici. J'ai des amis. Je peux gagner de l'argent...

Le regard de son vis-à-vis brise net sa tirade. Mathieu Barzoli n'aime pas qu'on lui tienne tête, même si on est le neveu du parrain Benutti. Pour qui se prend-il, ce petit salaud ?

Un sourire forcé découvre le parfait alignement de sa prothèse.

– Tu peux surtout te faire cravater, enchaîne-t-il. Évasion

avec violences sur agent de la force publique, assassinat du protecteur de ta maîtresse, tout ce qu'il faut pour te faire plonger des dizaines d'années derrière les barreaux. Au début, les colis, les mandats, les visites, tu en auras ton soûl, c'est sûr. Mais peu à peu ça se tassera. Tout le monde te laissera tomber. Je sais ce que c'est, j'y suis passé, et encore, pas plus de quelques mois. C'est humain, l'oubliette, on ne vit pas avec les morts.

Les épaules athlétiques de Gianni se font impressionnantes.

– Vous plaisantez, Mathieu? Pourquoi aurais-je assassiné Marcus?

La grosse patte de Barzoli chasse une cendre de havane dans le cendrier de cristal.

– Est-ce que je sais? Vous, les jeunes, on sait jamais ce qui vous passe par la tête. En tout cas, c'est pas à moi qu'il faut dire que t'es pas dans le coup. C'est à la P.J., si elle te pique... Je veux bien te croire, moi, mais les flics? Qu'est-ce qu'ils en auront à faire, de tes protestations d'enfant de chœur! Tu as un alibi? Tu pourras te justifier? Oui? Non? Et d'abord, à quelle heure tu l'as quittée, la fille?

Gianni, de sa main gauche, tripote sa lèvre inférieure.

– Sept heures moins le quart... Peut-être moins vingt...

– Alors, écoute bien! D'après la télé, le meurtre a eu lieu quelques minutes avant sept heures. Quelques minutes, tu comprends? Pour un peu, à un poil près, vous vous trouviez ensemble, dans le parking. Je vais te dire un truc, Gianni. Tu vas avoir du mal à t'en sortir!

– Vous dites ça comme si j'étais...

– Écrase, veux-tu! La vie est ainsi faite. Un innocent devient un coupable. Un coupable se transforme en innocent. Eh oui! C'est ça, l'erreur judiciaire. En bien comme en mal, c'est selon. Les flics et la justice ont besoin de coupables. Les innocents, ça les dérange, il faut croire. Ils n'ont pas de temps à perdre avec des cons pareils. Si un mec n'a pas d'alibi, pas de quartier! Le présumé innocent devient tout de suite un présumé coupable. C'est automatique. L'opinion publique, faut qu'elle ouvre sa gueule. Alors on lui balance un nom, et on n'en parle plus. Au ballon, le mec! Qu'est-ce que ça peut foutre, s'il est relâché trois mois ou dix ans plus tard? Il n'a plus qu'à la fermer, le taulard! Surtout que ça n'intéresse plus les journalistes... Jo a besoin de toi, en Thaïlande. Notre avenir, c'est la came, là-bas. Il a installé une tête de pont qui commence à fonctionner à pleins tubes vers les Ricains. Tu es jeune, dynamique, plein d'idées. Ce serait pas mal que tu prennes ça en main. Dans quelques mois, tu nous remercieras. Et je vais te dire, des pépées, il y en a à la pelle, là-bas, des chouettes, autrement expertes que nos souris qui ne sont même pas foutues de faire un massage comme il faut!

Gianni, l'air préoccupé, arpente la pièce, les mains dans les poches de sa veste de bon faiseur qui souligne ses épaules de sportif. Sous son abondante chevelure brune, le visage mat, à la mâchoire carrée, se découpe dans la clarté de la lampe.

– Si je comprends, dit-il enfin, il n'y a pas d'autre solution...

Mathieu fouille dans le tiroir de son bureau. Son index actionne un bouton. Un déclic. Le panneau latéral du meuble pivote, démasquant un compartiment secret.

– Pour moi, non, énonce-t-il lentement. A moins que les salons privés du ministère de la Justice ne te fascinent au point que tu veuilles les réintégrer!

Gianni, qui suit des yeux chaque geste de Mathieu, voit apparaître, au sein d'un ruissellement de diamants, d'émeraudes et de rubis, des liasses de billets. De ses doigts épais, Mathieu en agrippe une, la jette sur le bureau.

– Pour tes frais, dit Barzoli. Juste ce qu'il faut pour t'éviter des problèmes à la douane avec leur connerie de contrôle des changes. Jo t'en filera un bon paquet, là-bas. Tu es venu comment?

– En taxi.

– Par ce temps de chien, tu as bien fait. Ta moto, tu la laisses où elle est. On la prendra en charge pour pas qu'on te la fauche. Aujourd'hui, tu restes avec moi. Je ne voudrais pas qu'il t'arrive un pépin la veille d'un si beau jour. Et ce soir, je t'emmène à l'aéroport. J'ai tout ce qu'il te faut comme visa thaïlandais et carnet de vaccination plus vrais que des vrais.

Gianni se redresse de toute sa taille :

– Et si je refusais d'aller là-bas?

L'œil de Mathieu vire au noir.

– Ce serait la plus belle connerie de ta vie, petit. D'abord tu me prouverais que tu n'es pas reconnaissant. Ensuite que tu ne veux pas bosser pour ton oncle. Mais je sais que tu plaisantes. Tu es beaucoup trop jeune et beaucoup trop futé pour t'envoler déjà vers le paradis des truands!

5.

Sophie Marcus a immédiatement réagi à mon coup de sonnette, pourtant discret.

– Vous devriez vous appeler exactitude, dit-elle d'un air triste. Entrez.

Sa longue et svelte silhouette s'encadre dans l'embrasure de la porte. Elle m'apparaît, sympathique, séduisante, moulée dans un jean délavé, moucheté de traces de peinture, effiloché par le bas. Dans sa main gauche, une palette où s'entremêlent des couleurs.

Elle me précède dans le salon aux moulures XVIIIe où un fauteuil Napoléon III, dont le velours grenat est assorti aux doubles rideaux, m'offre ses accoudoirs. Sur un chevalet, l'esquisse d'un tableau. Les deux baies, hautes et sans voilage, s'ouvrent sur les arbres centenaires de la place Dauphine.

– Vous n'êtes pas très prudente d'ouvrir sans chaîne de sûreté, dis-je en guise d'entrée en matière. Surtout après ce qui s'est passé avenue Foch.

Elle ne peut s'empêcher d'accuser le coup, puis se force à afficher une moue désinvolte :

– Je vous guettais. Thé ou café?

– Café, volontiers.

La palette atterrit sur le dessus de marbre d'une commode ventrue. Sophie s'essuie les mains à une peau de chamois qu'elle extirpe de la poche arrière de son jean, ouvre une boîte à cigarettes en bois précieux, me la tend.

– Non, merci, dis-je. Me Brignon m'a fait part de vos inquiétudes...

Elle fait claquer le couvercle d'un briquet en or qu'elle repose sur l'angle d'un bonheur-du-jour.

– A ma place, vous seriez tout aussi inquiet. Je ne pardonnerai jamais à cette Tina de m'avoir éloignée de mon père...

– Tina?

– Bettina était le nom de guerre de Tina, dans la couture... Elle l'a conservé, ça fait plus « in »! Après l'accident qui a coûté la vie à ma mère, j'avais trouvé normal que mon père ne reste pas seul. Mais dès qu'elle s'est installée avenue Foch, elle n'a eu de cesse de m'évincer. Excusez-moi...

La jeune femme se dirige vers le réduit qui lui sert de cuisine-salle à manger et que les décorateurs dénomment kitchenette pour sacrifier à la mode anglo-saxonne. Par la porte entrouverte, je la vois sortir deux tasses d'un placard, les poser sur un plateau où une cafetière se dresse au côté d'un sucrier en argent. J'apprécie la splendeur de son corps. Mon style...

Elle passe la tête dans l'embrasure.

– Lait ou crème fraîche?

– Noir, merci.

Je me dis qu'elle est diablement jolie fille, Sophie Marcus qui s'avance dans le salon à pas prudents, la cigarette aux lèvres, et dépose le plateau sur la table basse. Elle s'assied à même le parquet, les jambes croisées, comme si elle se préparait à un exercice de yoga. Son aisance est si naturelle que je me sens gauche et quelque peu ridicule dans mes manières. Pourtant, voilà un bon bout de temps que je me suis débarrassé de mon enveloppe de flic, du regard inquisiteur et du ton de suprématie que confère la parcelle d'autorité dont vous gratifie l'administration dès votre entrée en fonctions...

– Tina est donc venue s'installer avenue Foch, reprend-elle. Mon père l'avait connue au *Ritz*. J'ai su, plus tard, qu'elle n'y avait fait qu'une courte mais très profitable apparition.

Le ton s'est fait ironique. Sophie pose la cigarette sur le bord de la soucoupe, porte la tasse à ses lèvres. Je savoure mon café, tandis que mon œil s'égare de l'autre côté des fenêtres. Nous sommes de vieux amis, la place Dauphine et moi. Je connais par cœur sa forme triangulaire dont la pointe s'évanouit au Pont-Neuf sous les sabots du cheval d'Henri IV, ses maisons Louis XIII de brique et de pierre, ses porches dont les carrosses ont écorné les bornes. Je m'y attardais, naguère, plus longtemps que ne l'exigeait le besoin du service. Je la traversais en flânant, faisant durer le plaisir, quand j'allais consulter les archives de mes concurrents du Quai des Orfèvres, ou témoigner devant les jurés de la cour d'assises. Trajet du souvenir, que je refais lorsque me prend la nostalgie du passé. J'évoque le roi Henri qui a cédé son titre de Vert Galant au restaurant de la place, côté Seine. J'y croise des plaideurs inquiets, des avocats affairés, la robe sur l'épaule, la serviette de cuir à la main, venus s'enquérir à *La Gazette du Palais* des derniers échos de la jurisprudence.

Mes yeux parcourent de nouveau les murs du salon, recouverts de toile de Jouy, qui supportent une collection de tableaux anciens et modernes. Ma préférence pour les anciens est sans appel. Les autres, que j'attribue d'office à Sophie, ne sont qu'un étalage peu varié de maisons badigeonnées de rouge, de jaune et de blanc cru, autour de la basilique du Sacré-Cœur de Montmartre qui se détache, telle une pièce montée, sur un ciel crasseux. L'artiste n'est pas encore née. Mais la femme est si attirante...

– Vous aimez?

Hypocrite, je hoche la tête :

– J'adore. J'ai vécu à Montmartre, alors, vous pensez...

– Merci, dit-elle. Pour en revenir à Tina, personne ne connaît son vrai passé. Je pense qu'elle cherchait à se placer et que peu importait l'âge du candidat! Mon père, déboussolé par la mort de maman, est tombé dans le panneau. Il était riche. Tina n'a pas hésité.

Sophie aspire une nouvelle bouffée de cigarette, projette

la fumée vers sa frange, en avançant sa lèvre inférieure, d'un rose nacré. Le geyser bleuté dépasse le nez mutin pour s'épanouir en volutes sous le lustre de cristal.

Il est temps de choisir mes mots, car je sens que l'heure des confidences est arrivée.

– Me Brignon m'a parlé d'avoirs bancaires que vous souhaiteriez récupérer, dis-je.

Le visage de Sophie se durcit aussitôt.

– Parce que je n'ai pas du tout l'intention d'en faire cadeau à cette fille! La part de ma mère me revient, c'est normal. Ce que je crains, c'est qu'elle ait soutiré une procuration à mon père, et qu'elle vide les comptes sitôt les obsèques terminées.

Elle hésite, me fixe, puis se décide :

– Le notaire vous a dit où se trouvent ces comptes?

– Vaguement. En Suisse, au Luxembourg et aux Bahamas.

Un sourire attristé se dessine sur ses lèvres.

– Mon père était très ordonné... Trop ordonné, même, trop mystérieux. J'étais beaucoup plus proche de ma mère. J'ignore presque tout de ses affaires. Si j'ai parlé de ces pays à Me Brignon, c'est que j'avais capté quelques bribes de conversations de clients qui venaient lui rendre visite avenue Foch... C'est maigre, je l'avoue. Je ne connais même pas le nom de ses banques, encore moins les numéros!

J'exhale un profond soupir.

– Comment voulez-vous que je les découvre, dans ces conditions?

Ses grands yeux étonnés me dévisagent.

– Ah? Ça sert à quoi, alors, les détectives?

– Il y a détective et détective, dis-je, piqué au vif. Ceux qui vous promettent des filatures en avion jusqu'aux antipodes, ou en scaphandre à vingt mille lieues sous les mers. D'autres qui vous annoncent clairement leurs possibilités. Vous voyez, vous êtes tombée sur la deuxième catégorie!

Le visage se rembrunit, le nez se fronce.

– Si je comprends, vous ne pouvez rien faire pour moi?

Je soulève la tasse, fais tournoyer le reste de café refroidi.

– Je suis là pour en savoir un peu plus sur ce que m'a dit votre conseil. C'est en discutant que les idées naissent, que les plans s'échafaudent... Vous parliez de procuration à l'instant. Pourquoi votre père ne vous en a-t-il pas laissé une?

– J'en ai une! s'exclame-t-elle. L'ennui, c'est que je ne sais pas ce qu'il y a dessus!

– Comment cela?

– Elle est restée dans le coffre de mon père quand j'ai quitté Foch. J'ignore si elle s'y trouve encore... Il m'avait dit qu'il l'avait établie pour le cas où il lui arriverait quelque chose.

– Pourquoi dites-vous « si elle s'y trouve encore »? Vous pensez qu'elle aurait pu disparaître?

– Je ne le pense pas. Mon père n'a pas dû jamais donné la combinaison du coffre à Bettina. Ni la seconde clé. Elle a pu piquer la première après le décès, ça c'est possible. De là à ouvrir le coffre! A moins qu'elle ait été assez forte sur la fin pour obtenir la combinaison? C'est comme pour les millions que la police lui a restitués, d'après les journaux.

Je tente de la rassurer.

– Une information est ouverte pour homicide volontaire, le juge peut donc lui demander des explications si elle ne conserve pas cette somme. Moi, ce qui m'intrigue, c'est que vous ne sachiez pas où se trouvent les comptes étrangers.

Sophie demeure un moment silencieuse, me fixant de son regard clair, avant de lâcher:

– Il y a peut-être un moyen de savoir, mais on tourne toujours en rond, puisque je n'ai pas les clés de l'appartement.

– Dites quand même.

– Mon père avait souscrit une assurance-vie sur trois têtes: ma mère, lui, et moi. En cas de disparition de l'un d'entre nous, la compagnie d'assurances versait une forte indemnité aux deux autres. Maman est partie la première. Après l'incinération, mon père a fait un saut à Zurich, où la compagnie d'assurances lui a versé l'indemnité prévue au contrat: plusieurs millions de francs suisses, dont il a crédité son ou ses comptes. La compagnie possède donc la trace de ce versement. Par elle, vous pourriez obtenir le nom, l'adresse, et sans doute le numéro de compte de la banque... Encore que j'aie l'impression qu'une moitié a été versée en Suisse, et l'autre aux Bahamas.

– Il ne vous a pas du tout tenue au courant?

– Mon père payait les primes, c'était donc lui qui s'occupait de tout ça. Je m'en remettais à lui, pour ces questions d'argent... Aujourd'hui, ça me ferait mal au cœur que cette Tina en profite!

– En admettant qu'elle connaisse l'existence des comptes et qu'elle ait une procuration, ce qui n'est pas évident.

Sophie Marcus change de position, se met à genoux, très droite, les fesses sur les talons, ce qui a pour effet de faire saillir ses seins sous le tee-shirt indiscret. Il faut vraiment être un saint pour parler affaires dans ces conditions!

Elle a saisi mon regard appréciateur, reprend avec un petit sourire :

– Il me faut prendre des précautions. C'est pourquoi Me Brignon vous a contacté.

Je détourne mes yeux de la tentatrice pour énoncer, sur un ton doctoral :

– Me Brignon m'a dit détenir un testament. Votre père n'a pas pu vous déshériter... Il vous aimait bien, votre père?

Sa moue enfantine jure avec ses formes de femme faite, et très bien faite.

– Sûrement, énonce-t-elle avec une certaine tristesse. Mais il était tellement pris par ses affaires! Je vous l'ai dit, j'étais beaucoup plus proche de maman. Par elle, j'avais connu la combinaison du coffre et l'endroit où était cachée la seconde clé, dans la boiserie amovible, à droite du radiateur de la salle à manger; impossible à découvrir tant la moulure recouvre parfaitement la jointure. Un jour, je m'étais amusée à la faire basculer, en cachette. Ma mère m'avait surprise : « Ne fais plus jamais ça, Sophie, ton père deviendrait fou. Il serait capable de tout changer! »

– Il a d'ailleurs pu le faire.

– Ça m'étonnerait. Il adorait maman. Il avait donné les quatre premières lettres de son prénom à la combinaison, dans un ordre dispersé.

Je lève la main pour stopper ses explications.

– Vous rendez-vous compte que vous êtes en train de me donner le moyen de cambrioler le coffre de votre père?

Elle ébauche un sourire.

– Et comment feriez-vous? Vous n'avez pas les clés de l'appartement, et vous ne savez même pas où il est caché, ce coffre.

– Je n'aurais pas besoin de clés, si je voulais pénétrer dans la place!

Je ne peux m'empêcher de sourire en pensant à Monseigneur, le spécialiste de l'ouverture auquel j'ai déjà fait appel dans le passé. Il n'a rien d'un ecclésiastique, Ugo Giglia, dit Monseigneur. Ancien ouvrier serrurier toulonnais, il était passé dans le camp des mauvais garçons, mais les Renseignements généraux s'étaient acquis sa collaboration à l'issue de je ne sais quelle sombre histoire de recel. Les ministres en place ont intérêt à prévoir les chausse-trapes que leur préparent leurs adversaires politiques. Les R.G. sont là pour cela. Une section spécialisée de visiteurs de l'ombre avait ainsi été créée avec mission de rapporter le plus possible d'informations aux membres des cabinets qui les triaient, les disséquaient et les renvoyaient à leur point de départ après modification de la trajectoire.

Dans son fief de Bry-sur-Marne, entre une pétanque et une partie de pêche au goujon, Monseigneur, le roi de la pince, assumait ses fonctions d'ouvreur de serrures avec une maestria que lui envierait plus d'un spécialiste de Fichet-Bauche. Jamais une bavure. Jamais le moindre incident. Jamais la moindre trace. Rien ne pouvait laisser supposer qu'un appartement avait été visité, contrôlé en l'absence de ses occupants. La cigarette éteinte au bec, il attendait, désinvolte, la fin des opérations de ratissage. Puis il rebouclait les portes avec une habileté tout aussi délicate et s'en allait de son côté, le travail accompli. Les flics, du leur. Ni vu, ni connu. Les résultats de ces promenades dépassaient souvent les espérances. Les hommes au pouvoir aiment tant savoir ce que complotent leurs éventuels successeurs!

Sophie écrase sa seconde cigarette dans la soucoupe-cendrier, me lance un coup d'œil admiratif:

– Vous êtes capable d'entrer dans un appartement sans les clés, vous? interroge-t-elle avec emphase.

Je juge plus prudent de faire machine arrière.

– Moi? non! Ce serait une violation de domicile. Mais vous, oui! Avenue Foch, où je suppose que vous êtes toujours domiciliée, vous êtes chez vous. Comme ici, place Dauphine, je suppose?

– Cet appartement a été acheté par mon père, en même temps que celui du 16e arrondissement. Tina n'a rien à y faire.

Tina, toujours Tina! Le prénom revient comme dans une litanie.

– Vous semblez bougrement la détester, cette Bettina, mais votre père était peut-être heureux avec elle?

Elle se penche en avant, siffle entre ses dents remarquablement alignées:

– Peut-être. La différence d'âge le faisait peut-être aussi passer sur beaucoup de choses...

– C'est-à-dire?

– Qu'il pouvait fermer les yeux sur certaines incartades. Il n'était pas souvent chez lui, alors, vous comprenez... Il partait tôt le matin, rentrait le soir assez tard. Tenez, il y a deux ou trois semaines alors que je sortais de *La Palette* avec une amie, j'ai vu Tina au coin de la rue de Seine et de la rue Visconti, avec un grand type brun, jeune, qui se tenait à cheval sur une énorme moto. Elle montait dans un taxi. Quand il a démarré, j'ai vu le type pousser sa moto à la main sur quelques mètres dans le sens unique rue Visconti, puis dans l'entrée d'un vieil immeuble.

– Et vous en déduisez?

– ... Que Tina pouvait avoir quelques aventures sans que mon père s'en rende compte!

Elle se relève, se met à arpenter la pièce, demande:

– Que faisons-nous, alors, pour les banques? Vous pensez pouvoir vous en occuper ou non?

Je me lève à mon tour.

– Je téléphone à Me Brignon pour prendre en charge votre dossier, et je me mets en chasse. Je vous dirai ce que je pense faire, demain, au cours du dîner...

– Quel dîner?

– Si vous êtes libre, bien sûr. J'aurais plaisir à vous inviter.

Sophie, étonnée, me prend le bras pour me raccompagner jusqu'à la porte.

– Je n'ai pas tellement envie de sortir, dit-elle en me tendant la main. Mardi, peut-être. Soyez aimable de me téléphoner avant...

DEUXIÈME PARTIE

6.

La Land Rover de Jo Benutti s'engage sur le pont de bois qui enjambe les gorges d'Ob Loang. Cette piste, il l'emprunte souvent, Monsieur Jo, dans les deux sens, lorsqu'il quitte sa résidence thaïlandaise de Chiang Mai pour venir surveiller le laboratoire clandestin qu'il a installé à Mae Hong Son, près de la frontière birmane. Il en connaît les pièges, comme il connaît les deux malheureux flics de la bourgade, à l'uniforme rapiécé, et les trois douaniers, symboles dérisoires du gouvernement thaïlandais en matière de répression des fraudes. Il sait, sous le moindre prétexte, leur rendre visite dans leur gourbi de bambou, à cheval sur la frontière, distribuer de menus cadeaux qui font que sa 4 x 4 est autorisée à sortir du territoire et à y pénétrer, de jour comme de nuit. Du côté birman, les fonctionnaires qui dépendent de Rangoon apprécient tout autant les largesses du gentil Français, qui est une relation personnelle du puissant Khun Sa, seigneur de la guerre et ancien officier du Kuomintang dont l'armée de trois mille hommes veille sur la culture illégale du pavot.

Sachant que cela ne lui coûte pas grand-chose, Benutti réunit dans son typique pied-à-terre thaï les représentants des deux pays, commence par leur offrir un verre de Mékong[1] qui a la faculté de leur faire perdre leur impassibi-

1. Whisky thaïlandais.

lité asiatique. Puis il les gave de *lab pladouk yang*, leur plat préféré, un poisson-chat parfumé aux herbes, et de soupe de crevettes à la citronnelle. Les agapes terminées, Thaïlandais et Birmans réintègrent leurs misérables baraques accrochées aux contreforts de la montagne. Allongé sur sa natte, chacun est persuadé que l'installation d'un pareil bienfaiteur à Mae Hong Son est un présent des Esprits, insensibles aux conflits politiques.

La piste grimpe en lacets, longe des coulées de terre rouge que l'érosion a emportées, débouche sur un plateau où, sous le soleil déjà haut, la brise agite un océan de pétales blancs, mauves et pourpres. Du coin de l'œil, Monsieur Jo observe Li Phuong, son passager. Depuis leur départ de Mae Hong Son, il n'a pas bronché. L'avant-veille, pourtant, Li Phuong l'avait contacté à sa résidence de Chiang Mai. Comme à son habitude, le Karen avait été droit au but, avare de ses mots.

– Seriez-vous intéressé par une opération juteuse?

Li Phuong avait exposé son plan : l'attaque du fourgon d'un collecteur de sang humain de Mae Saï, au cœur du Triangle d'or, à proximité de la frontière...

– C'est infecté de flics et de soldats, là-bas, avait objecté Benutti.

– Ça pourrait se faire plus loin. Vers Mae Chan, par exemple. Je vous donnerai l'heure, le jour du départ et l'itinéraire emprunté. Deux ou trois infirmiers qui jouent les gardes du corps seront dans le fourgon. C'est l'un d'entre eux qui me renseigne...

Prudent, Jo Benutti s'était contenté d'enregistrer la proposition de son correspondant.

– Je serai à Mae Hong Son après-demain, avait-il conclu. Je vous ramènerai avec moi à Chiang Mai et nous parlerons de cela en route... Ou en dînant. Le *Pearl Room*, ça vous va?

Mais, en route, Li Phuong n'a rien dit. Que son compagnon soit un homme secret, cela, Benutti en est sûr. C'est un paysan astucieux, à demi sorcier, dont l'emprise sur les hommes de la tribu karen est légendaire. Il a appris le français et l'américain au Viet-nâm, peut ingurgiter une bouteille d'alcool de riz sans être ivre, sait faire comprendre à un éléphant comment manier une tonne de bois de teck comme une allumette. A l'occasion d'une naissance, il donne à l'esprit l'ordre de pénétrer dans le corps du nouveau-né, puis le retient prisonnier en liant fortement les poignets et les chevilles du bébé vagissant avec les boyaux d'un singe fraîchement abattu.

Jo Benutti a trouvé en Li Phuong une recrue de choix. Le Karen sait galvaniser les énergies de ses compagnons, et son territoire, où le pavot pousse comme le chiendent, produit aujourd'hui grâce à son dynamisme deux récoltes par an. Le gouvernement thaïlandais a beau mener des campagnes d'information pour convaincre les paysans d'abandonner le pavot au profit de cultures de substitution destinées à améliorer leur niveau de vie, rien n'y fait. Li Phuong-le-vigilant les harangue à sa manière, apaise leurs craintes :

– Le riz, le café, les primeurs, les fruits, ça ne pousse pas tout seul. Il faut cultiver la terre, l'entretenir, l'irriguer... Des heures et des heures de travail, courbé sur le sol! Et les récoltes, êtes-vous sûrs de pouvoir aller les vendre à la ville, à cent cinquante kilomètres d'ici? Ici, Monsieur Jo s'occupe de tout. Vous assurez la cueillette deux fois par an et vous recevrez les baths qu'il distribuera pour votre travail... Vous gagnez beaucoup plus d'argent, en vous fatiguant cent fois moins!

A l'unanimité, Li Phuong, à qui Benutti a enseigné, comme à Barzoli, la manière de transformer l'opium en morphine, emporte la décision. Et quand l'héroïne, par le biais des hommes du réseau de Monsieur Jo, s'envole pour l'Amérique, les Karens louent le Maître des esprits qui a su guider leur choix.

– *Yout thi ni*, arrêtez-vous ici, dit Li Phuong, désignant du doigt un terre-plein herbeux, devant un brûlis.

D'un coup de volant, Jo Benutti évite un enchevêtrement de broussailles, rétrograde. Le moteur rugit, les quatre roues motrices transforment en geyser une rigole d'eau boueuse avant de se bloquer sur l'herbe humide. Li Phuong saute à terre. Indifférent au paysage que domine le temple birman du mont Doï Kong Mou, il se dirige vers les tiges multicolores. Le cône de son chapeau en paille de riz ensevelit sa petite taille et ses frêles épaules. Il sort de la poche de sa tunique une lame à pointe recourbée, pratique une incision sur la capsule oblongue de la tige, juste sous la fleur, patiente quelques secondes. Une goutte de suc perle de la fente, s'épaissit, brunit au contact de l'air. Avec délicatesse, Li Phuong la recueille sur le bout de la lame qu'il porte à ses narines. Il fronce le nez, ferme les yeux, hume à deux reprises la minuscule boule de gomme, la malaxe entre le pouce et l'index. Quand il revient vers la voiture, un sourire fend son visage plat et ridé.

– *Dii, cha-op*, dit-il. C'est bon, ça me plaît.

Jo Benutti a déjà enregistré. L'opium, de bonne qualité, pourra être recueilli dès la chute des pétales. Il répond au sourire de Li Phuong par un signe interrogatif de la tête.

– Quand?

– *Krang na.* La semaine prochaine.

Comme chaque fois que l'opium est de premier choix, Jo Benutti a le cœur en fête. Il remet le moteur en marche, exécute un demi-tour, fait repartir la voiture vers la descente. Rien ne lui procure autant de joie que l'approche de la cueillette. Des familles au complet, les femmes dans leur pantalon brodé de motifs rouge, blanc et jaune sous la tunique large et fendue à partir de la taille, les hommes en veste boutonnée sur le pantalon bouffant bleu foncé, les enfants en âge de tenir un couteau, partiront à l'assaut des tiges. Spectacle fascinant qui se déroulera au clair de lune. Pendant des heures, les précieuses gouttes de sève de la grosseur d'un petit pois filtreront des blessures et se transformeront en perle de suc brun. A l'aube, soigneusement recueillie, elle sera jetée dans un récipient d'eau assez chaude pour que l'opium se débarrasse de ses premières impuretés. Et le soir même, Li Phuong pourra se livrer à son plaisir favori, la transformation de l'opium en morphine.

Monsieur Jo, citoyen du monde interlope, s'est installé un peu partout : à Hong Kong, où son pied-à-terre lui sert de relais pour ses opérations sur la drogue; à Istanbul, où il s'est associé avec un producteur important de pavot; à Medellin, en Colombie, où il a organisé le trafic de cocaïne sur une grande échelle. Il est la cible, il le sait, des hommes du *Narcotic's Bureau* américain dont l'antenne de Bangkok a récemment demandé des renseignements sur son compte au bureau de police de Chiang Mai. Mais la loi du silence est si bien respectée autour de lui qu'il ne s'en soucie guère. Tout au plus, par précaution, transfère-t-il, en d'autres lieux d'accès difficile, le centre de son activité, quand le besoin s'en fait sentir.

Son intuition clairvoyante et son art de devancer d'éventuels challengers sur le marché international l'ont fait s'implanter dans le Triangle d'or, dans une contrée hostile aux incursions policières, où son ami Khun Sa est tout-puissant.

Remettre sur pied une nouvelle organisation, trouver des hommes de main, des alliés, des contacts, tout cela lui redonne un coup de fouet, à Benutti. Un peu de sa jeunesse perdue...

La descente vers Chiang Mai est rapide. La Land Rover négocie un tournant en épingle à cheveux avant d'emprunter une nouvelle fois le pont, dont les pièces de bois, pourries par les moussons, risquent de s'affaisser sous le pas des éléphants que les Karens utilisent pour empiler, au bord de la piste, les énormes troncs de teck. Une femme akha, sa volumineuse pipe aux lèvres, s'efface pour regarder passer les deux hommes. Son costume n'étonne plus Benutti. Il s'est habitué au bonnet bardé de pièces d'argent, de perles, de boutons, de pompons en fourrure de singe, qu'une jugulaire maintient sous le menton rougi par les chiques de bétel. La veste de grosse toile indigo et la minijupe de cuir d'où émergent de larges cuisses, au-dessus des mollets dissimulés dans les guêtres brodées, complètent l'accoutrement de la paysanne qui transporte sur les épaules deux outres d'eau. Monsieur Jo sait que son paresseux de mari, pendant ce temps, organise la chasse aux esprits malfaisants en tirant des coups de feu contre la montagne. Ses exploits terminés, il descendra la rivière sur sa pirogue à longue queue pour aller admirer, à Chiang Mai, des choses aussi incroyables qu'un ascenseur ou un poste de radio.

***

– Avec cette saloperie de route entre Mae Hong Son et Chiang Mai, j'ai cru que nous n'y arriverions jamais, grommelle Benutti.

Il s'assied, jette un coup d'œil circulaire. Le plafond de bois laqué rouge et or, les paravents en parchemin moiré, le charme trouble des serveuses aux tuniques de soie jaune, ajustées sur le sarong, autour des reins, font du *Pearl Room* un des restaurants typiques de la Wua Lai Road.

Derrière les lunettes d'or, les yeux bridés de Li Phuong papillotent. Il adopte un ton cauteleux pour questionner :

– Alors, que pensez-vous de ma proposition, *kap*?

Benutti allonge ses jambes, adopte une attitude décontractée.

– A soixante-dix-trente, je suis preneur. Ni plus, ni moins.

Les yeux cessent de clignoter, le sourire s'efface des lèvres.

– Ne plaisantons pas, mon ami. Je plante l'arbre et nous mangeons les fruits ensemble. Cela vaut bien cinquante-cinquante, non?

– Soixante-dix-trente, répète Benutti. C'est un maximum. Vous apportez l'affaire, je suis d'accord. Mais les risques, c'est moi qui les prends. Pendant que j'agirai, vous, vous serez tranquillement assis sur votre natte à contempler vos champs de pavots. Les risques, ça se paie!

Li Phuong, bien qu'il lui en coûte, redouble d'amabilité.

– Soixante-quarante, alors? Le fourgon transporte la collecte de sang de la semaine, une cinquantaine de bonbonnes de vingt litres. Si je sais calculer, cinquante bonbonnes, ça fait mille litres. Et mille litres, ça représente quarante-cinq mille dollars! Un million deux cent mille baths par semaine! Ça vaut bien un effort, non?

– Soixante-dix-trente, tranche Benutti. Sinon, je laisse tomber...

Il demeure un moment à guetter la réaction de Li Phuong dont un rictus étire les paupières, plisse les tempes, tiraille le menton. Pourtant, les stigmates de la déception disparaissent chez le Karen aussi vite qu'ils étaient venus. Pas une seconde, Benutti ne doutait de sa capitulation. Il sait qu'il aime marchander, mais que c'est un sage. « Une grosse fortune ne vaut pas un petit revenu de tous les jours », se plaît-il à dire. Si l'affaire réussit, il bénéficiera sans même avoir participé à l'action d'un véritable pactole qui s'ajoutera aux profits qu'il tire de son activité de trafiquant d'opium. Un joli coup, dont il devrait se montrer satisfait.

Li Phuong repose la carte des plats, dévisage à nouveau Benutti.

– *Maïcha-op.* Ça ne me plaît pas... N'exagérez-vous pas un peu les risques, mon ami ? Si vous interveniez à proximité de la rivière Kok, vous n'auriez aucun problème. Mon informateur lèvera tout de suite les mains, je le connais. Quant aux deux autres, ce sont des Méos paresseux, bien qu'ils se prétendent des seigneurs de la montagne. Comme poltrons, on ne fait pas mieux. Ils ont débarqué en 75, lors de la révolution laotienne avec cent cinquante mille de leurs compatriotes. C'est comme ça que Huey Ming, le collecteur, fait son beurre, avec le sang qu'il pompe à tous ces pauvres types.

L'arrivée du maître d'hôtel l'interrompt. Il pointe son doigt sur une ligne écrite en thaï, sous-titrée en anglais :

– Que penseriez-vous d'une langue de canard ou d'un lézard au piment, demande-t-il en fixant Benutti. La *suan-l a tang*, la soupe au poivre et au vinaigre, n'est pas mal non plus.

Benutti, soucieux, acquiesce d'un signe de tête tandis que le Karen passe la commande. Une jeune fille, la tunique au ras des cuisses, présente sur un plateau laqué deux serviettes chaudes destinées à se laver le visage et les mains. Elle sourit à Benutti, dépose sur la table les deux jeux de baguettes, les tasses, et une théière d'où s'exhale un parfum de jasmin.

Quand elle s'est éloignée avec un déhanchement suggestif, Li Phuong poursuit :

– Si j'insiste sur le minimum de risques, c'est parce que Huey Ming ne se méfie pas... Il ne lui est jamais rien arrivé, et ce pauvre fou est persuadé qu'il ne lui arrivera jamais rien, parce qu'il est protégé par la police des frontières dont il est l'informateur.

Pour un peu, Benutti sourirait. Depuis l'offre de Li Phuong, il a eu le temps de soupeser le pour et le contre. S'il refusait l'affaire, un autre s'en chargerait, un de ces aventuriers que la guerre du Viet-nâm a chassés de l'ancienne Indochine et qui pullulent en Thaïlande à la recherche d'expédients. Autant qu'elle lui soit profitable. Avec Castani et Le Guennec, le hold-up serait réglé en un tournemain. Trois dollars le litre de sang à l'achat, quarante-cinq à la vente au grossiste, le rapport est intéressant. Cent cinquante litres en moyenne par jour, parfois plus. En éliminant Huey Ming, en mettant Gianni à sa place, par exemple, l'exploitation serait rentable...

L'idée de court-circuiter Huey Ming est loin d'être mauvaise. Il ne s'agirait que de le remplacer à la caisse. Mais, avant tout, il faut tempérer les prétentions du Karen.

Un court instant, Monsieur Jo se surprend à penser au hameau de Mae Saï où les réfugiés végètent, sans hygiène, sans autre espoir que de tenter une riziculture incertaine, dans un sol peu propice à l'irrigation. La misère, dont profite ce Huey Ming... et dont lui-même profitera bientôt!

Dans son bureau de Mae Saï, à quelques centaines de mètres des frontières du Laos et de la Birmanie, Huey Ming fait ses comptes. Une fois de plus, la journée a été bénéfique. Cent soixante-trois donneurs, pas un de moins, qu'attire l'énorme croix verte apposée sur la porte de teck de la baraque. Cent soixante-trois malheureux qui ont dû affronter le barrage de l'imposant sumo japonais, débordant de graisse et de muscles, après une attente de plusieurs heures, debout, dans une queue qui serpente sur la piste de terre battue.

– T'es malade, toi, ou t'es pas malade?

– Pas malade. Il est propre, mon sang...

– Entre.

Le patient s'assied sur le tabouret rustique à trois pieds, au milieu d'une pièce au carrelage gluant de sang et de vomissures. Il relève la manche de toile qui découvre son bras décharné, aux veines violacées. L'infirmier, qui n'a d'infirmier que la blouse blanche et la calotte de chirurgien posée en travers du crâne, serre le garrot pendant que son assistante aux ongles sales nettoie la seringue et le trocart dans le seau d'eau rosie, posé près du bocal de réception. Pas de nettoyage de peau à l'alcool. Le donneur n'avait qu'à se laver avant de venir... L'infirmier s'avance, la seringue à la main. Un coup sec. La pointe émoussée de l'énorme poinçon a du mal à pénétrer. Qu'importe! Un rapide aiguisage sur le carreau de grès prévu à cet effet, et cette fois, ça craque et ça entre. La veine est atteinte, le sang coule, goutte à goutte. Douze minutes, quelquefois plus pour prélever les quatre cent cinquante grammes de sang, tandis que les traits du visage deviennent cireux, les jambes molles. C'est fini. La fille arrache le garrot, fait plier le bras. Le pli de la manche remplace le coton, alors que l'infirmier, déjà, s'occupe d'une autre victime. La difficulté est de se lever, de quitter le tabouret sans perdre l'équilibre. La sueur perle au front du malheureux qui doit maintenant quémander son dû auprès de Huey Ming : trente-six baths quarante-cinq satang[1]. De quoi nourrir sa femme et ses enfants durant quatre jours. En attendant la nouvelle prise, la semaine prochaine, si le sumo ne le reconnaît pas.

– T'es pas déjà venu, toi, l'autre jour? Ici, on ne veut que du sang sain...

– Pas malade, moi...

Il suffira de glisser quelques baths dans la main du cerbère. Huey Ming ne le rémunère pas. Et il retrouvera sa place dans la queue habituelle, attendant, muet, la saignée de l'infirmier à la calotte de guingois, et le prix de son sacrifice.

– Vous ne mangez pas?

Benutti revient au *Pearl Room*, découvre le regard interrogateur de Li Phuong rivé sur lui.

1. Moins d'un dollar et demi.

– Si. Je pensais à mon intervention. Pourquoi disiez-vous vers la rivière Kok?

Les yeux de Li Phuong brillent de malice.

– Parce que le fourgon qui transporte la collecte de la semaine la livre à Lampang, à près de trois cents kilomètres de la frontière. C'est là que Huey Ming revend le sang. En intervenant à proximité de la rivière Kok, vous pourrez charger les bonbonnes dans deux pirogues, puis remonter la rivière jusqu'à Thaton, en pleine jungle, où je les récupérerai. Je les vends au correspondant autrichien de la *Haemoderivate* qui payera plus cher que les clients américains d'Huey Ming. *Sanouk, cha-op*... C'est amusant, ça me plaît.

Benutti secoue la tête d'un air entendu.

– Et les Américains de Lampang?

Le Karen sourit cette fois franchement.

– *Krang na, phaeng mak*! La prochaine fois, ce sera plus cher... En ce moment, c'est la course au sang, mon ami. Même vos compatriotes français sont acheteurs, pour leurs laboratoires... Quand les Américains auront compris que c'est avec nous qu'il faut traiter, tout rentrera dans l'ordre!

– Vous avez raison, conclut Benutti. Fournissez-moi assez vite les tuyaux et j'agis.

Un large sourire illumine la face de Li Phuong.

– J'ai toujours raison, mon ami. Alors, un petit geste? Soixante-quarante?

7.

Les rafales de pluie cinglent mon visage et le vent écarte les pans de mon Burberrys. L'hiver n'en finira donc jamais? J'avance par bonds de kangourou, de porte cochère en auvent, me protégeant de mon mieux jusqu'à la Grande Maison. Mes cheveux ruissellent. Mon cou est glacé. Un autobus qui serre de trop près le trottoir m'asperge copieusement.

Un nouveau bond me projette sous la marquise du *Bristol*, le palace du faubourg Saint-Honoré. Je m'ébroue. Encore une centaine de mètres pour atteindre la place des Saussaies où deux gardiens de la paix, stoïques dans leur ciré noir, jouent les héros statiques devant le majestueux portail du ministère de l'Intérieur.

Je relève le col de mon trench-coat jusqu'aux oreilles, reprends mon élan. Il faut finir le steeple en beauté. Un dernier saut me propulse dans la sombre entrée du blockhaus de la Sûreté où, derrière l'éternel comptoir d'accueil, officie le brigadier de service. Je ne lui donne pas la quarantaine. Ses cheveux grisonnants et ses yeux cernés lui confèrent pourtant l'aspect d'un fonctionnaire bon pour la pré-retraite.

– Maison, dis-je. Le commissaire Vieuchêne est arrivé?

Le regard s'éclaire tout d'un coup. Même si nous ne nous sommes jamais vus, le mot « maison » fait de nous des amis qui combattent pour la même cause. C'est le sésame des flics, ce mot-là. Le gradé ne s'enquiert pas de la légitimité de mon affirmation. Sa main se tend par-dessus le comptoir.

– Je ne l'ai pas vu. Direction P.J. Cinquième étage.

– Je sais. J'y suis monté assez souvent...

Je débouche dans la cour carrée où, d'habitude, les chauffeurs gras à lard somnolent au volant des voitures directoriales. A cette heure matinale, elle est vide. J'escalade deux marches, pousse la porte de fer forgé de l'escalier E. L'ascenseur m'attend. Le temps de m'engouffrer dans la cabine, et je m'envole vers les paliers supérieurs, fief de mon ancien patron, Vieuchêne, « le Gros » pour les intimes, sacro-saint responsable de la sous-direction des affaires criminelles.

Une heure plus tôt, la voix du Gros avait répondu à mon appel téléphonique.

– Bettina Calgirone, vous dites? Eh bien, toujours le même, Borniche! Toujours branché sur les affaires sensibles... Passez donc me voir, mon vieux. Je crois avoir deux ou trois tuyaux qui vous intéresseront.

– Chez vous ou au bureau?

– Au bureau, quelle question! Comme si j'avais les archives du ministère dans le tiroir de ma table de nuit. Huit heures et demie, pas plus tard. J'ai un rendez-vous important à neuf heures.

Ma montre marquait huit heures dix, j'avais le temps. J'avais avalé un café en vitesse, puis j'étais descendu acheter *Le Figaro.* La photo de David Marcus s'étalait à la une, mais le bref article consacré à l'enquête de la brigade criminelle ne m'apprenait pas grand-chose.

Le hall du cinquième est encore désert, baigné d'une forte odeur d'encaustique. Je m'installe sur le canapé défoncé réservé aux visiteurs, sans que le planton de permanence me demande quoi que ce soit. Derrière son crâne ébouriffé par des heures de veille, la pluie griffe les vitres et les nuages noirs s'accrochent aux bras squelettiques des antennes de transmission. Des femmes de ménage s'activent à coups de serpillières malodorantes sur le revêtement verdâtre du couloir. Elles ont allumé les plafonniers, coincé les portes à double battant qui ouvrent sur une enfilade de bureaux.

Je tends l'oreille et reconnais tout de suite le rythme pesant des pas de Vieuchêne, qui martèlent le plancher à l'autre bout du hall. Le ventre en avant, ses lunettes d'écaille relevées sur sa chevelure noire, luisante de brillantine, le teint rose et frais, il met le cap sur moi.

– Vous avez bien cru me posséder sur l'horaire, hein, Borniche? Rassurez-vous, il y a longtemps que je suis là.

Lui non plus n'a pas changé. Il ne changera jamais. La ruse est sa seconde nature. J'ai trop vécu sous sa coupe pour ne pas connaître ses stratagèmes. Sans doute a-t-il eu vent de mon arrivée au poste de police, et a-t-il utilisé l'ascenseur secondaire, celui de l'escalier F, pour gagner en douce son bureau, à l'angle des deux sombres couloirs du cinquième.

– Heureux de vous revoir. Par ici...

Je lui emboîte le pas, les narines chatouillées par les effluves de l'eau de toilette dont il s'asperge chaque matin. Il m'ouvre la porte de son antre où s'alignent, apanage de son autorité, les fauteuils de hêtre recouverts de moleskine verte. La bibliothèque de bois clair, à vitre centrale, est toujours aussi vide qu'une sépulture profanée. Et c'est sans surprise que je retrouve, dans l'angle de la fenêtre à bascule, son fameux fétiche, le boa empaillé qui persiste à darder sa langue, autrefois rose, aujourd'hui craquelée et poussiéreuse, vers la porte close du secrétariat de section.

Vieuchêne referme la porte, se laisse choir dans son fauteuil de commandement, me désigne une chaise d'angle.

– Défaites-vous, mon vieux, vous êtes trempé.

Je me débarrasse de mon trench-coat, puis viens m'asseoir en face du Gros.

– Merci de me recevoir, patron. Je n'ai pas pu vous expliquer, tout à l'heure...

Sa main aux ongles courts, manucurés, dépose les lunettes d'écaille sur la table-bureau.

– Le nom de Bettina Calgirone m'a suffi, dit-il. J'ai tout de suite pensé que vous repartiez en chasse... Parce que toute la presse en parle, de cette fille!

– Ah?

Il se rejette en arrière, démasquant la batterie d'un gilet gris chargé d'une chaîne de montre.

– Droit au but, Borniche! Que lui voulez-vous, à la Calgirone?

– Rien. Un notaire, Me Brignon, est chargé de la succession de David Marcus. Comme Sophie Marcus soupçonne la concubine de son père de vouloir s'approprier sa fortune, il m'a demandé des tuyaux sur cette Bettina Calgirone.

Vieuchêne joint les doigts avec une onction tout ecclésiastique et me scrute sous la paupière à demi-fermée.

– C'est tout?

– C'est tout.

Il garde cette position quelques secondes, se redresse. Sa large paume balaie l'air de la pièce vicié par le tabac avant de s'écraser sur le sous-main en cuir bordeaux, increvable cadeau que mon adjoint Hidoine et moi lui avions offert autrefois pour son anniversaire.

– Bien, ironise-t-il, je comprends. Vous voulez donc court-circuiter Moreux et Vérot?

Sans me laisser le temps d'exprimer ma surprise, il enchaîne:

– Moreux travaille à la Crim'. Un bon flic, rien à dire sur lui. Vérot, c'est autre chose. Inspecteur principal à la brigade antigang du Quai des Orfèvres. Un envieux qui ne rêve que de me couillonner sur les affaires. Je sais qu'il s'occupe de la Calgirone, lui aussi, puisqu'un de ses collaborateurs a demandé à consulter le fichier central.

Le Gros étale ses doigts-saucisses bien à plat sur la table. Son œil s'allume.

– Rassurez-vous, ce n'est pas à moi qu'on apprend à faire des grimaces. J'ai un homme à moi, là-haut. Sauzet. Vous le connaissez, je crois... Chaque fois qu'un gars de la préfecture quémande un dossier aux archives, Sauzet me prévient. Je l'épluche et je n'y laisse que les éléments que je veux bien y laisser... Les trucs sans importance, quoi. Pour la Calgirone, Sauzet a suivi le processus habituel. Le dossier est là, dans mon tiroir. Si cela peut vous être utile, je vous le confierai, Borniche. Mais j'avoue qu'il n'y a pas grand-chose dedans.

Le succès d'un flic, c'est connu, dépend de la solidité des renseignements, officiels ou privés, qu'il peut recueillir.

Sauzet, le magicien du fichier, qui promène sa corpulence entre les classeurs ventrus dégorgeant leurs documents et les comptoirs de consultation au bois lustré par les manches des blouses des archivistes, m'avait un jour pris à part, au *Café de la Présidence*, où les flics aiment venir se prélasser :

– Si t'as besoin d'un tuyau, te gêne pas, mon gars... Pour moi, tu fais toujours partie de la boîte.

L'occasion n'avait pas tardé à se présenter, lorsque j'étais parti à la chasse au Coréen [1]. Vieuchêne, furieux, m'en avait fait le reproche quelques semaines plus tard.

– Qu'on puisse vous rendre service dans vos affaires, Borniche, c'est normal. Les flics se soutiennent entre eux. Mais je veux que ça passe par moi. Il ne manquerait plus que Sauzet ait un pépin à cause de vous!

Je me l'étais tenu pour dit.

Le Gros affiche ce sourire ambigu qui m'a toujours donné le frisson. Je me demande s'il n'a pas extrait du dossier des éléments intéressants qu'il me communiquera au compte-gouttes. Puis je me raisonne. Qu'il agisse ainsi avec ceux qu'il appelle ses ennemis de la maison d'en face, passe encore. Mais avec moi, son ancien collaborateur, ça dépasserait l'entendement.

Sans piper, le visage grave, j'attends qu'il abatte son jeu. Il s'écarte un peu de son bureau, pousse un soupir de pachyderme, puis se baisse pour extraire du tiroir inférieur une chemise cartonnée rose, qu'il pose sur le sous-main.

– Calgirone, ça ne me disait pas grand-chose jusqu'à ce que Vérot s'y intéresse, dit-il en me fixant de ses yeux de fouine. J'ai jeté un cil sur le rapport d'Interpol, suite à sa demande de naturalisation française. Elle ne l'a jamais obtenue, d'ailleurs. Calgirone est née à Pozzuoli, dans la banlieue de Naples, le 17 septembre 1950. Une Vierge, tenez-vous bien! Elle n'a pas dû le rester longtemps, vierge, si j'en crois la fiche de renseignements. A quinze ans, elle apprenait le métier de mannequin dans un cours de la piazza Matteotti, à Naples, où son amant, le couturier Giorgio Baranni, l'avait introduite. Puis elle a rencontré un soi-disant produc-

1. *Le Coréen*. Éd. Grasset.

teur de cinéma, un certain Del Monte. Giuseppe Del Monte. C'est lui qui l'a propulsée dans le Tout-Paris. Un type étrange, ce Del Monte. J'ai eu la curiosité de savoir qui il était vraiment. Je vous donne en mille ce que Sauzet m'a rapporté...

Le temps de faire la moue pour avouer mon ignorance et la stature massive du Gros se dresse devant moi, fichée dans les vastes chaussures noires au vernis éclatant.

–... Ne cherchez pas, vous ne trouveriez pas. Sous le couvert d'une maison de production internationale, Del Monte s'occupait de blanchir l'argent de la Mafia. Il purge en ce moment dix ans de réclusion à la prison de Palerme pour corruption, escroquerie et banqueroute frauduleuse. Ce n'est pas tout. Ledit Giuseppe était en relations avec un monsieur dont vous vous êtes occupé. Sans grand succès, je dois dire...

Mes sourcils se froncent malgré moi.

– De qui voulez-vous parler, patron?

– De votre ami Benutti! Une belle cible, non? Je crois savoir qu'il se trouve en Thaïlande en ce moment. Le pays du pavot!

La nouvelle est intéressante. Il n'y a qu'un Vieuchêne pour fouiller ainsi les dossiers, jongler avec les informations avec autant de bonheur. « Une chance en amène une autre », a-t-il coutume d'affirmer, avec raison. J'étais loin de m'attendre à découvrir Benutti dans le pedigree de Bettina Calgirone. Le connaît-elle, seulement?

C'est vrai que j'ai un vieux compte à régler avec Monsieur Jo, depuis le temps qu'il me file entre les pattes. Jamais je ne suis parvenu à le coincer. Ni au Maroc, ni en Colombie, ni au Liban. Je me revois, dans le tumulte bariolé de Tanger la Fourmilière [1], ma valise de carton bouilli à la main, m'acheminant vers le Grand Socco où mendiants, paysans, acheteurs et curieux se pressent devant les éventaires de fortune sur lesquels s'alignent des objets d'infortune... Et où le maître ès drogue était en train de négocier des émeraudes provenant d'une attaque de fourgon en Colombie. Son

1. *Le Gringo*. Éd. Grasset.

faciès ingrat se dessine sur l'écran de mes paupières... Non, l'abonné aux trafics toutes distances, le champion du non-lieu, l'éternel oiseau migrateur, n'est pas facile à piéger! Dans quelle région de Thaïlande le nabot promène-t-il l'insolence qui le caractérise?

Vieuchêne reprend, sur le ton de la plus suave bonhomie:

– Je me demande bien ce qu'il va tirer de ces renseignements, votre notaire. Vous a-t-il parlé de David Marcus, au moins? Et de ses voyages à l'étranger?

Je bredouille:

– Ma foi...

Il me coupe, venant se rasseoir sur son siège avec un soupir de lassitude.

– Si vous voulez mon sentiment, Borniche, il n'en sait rien. Ce que je sais, moi, c'est que la section financière des Renseignements généraux l'avait mis à l'index, votre Marcus... En observation à la police des frontières. J'ai également sorti son dossier. Tout se tient. Marcus est fiché pour exportation clandestine de capitaux. Et – voyez comme le monde est petit! – c'est aussi, bizarrement, une relation de Jo Benutti et de Mathieu Barzoli. La brigade financière soupçonnait Marcus d'être le trésorier de la French Connection. La police genevoise l'a repéré à l'*Hôtel des Bergues,* avec Benutti et un Asiatique. Alors, vous voyez où vous mettez les pieds? Pour tenter de localiser Monsieur Jo, Barzoli a été mis sur table d'écoute. Mais c'est un vicieux. Il n'appelle jamais de chez lui.

Les propos sibyllins de Me Brignon me reviennent en mémoire: « David Marcus avait l'habitude de placer de l'argent – des sommes considérables – en Suisse, au Luxembourg, et aux Bahamas. Il se peut que cette Bettina Calgirone ait une procuration, et vide ses comptes. Sophie est décidée à saisir les autorités helvétiques, s'il le faut. Mais pour cela, de solides éléments lui sont indispensables. »

Le Gros me tire de mes réflexions:

– La presse fait tout un plat du meurtre de Marcus. Et Moreux enquête. Un bon flic qui se cassera les dents, tant les ramifications de cette affaire sont importantes. Vérot, lui, va mettre ses indics en branle... pour attendre que l'assassin lui tombe rôti dans le bec. Puisque vous avez besoin de tuyaux, vous savez ce que je ferais, moi, à votre place?

Mon silence répond « non » avec éloquence.

– A moins que vous n'ayez pas de temps à y consacrer, ou que l'affaire ne vous intéresse pas... Je fouillerais un peu plus dans la vie de Marcus. Et je foncerais... après m'être fait verser une provision, cela va de soi!

Sacré Vieuchêne... Tapi dans l'ombre de son bureau de la Sûreté il n'a jamais cessé, depuis que je le connais, de tirer les ficelles, de fouiner un peu partout, de tisser autour de lui un large réseau d'informations, de complicités. J'étais venu le voir pour obtenir l'autorisation de consulter les archives au sujet de Bettina, voilà qu'il me lance sans en avoir l'air sur la trace de Benutti!

Comment peut-il supposer que moi, flic privé extérieur à la Maison, j'obtienne de meilleurs résultats que les as de la Crim' ou de l'Antigang?

– Si je peux vous donner un coup de main, à commencer par Interpol, je suis là, poursuit le Gros. Ce n'est pas si mal d'avoir l'insaisissable Monsieur Jo dans la ligne de mire. Une cible pareille...

Cette fois, je sursaute :

– Benutti? Comment pouvez-vous espérer le faire tomber pour cette affaire?

– En tant que privé, vous avez des possibilités que nous autres officiels n'avons pas. Laissons Moreux et Vérot s'acharner à identifier l'assassin de Marcus, je doute fort qu'ils y parviennent, de toutes façons... Les meurtres dans les parkings, c'est presque toujours la bouteille à l'encre. Non, mon cher Borniche. On n'abat pas un homme de l'importance de David Marcus sans que son patron soit au courant... Ou du moins son lieutenant, Barzoli. Travaillons ensemble, peut-être déboucherons-nous sur quelque chose d'intéressant...

Vieuchêne se lève, jette négligemment un coup d'œil à sa montre du gousset.

– Vous avez quelque chose à faire dans le quart d'heure qui suit?

– Bien sûr que non.

– Un conseil, alors! Allez donc faire un tour à l'Identité judiciaire. C'est votre ami Vossel qui a fait les constatations, dans le parking de l'avenue Foch...

8.

J'ai toujours eu un faible pour les illusionnistes. Leur technique d'escamotage et de réapparition me fascine. Souvent, j'ai eu envie de demander à l'ami Majax l'explication de quelques-uns de ses tours. Je n'ai pas osé. Je sais que les prestidigitateurs gardent jalousement leurs secrets.

Dans son genre, Jules Vossel est un magicien. Une tache, une trace, un débris sur les lieux du crime, même invisibles à l'œil nu, lui permettent d'en reconstituer les phases, d'en identifier l'auteur, d'apporter les preuves de sa culpabilité. Dans les pièces mansardées du laboratoire de criminalistique, il jongle avec les appareils dont le professeur Ceccaldi, patriarche de ce grenier de la vérité policière, est parvenu, malgré le peu de crédits alloués à la fonction scientifique, à doter ses locaux. Vieux renard de la procédure, cible permanente des avocats de la défense, Vossel sait qu'en matière de témoignage, il ne suffit pas seulement de trouver, mais de prouver.

Comme moi, le champion toutes catégories de l'Identité judiciaire est originaire du Limousin, le pays de l'arbre et de l'eau, où les tavelures mauves des bruyères et les bouquets jaunes des genêts zèbrent le vert des pâturages et des forêts. Nos généalogies respectives autant que notre goût inné pour la recherche policière ont affermi nos liens d'amitié.

Juste un regard pour l'horloge encadrée du monogramme du roi, sur fond d'azur à fleurs de lis, et je m'engouffre derrière les grilles dorées du Palais de justice. Au pas de charge, je gravis l'escalier qui conduit à la galerie de la Première Présidence. Les couloirs ne connaissent pas encore leur agitation coutumière. Pas de déambulations d'avocats, l'épitoge en goguette sur le noir de la robe, pas de gardes républicains conduisant des prisonniers menottés vers les chambres correctionnelles ou les cabinets d'instruction, pas de plaideurs agglutinés sur les bancs, face au vestiaire des avocats, attendant, la mine défaite, le conseil qui revigore. Le marbre des corridors, à cette heure encore matinale, commence tout juste à se peupler.

J'escalade l'escalier T, en colimaçon, qui bute au second étage contre la porte de l'Identité judiciaire, et titille le bouton de sonnette, en haut des marches coupe-jarrets. Le judas s'entrebâille.

– Maison, dis-je. Je viens voir Vossel.

Ça a suffi. Le volet se rabat, le déclic de la serrure électrique résonne sur le palier, la porte s'ouvre. Derrière son mini-comptoir, le planton me fait signe de passer. Je me dirige vers la salle de microscopie, où l'ami Jules tient habituellement ses assises. Comme d'habitude, il est penché sur ses optiques, griffonnant des notes sans relever la tête. Je toque à la porte vitrée.

– Ça alors! s'exclame-t-il en se précipitant vers moi, la main tendue. Qu'est-ce qui t'amène, ma vieille? Tu ne pourras donc jamais t'en passer, de la maison poulaga?

Il me désigne un tabouret à vis sur lequel je prends place, tire à lui un escabeau roulant, s'assied en équilibre sur la troisième marche. C'est un acteur de composition, Jules Vossel. Il est petit, trapu, sanguin. Ses cheveux noirs, flous, sont rejetés à l'arrière. Un mégot aplati, décoloré, cent fois mâchonné, ne cesse de naviguer entre ses lèvres jaunies. L'habileté de sa bouche aux prises avec le mégot est un spectacle époustouflant. D'un savant coup de langue, il arrive à le projeter d'un coin à l'autre de ses lèvres ou à l'arrêter net, bien en équilibre, à la verticale du nez, juste entre les narines. Et sans le laisser s'échapper, il ponctue chacune de ses phrases d'un « ma vieille » familier qui, au gré des intonations, dépeint ses sentiments, souligne une réflexion, révèle une surprise ou une difficulté.

– Je voulais te dire bonjour, Jules. Ça fait quelque temps qu'on ne s'est pas vus... Je voulais aussi te parler d'une chose qui me tient à cœur.

– Vas-y, je t'écoute, ma vieille. Qu'est-ce qui se passe?

– Rien de bien méchant. J'ai vu dans la presse que tu t'occupais du flinguage d'un financier, dans un parking du 16e...

Le mégot passe du coin gauche au coin droit.

– Marcus? T'as pas l'intention de faire un bouquin là-dessus, quand même?

– Un bouquin, non, mais une enquête, peut-être...

Le mégot revient, à vitesse accélérée, se planter à la verticale du nez.

– Comment ça, une enquête? Je croyais que tu avais raccroché?

– Oui et non... Quand une belle affaire se présente, ça m'intéresse toujours de mettre le nez dedans. La fille de la victime aimerait savoir qui avait intérêt à abattre son père. D'un autre côté, son notaire craint que le fric disparaisse avant que la succession ne soit réglée. Alors, ils m'ont demandé de me renseigner auprès de la Criminelle.

– Faudrait que tu voies Moreux, ma vieille. C'est lui qui s'occupe de ça. Tu le connais?

– Non. Il paraît que Vérot est aussi sur le coup?

Vossel hausse les épaules.

– Ne m'en parle pas. Ils se tirent la bourre à qui mieux mieux sur l'affaire. Tu sais comment on est divisés, maintenant, à la P.J. Pour la Criminelle, rien de changé. Elle continue à fonctionner telle que tu l'as connue: méthode, logique et raisonnement. Les dossiers que les collègues remettent aux magistrats tiennent dur comme fer. Mais depuis qu'on a créé d'autres brigades, elles se tirent dans les pattes à longueur de journée. Ah, pour les sigles ronflants, ça y va! B.R.I., B.R.B., B.S.P., S.A.T. et j'en passe! Sans oublier l'Antigang de Vérot et les B.T. qui sont appelées à disparaître pour être remplacées par des divisions P.J. On est en plein cinéma, ma vieille... L'ennui, c'est que chaque équipe ne pense qu'à faire des crânes, histoire de briller dans la presse et à la télévision. On ne se soucie pas de savoir si le type qu'on brandit comme un ennemi public ne sera pas relâché le lendemain par un juge qui n'aura qu'un trop maigre dossier à se mettre sous la dent, on parade... Fini le temps des poulets qui travaillaient dans l'ombre. A part ceux de la Crim' qui savent rédiger des procès-verbaux, on n'a plus que des vedettes du petit écran et des couvertures de magazines! Je me demande comment ils peuvent faire des filatures et des planques avec leur manie de se faire photographier sur toutes les coutures. La pub avant tout, voilà où on en est... Qu'est-ce qu'ils doivent rigoler, les vrais truands, hein, ma vieille!

La figure de Vossel s'est empourprée. Il quitte l'escabeau, fait quelques pas dans la pièce, se plante devant moi.

– Encore quelques mois et je pars en retraite, marmonne-t-il. Autant j'ai aimé ce métier, autant je mettrai les bouts sans regret... Au fait, tu voulais savoir quoi, auprès de la Crim'?

– Si ce que le Gros m'a dit est exact, tu aurais trouvé quelque chose d'intéressant, dans le parking de l'avenue Foch...

Vossel rattrape son mégot de justesse tout en arquant ses épais sourcils:

– J'ai l'impression qu'il va un peu vite, le père Vieuchêne! Mon expertise n'est même pas terminée. Je ne remettrai mon rapport que ce soir, ou cet après-midi au plus tôt. Ce qu'il y aura dedans, je le réserve à Moreux... et à Vérot puisqu'il s'est collé d'autorité sur l'affaire. Et je vais te dire un truc: ce ne sont pas des empreintes que j'ai ramassées avenue Foch. Ce sont des douilles de colt 45. De bien jolies demoiselles qui ont vachement commencé à bavarder... Oui, ma vieille!

Jules se met à lécher son mégot avec application, signe d'une satisfaction évidente. Il l'aime bien à point, juste mou comme il faut, à la fois sucré et acide.

– Qu'est-ce que c'est que cette histoire de demoiselles?

– Les douilles, pardi! C'est comme ça qu'on les appelle...

Ce n'est pas du cent pour cent, mais les douilles de l'avenue Foch semblent provenir de la même arme que celles récupérées par Vérot sur le trottoir de la rue Fontaine il y a deux mois, après le meurtre de Ferragi, tu sais, le Corse. Vérot a arrêté le meurtrier mais le colt avait disparu. Comme il a fait sa réapparition l'autre soir chez Marcus, ça pourrait prouver qu'il y a une corrélation étroite entre les deux affaires.

– L'assassin de Ferragi n'a pas dit à qui il l'avait confié?

Vossel crache quelques brins de tabac, s'essuie les lèvres.

– Bouissou? Si tu crois que c'est un mec à se mettre à table...

Mon oreille s'est subitement dressée:

– Tu parles de Bouissou? D'André Bouissou?

– Oui. Un vieux cheval de retour... Ça te dit quelque chose?

Si ça me dit! André Bouissou est l'une de mes dernières prises avant que je dépose ma carte tricolore, mon insigne et ma pétoire 7,65 mm au rayon du matériel de la Sûreté nationale. Un dévoyé formé à l'école du crime par Émile Buisson, qui avait offert sa tête à la guillotine. C'était Maguy, mon hétaïre-indic de la porte Saint-Denis, dont les seins et les fesses débordaient des carcans qu'elle tâchait de leur imposer, qui m'en avait parlé alors que j'enquêtais sur le meurtre d'Henri Russac, dans les bois d'Andrésy [1].

« – Il y a un mec qui monte, dans le Milieu, monsieur Borniche. Et quand il prendra du galon, les poulets auront du mouron à se faire, avec celui-là.

– Qui ça, Maguy?

– Dédé Bouissou. C'est lui qui conduisait la bagnole quand Henri a été flingué. Mais c'est pas un mec qui cause... Si j'étais flic, moi, je sais ce que je ferais.

– Qu'est-ce que tu ferais, Maguy?

– Je le prendrais par la baise. Il ne pense qu'à ça. S'il en est privé quelques semaines, ça peut l'inciter à jacter. C'est La Fourme, Pourrat l'Auvergnat, qui le ravitaille en filles... »

J'avais quitté Maguy, sa jupe d'un vert criard, courte et fendue, son chemisier rouge à pois blancs abondamment

1. Voir *Flic-Story*. Fayard.

ouvert sur sa poitrine, sa cambrure provocante et son cri de guerre : « Dans les bras de Maguy, plus de soucis », qu'elle lançait aux badauds de la rue Blondel. Je n'avais pas eu besoin de suivre son conseil pour confondre Bouissou. Malgré ses dénégations, il avait été mis en cause. Mais j'avais gardé en réserve le tuyau sur son point faible. Je pouvais, un jour, en avoir besoin. Cela ne s'était jamais produit.

Pendant que Vossel savoure son moignon de cigarette, je revois le visage dur, buté, la vivacité du regard sous l'épaisse tignasse brune, constamment ébouriffée, les yeux gris souris et les lèvres épaisses.

– Le type à qui Bouissou a passé son flingue est forcément lié au meurtre de Marcus, dis-je. Directement ou indirectement.

– Je le pense. Moi, mon rôle se termine. Quand j'aurai en main tous les éléments, je les communiquerai à Moreux. Déjà tout concorde : la forme, la taille, les marques laissées sur le culot par la percussion, la griffe abandonnée sur la gorge par l'extracteur. Les rayures aussi et leurs stries. Tu veux voir?

Avant que j'aie donné ma réponse, Vossel farfouille dans un classeur de bois clair, sort d'un tiroir une fiche rectangulaire couverte d'annotations et deux agrandissements photographiques de douilles plaqués l'un sur l'autre, découpés selon un tracé sinueux, passant au milieu même des rayures. La superposition des deux agrandissements est édifiante : les stries coïncident au point qu'il semble n'y avoir plus qu'une seule douille.

– Bravo, dis-je. Joli travail. Mais si Bouissou ne dit rien...

Vossel m'interrompt :

– Justement, il ne dit rien! A l'époque de l'affaire Ferragi, Vérot et ses cow-boys ont pourtant employé les grands moyens. Il a tout nié, malgré le témoignage qui l'accusait. Alors ce n'est pas maintenant qu'il va se mettre à table! Dommage... Ah, merde, mon clope!

Le mégot est tombé à terre. Vossel le ramasse et le jette à regret dans la corbeille à papiers où s'entassent des morceaux de carton, découpés en spirales. Il allume une cigarette toute neuve, tube blanc qui étonne ses lèvres, contemple la fumée bleue de la Gauloise qui grésille. Elle n'est pas encore réduite à l'état de vieux bébé qu'il peut dompter, chahuter à sa guise. Elle le snobe, cette cigarette toute neuve. Il ne l'aime pas. Tout à l'heure, on verra un peu...

***

Les poids lourds qui, d'habitude, transforment la place Denfert-Rochereau en un circuit de rodéo trépidant et nauséabond ont déserté la capitale. Feu vert. La Peugeot de l'inspecteur-chauffeur Pignot démarre avec une fougue qui la fait déraper sur le macadam humide. Des filaments de brouillard s'accrochent aux poutres métalliques du métro aérien. Pignot engage la voiture sur le boulevard Arago, la gare à proximité de la maison d'arrêt de la Santé dont la masse sinistre de moellons grisâtres écrase un quadrilatère de rues désertes. Le nez rougi par le froid, l'œil larmoyant, le gardien de la paix de faction bat la semelle au fond de sa guérite, accolée au porche monumental.

– Vous me retrouvez là dans une heure, dit Vieuchêne.

Son coup de sonnette provoque l'apparition d'une casquette à galon d'argent derrière le judas de la porte blindée réservée aux visiteurs.

– Sûreté nationale, dit-il en élevant sa carte professionnelle à hauteur de l'ouverture.

La porte se déverrouille. Vieuchêne parcourt quelques mètres dans le couloir humide jusqu'à la porte vitrée qui dévoile le buste d'un autre gardien. Un cliquetis de clés, et l'huis s'entrouvre. Le pavé de la cour intérieure est gras, le lierre qui tapisse les murs s'égoutte comme le linge d'une lessive. Un fourgon cellulaire, moteur tournant, porte grillagée ouverte, attend sa cargaison de détenus, pour les instructions au Palais de justice. Le marchepied affleure les trois marches au bas desquelles, il n'y a pas si longtemps, la tronçonneuse de têtes dressait ses bois.

Vieuchêne exhibe encore sa carte de police, cette fois au

surveillant à casquette étoilée qui bâille au-delà de la porte vitrée. Nouveau déblocage de serrure, nouvelle vision de l'univers carcéral. Devant la grille qui donne accès aux divisions, un brigadier procède à l'appel des partants sous l'œil désabusé des gardes républicains, mitraillette à la main. Sur les visages fermés, blafards, lugubres, seul brille dans les yeux fiévreux l'espoir, souvent déçu, de pouvoir serrer dans ses bras un être cher, avant de pénétrer dans le cabinet d'instruction.

Vieuchêne pousse la porte du greffe, aux vitres teintées de blanc. Il s'accoude au long comptoir de bois, frontière séculaire entre l'ordre et le crime. C'est là que chaque arrivant dépose sa fouille lors de sa première entrée dans l'enfer des captifs. C'est là que le greffier procède à l'inventaire de ses pauvres biens qui lui seront restitués lorsque la justice aura bouclé son cycle compresseur. C'est là qu'il doit encore décliner son identité complète, son adresse, les noms des parents ou amis qui lui rendront visite, avec lesquels il sera autorisé à correspondre. Tout est noté, minutieusement enregistré sur les volumineux registres d'écrou dont la toile, autrefois noire, est devenue violette à force de manipulations. Le jour sale filtre à travers une fenêtre aux épais barreaux. Au loin, un haut-parleur crache des noms, hurle des ordres.

Le greffier, assis derrière le comptoir, invite le commissaire à lui présenter le permis de visite que le juge Béringaud lui a délivré en début d'après-midi, en l'accompagnant d'un commentaire peu encourageant :

– Rien à tirer de ce Bouissou, monsieur le commissaire. Il nie l'évidence comme il a toujours nié les faits lors de précédentes inculpations. Il me faudra l'envoyer aux Assises sans aveux. Ce ne sera pas une erreur. Les faits sont établis. Un témoin l'a vu abattre Ferragi et l'inspecteur Vérot a récupéré les douilles de son arme... On dit que la justice est lente mais comment pourrait-elle être plus rapide avec des oiseaux pareils!

Le préposé aux registres réagit devant le nom :

– Bouissou? Si on n'avait pas peur de perdre notre boulot,

on lui en ferait baver des ronds de chapeau, à cette ordure!... Pour le moment, il est au mitard. Il s'était encore bagarré avec un primaire de la troisième division...

Vieuchêne ne répond pas. Les états d'âme du scribouillard l'indiffèrent. Il ramasse son permis, suit l'auxiliaire au visage poupin qui l'entraîne vers le quartier de la détention. Encore une grille aux énormes barreaux puis l'enfilade des cabines qui, de part et d'autre du couloir, servent de parloir aux avocats.

– Prenez le trois. Je vais le chercher, votre oiseau.

Pendant quelques minutes, Vieuchêne observe les murs du réduit dans lequel il vient de pénétrer. Au plafond, une ampoule grillagée distille une faible lumière. Dans le couloir, un prisonnier au crâne pelé pousse avec nonchalance un balai qui effleure à peine le carrelage. Le Gros se prend à sourire. La scène lui rappelle les corvées de nettoyage au bon vieux temps de son service armé au quartier de cavalerie de la place Dupleix, à deux pas de l'École militaire.

André Bouissou, encadré par deux surveillants-gorilles, apparaît enfin, les cheveux en désordre. Un rictus sarcastique déforme ses lèvres épaisses. Ses yeux gris, légèrement tuméfiés, sont d'une mobilité surprenante. La porte se cadenasse. Vieuchêne désigne l'unique chaise du parloir:

– Asseyez-vous, dit-il. J'ai les fesses sur une chaise toute la journée, alors, rester debout, ça me dégourdit les jambes.

Bouissou s'exécute avec lenteur, déjà sur la défensive, épiant Vieuchêne qui remarque son air dur, buté, la vivacité du regard sous la tignasse brune.

– Vous êtes détenu pour le meurtre de Ferragi, commence Vieuchêne. Le code ne donne pas aux fonctionnaires de police le droit d'interroger les inculpés. Soyez tranquille, je ne vais pas vous parler de ça.

Bouissou ne bronche pas. Il ne se départit pas non plus de son sourire narquois, que le commissaire interprète comme « cause toujours mon poulet ». Il en a vu d'autres, Vieuchêne. Il sait que la partie s'annonce difficile mais, comme un boxeur cherchant à faire baisser la garde de son adversaire, il commence à le travailler au corps.

– Votre juge m'a signalé que le colt qui avait servi à abattre Ferragi avait disparu. Vous auriez peut-être intérêt à me dire ce que vous en avez fait, puisque le témoin affirme que vous étiez seul, au moment des faits.

Le rictus ne s'est pas effacé des lèvres de Bouissou. Vieuchêne mesure la patience qu'il lui faudra pour percer la carapace de fausse indifférence. Il enchaîne :

– Parce qu'il faut que vous sachiez qu'il a été aussi utilisé dans d'autres circonstances, ce pistolet. Regardez!

Il tire de sa poche deux photographies parues dans la presse, les étale sans hâte sur la table, tournées vers Bouissou. L'une montre Marcus, pris de côté, affalé sur le volant de sa Mercedes. La deuxième témoigne de la puissance de l'impact dans la face ensanglantée.

Les deux clichés ne suffisent pas à rompre le silence du détenu. Sans la moindre émotion, il relève vers le policier son regard qu'il avait abaissé sur la table, le considère longuement.

– C'est édifiant, n'est-ce pas? dit Vieuchêne. Photographies expressives qui ne manqueront pas de s'ajouter au dossier Ferragi... et qui peuvent vous valoir quelques années de détention supplémentaires.

Cette fois, les yeux de Bouissou virent au ciel d'orage. La bouche s'ouvre sur une sorte de coassement :

– Qu'est-ce que c'est que ces salades? s'insurge-t-il. Où voulez-vous en venir, avec vos histoires? Collez-moi sur le dos tous les meurtres de la terre, pendant que vous y êtes!

Il se lève, fait brusquement volte-face, s'apprête à frapper à la vitre pour signifier aux gardiens que l'entretien est terminé.

– Je n'ai pas l'intention de vous faire endosser celui-là, énonce calmement Vieuchêne. D'autant qu'il a eu lieu il y a trois jours et que vous êtes en taule depuis deux mois. Il est clair que vous n'êtes pas dans le coup.

Le commissaire marque un temps, reprend sur un ton plus amène :

– Écoutez-moi bien, André. Si je vous en parle, c'est que les balles qui ont frappé Marcus – mais vous l'avez sans doute reconnu? – ont été tirées par l'arme qui a abattu Ferragi. C'est indiscutable. J'aimerais savoir à qui vous l'avez confiée, un point, c'est tout...

Bouissou se dandine comme un ours.

– Je ne comprends rien à ce que vous déblatérez, grogne-t-il sur un ton agressif. J'ignore qui est Marcus, je n'ai pas tiré sur Ferragi et je n'ai confié d'arme à personne. Tout ça, c'est encore des erreurs judiciaires!

– Le témoin, André...

– Le faux témoin, oui! Ça ne lui portera pas bonheur d'accuser un innocent, c'est moi qui vous le dis. Vos salades de poulet, j'en ai ma claque... Je vous vois venir avec vos gros sabots, vous comme cet enfoiré de Nonœil Vérot, qui m'a mis la tête au carré : « Dis la vérité, Bouissou, et je parlerai pour toi au président... » Tu parles! Ce qui s'est passé, c'est que le mec qui a trucidé votre Marcus avait dû flinguer Ferragi avant... La voilà, la vérité vraie! Moi, je n'y suis pour rien. Mon baveux va se servir de ce que vous m'apprenez. Qui c'est, ce Marcus, d'abord?

– Disons un homme d'affaires. Un spécialiste de la Bourse... Mais vous êtes sûr que vous ne le connaissiez pas?

Le rictus de Bouissou se dessine de nouveau, pour traduire son ignorance :

– Comme si je m'intéressais à la finance! Je n'y ai jamais rien pigé à la Bourse... Vous auriez pas une pipe, par hasard?

Vieuchêne a tout prévu. Il extrait de sa poche un paquet de Gauloise qu'il tend au détenu. Le rictus se dissipe, fait place à un dixième de sourire satisfait. Bouissou prend trois cigarettes, en glisse deux dans le revers de son pantalon, tapote la troisième sur la table, la colle entre ses lèvres :

– Ça va me remonter le moral. Parce qu'au mitard, ces enfoirés me les ont sucrées. Vous avez du feu?

Le commissaire craque une allumette. Bouissou avance vers la flamme son visage buriné, aspire quelques bouffées en fermant les yeux, rejette la fumée vers le plafond, lâche :

– C'est comment que vous vous appelez?

– Vieuchêne... Commissaire divisionnaire Vieuchêne, de la Sûreté.

– Mince, rigole Dédé Bouissou. C'est du sérieux, alors!

– Plutôt, oui, répond le Gros avec un bref sourire.

– Eh bien, Vieuchêne, vous m'avez l'air d'un brave mec! Pas comme ce con de Nonœil qui n'arrive pas à vous regarder en face, que c'en est gênant... Je vais vous dire un truc: j'ai cinquante-deux piges, et si j'avais touché un billet de mille chaque fois que j'ai vu un poulet, je pourrais vivre de mes rentes. Je connais pas Ferragi, je connais pas Marcus, je connais personne. Vous devez savoir qu'il y a des cas où un homme ferme sa gueule s'il ne veut pas être transformé en passoire à sa sortie de cabane, hein?

Il lance à Vieuchêne un clin d'œil entendu. Le commissaire comprend qu'il est inutile d'insister. Au jeu du chat et de la souris, la souris, ce sera lui. Ce qui est rageant, c'est que les derniers mots de Bouissou sont équivoques. Ils sous-entendent qu'il connaît l'utilisateur actuel du colt, mais que son intérêt est de ne pas le dénoncer... Pas la peine de poursuivre l'interrogatoire. Bouissou ne dira rien. Le Gros lui offre une nouvelle cigarette, tente une offensive biaisée.

– Je vous comprends, enchaîne-t-il. A votre place, je ferais pareil.

Les sourcils de Bouissou se rejoignent sur l'arête du nez:

– Expliquez-moi ça, commissaire.

– Je veux dire que si j'étais de l'autre côté de la barrière, mêlé à un règlement de comptes téléguidé, je la bouclerais aussi, malgré les charges établies contre moi. Je n'aurais pas envie d'y passer à mon tour. C'est de bonne guerre. L'ennui, c'est que je ne suis pas de l'autre côté de la barrière. Et Bettina Calgirone, dans tout ça?

Les yeux s'écarquillent, noyés dans la fumée de la Gauloise.

– Qui c'est ça, Bettina Calgirone?

– La maîtresse de Marcus. Une Italienne. Ça vous dirait quelque chose, des fois?

Bouissou, l'air étonné, secoue sur le sol la cendre de sa cigarette.

– Qu'est-ce qu'elle vient faire là-dedans, cette gonzesse?

– Rien... Je disais ça comme ça. Au cas où vous l'auriez

connue, ou que vous en auriez entendu parler... Vous viviez seul, rue Montmartre?

Un ricanement secoue la lourde carcasse de Bouissou :

– Vieuchêne! Dites-vous que quand le bon Dieu s'est fait homme, le diable s'était déjà fait femme. Alors, moi, les nanas... Vous venez me revoir quand?

Vieuchêne retient un mouvement de surprise :

– Vous auriez des révélations à me faire?

Bouissou écrase le mégot sous son pied.

– Ça me ferait passer le temps... Et puis, je vais vous dire : le mitard, vous ne savez pas ce que c'est! Pas la joie. Revenez me voir quand vous voudrez. On ne sait jamais...

9.

Par-dessus l'épaule de Montillet, un Basque au visage osseux, qui s'amincit en triangle jusqu'au menton, l'inspecteur principal Vérot considère la femme qui vient de pénétrer dans son bureau, une convocation à la main.

Elle est grande. Sa chevelure retombe en boucles brunes sur le col relevé d'un manteau de vison à large ceinture qui laisse deviner la minceur de la taille. Son fuseau dessine le galbe discret du mollet avant de se glisser dans des bottes d'agneau noir. Les yeux couleur d'émeraude semblent s'étonner de la vétusté des locaux où opèrent les hommes de la brigade antigang.

Bettina Calgirone s'assied, les jambes croisées, ôte ses gants, avant de sortir posément d'une poche de son manteau un étui en crocodile et un briquet en or. Un parfum de tabac blond chatouille bientôt les narines de Vérot. Elle pose les gants, l'étui et le briquet sur le bureau avant d'énoncer, d'une voix mélodieuse :

– Vous vouliez me voir, inspecteur?

A son tour, pour se donner une contenance, Vérot extirpe de sa poche un paquet de Gitanes, s'aperçoit qu'il est vide, le jette, dépité, dans la corbeille à papiers, et grogne, sur le ton de la plus parfaite mauvaise humeur :

– J'ai en effet quelques questions à vous poser. Rien de grave, rassurez-vous. Mais vos réponses seront peut-être de nature à m'aider dans cette affaire d'assassinat.

– Je vous écoute, dit-elle. Mais j'ai déjà dit tout ce que je savais à votre collègue Moreux. Enfin, quand je dis « tout »... Je ne sais rien, à vrai dire. La profession de David l'accaparait entièrement. Elle me préoccupait d'autant moins qu'il me tenait à l'écart. C'était un financier. Moi, j'ai toujours eu horreur des chiffres. Il ne me faisait donc aucune confidence...

Bettina se retourne pour souffler vers la fenêtre un nuage bleuté dont elle contemple les volutes avant d'écraser sa cigarette à peine entamée dans un cendrier publicitaire Saint-Raphaël et de condescendre à se rappeler la présence de Vérot qui la sonde de son œil droit devenu soudain fixe.

– Je ne fume jamais qu'une bouffée ou deux, dit-elle. J'espère pouvoir m'arrêter complètement.

– Ouais, dit Vérot, sans aménité. Ainsi, David Marcus ne vous faisait pas de confidences... Mais vous, de votre côté?

– Qu'entendez-vous par là, inspecteur?

– Je ne sais pas... Ce que vous faisiez en son absence, par exemple... Vos sorties, vos rencontres. Tout ce qu'une femme aussi ravissante que vous, seule une grande partie de la journée, peut faire de ses déjeuners, de ses après-midi... Les couturiers, le coiffeur, les salons de thé, le bridge, peut-être?

– Je ne suis pas femme à sortir beaucoup, surtout par ce temps de chien, si vous voulez savoir... Je reste chez moi, je regarde la télévision, j'écoute Mozart ou Vivaldi, je lis... Je ne vois pas ce que cela a à voir avec l'assassinat de mon pauvre David... Chacun mène sa vie comme il l'entend, non?

Vérot approuve de la tête, avec vigueur :

– Tout à fait, mademoiselle. Tout à fait. Et chacun a le droit de recevoir les amis qui lui plaisent...

Les sourcils de Bettina, épilés avec art, se redressent en accent circonflexe.

– Que voulez-vous dire?

Vérot se penche sur son bureau, s'y accoude, fixe un minuscule grain de beauté qui perce sous la fine couche de fond de teint de Bettina, entre les deux yeux.

– Ne le prenez pas en mauvaise part, mademoiselle, mais

j'aimerais que nous ne perdions pas notre temps, tous les deux. Je vous disais que j'avais des questions à vous poser. Elles sont sérieuses. Je vous demande donc d'y répondre avec franchise. Dans votre intérêt.

– Sans problème, rétorque-t-elle, avec une désinvolture forcée.

Elle fait mine de prendre une cigarette dans son étui, y renonce avec une moue capricieuse. L'inspecteur repousse sa chaise, opère un mouvement tournant pour venir s'asseoir sur le bureau, une jambe dans le vide.

– Je voulais parler des amis que vous pouviez accueillir en l'absence de votre concubin. Ne soyez pas choquée, c'est le terme juridique. Si cela vous gêne, je peux dire le *de cujus*... Parmi ces relations, est-ce que le nom de Jean-Baptiste Marceau vous dit quelque chose? Venait-il souvent vous rendre visite avenue Foch?

Soudain, Bettina a peur. Comment cet inspecteur à l'œil étrange a-t-il connu l'existence de Jean-Baptiste, sinon par le gardien de l'immeuble? Il est toujours en train de fouiner dans les sous-sols, cet ancien sergent rescapé de la guerre d'Indochine, sous prétexte que des loubards forcent les serrures des voitures pour voler les auto-radio... Sans le numéro de code, il est impossible de pénétrer dans le parking. L'entrée principale et l'escalier de service sont constamment sous surveillance. Ce maudit gardien a donc dû surprendre son amant en train de descendre la rampe, moteur coupé, ou même de garer sa moto au troisième sous-sol. Mais comment a-t-il su son nom?

Si elle veut protéger Jean-Baptiste, ce n'est pas le moment de faiblir. Elle déglutit péniblement, ne peut réprimer un malencontreux battement de paupières.

L'inspecteur principal Vérot a mis pied à terre. Il vient tourner autour de Bettina en se grattant la tête.

– Il ne faut pas que cela vous gêne de me répondre, dit-il, sentencieux. Je vous parle de ce Jean-Baptiste comme ça... Il y en a peut-être d'autres. J'ai cité son nom en premier à cause de la moto qu'il entreposait dans le même parking que la victime... Il ne serait pas venu chez vous le jour du drame, par hasard?

Les ongles de Bettina s'enfoncent dans ses paumes. L'inspecteur Moreux, lui, ne lui a jamais parlé de Jean-Baptiste. Est-il seulement au courant de son existence? Il lui a paru beaucoup plus sympathique, beaucoup mieux élevé, en tout cas, que ce Vérot à la figure aussi tordue que son âme... Elle sait qu'elle dissimule mal son inquiétude, mêlée d'agacement.

Vérot prend une chemise sur son bureau, l'ouvre, lit un document, la repose, exaspérant à force d'aller et venir dans la pièce, tournant comme un fauve autour de la chaise de Bettina, les mains derrière le dos, l'air pensif. Va-t-il enfin s'arrêter? Il s'arrête.

– Est-ce que ce Jean-Baptiste Marceau ne serait pas votre amant de cœur? demande-t-il à brûle-pourpoint. Le moment est peut-être mal choisi pour parler de ça, mais si les policiers faisaient du sentiment, on n'en sortirait pas. Remarquez, ce n'est pas que je le soupçonne d'être l'auteur du meurtre, mais on ne doit jamais rien laisser au hasard. La jalousie peut parfois armer un bras... Vous voyez ce que je veux dire.

– Non, monsieur, je ne vois pas. Et je vous prie de cesser vos insinuations, si vous ne voulez pas que j'en réfère à mon avocat...

Elle a dit « monsieur » très sèchement, avec un air de princesse outragée. Vérot ne se formalise pas pour si peu. Il est convaincu d'avoir marqué un point.

– Ce ne serait pas une mauvaise idée, dit-il en se plantant devant Bettina avec un sourire qui déforme un peu plus le côté droit de son faciès. Il faudrait aussi lui dire, à votre avocat, que Jean-Baptiste Marceau n'existe pas.

Cette fois, Bettina ne peut s'empêcher de sursauter.

– Ce n'était pas très difficile à savoir, poursuit tranquillement Vérot. Sa grosse Kawasaki vient d'être immatriculée au service des cartes grises. C'est là que j'ai eu le nom, le prénom, et la date de naissance de ce prétendu Marceau, né le 25 janvier 1953 à Boulogne-Billancourt. Je suis curieux, moi, j'aime bien aller au fond des choses. Quand j'ai vérifié à la mairie de Boulogne la date de naissance de Marceau, je suis tombé sur un bec... Pas de naissance le 25 janvier 1953. Pas plus le 24, le 23, le 27, et les jours suivants. Inconnu, Marceau, aussi inconnu qu'un Vérot né en Mandchourie! État-civil aussi bidon que son soi-disant domicile, rue de Constance, dans le 18e, Montillet s'y est rendu...

Vérot désigne d'un coup de pouce son adjoint, adossé dans un angle de la pièce.

– C'est lui, Montillet. Tiens, dis-lui, toi!

– Il n'y a pas de 147, rue de Constance, fait l'inspecteur d'une voix neutre. Pas plus que de 47. La rue est à peine plus longue qu'un passage clouté...

– Alors, qu'est-ce que vous dites de ça? reprend Vérot avec un sourire satisfait.

Bettina n'a rien à dire. Elle ne peut plus douter, maintenant, que César, le gardien de l'immeuble, ait relevé le numéro de la Kawasaki et l'ait communiqué aux flics... Comment peut-il avoir remarqué Jean-Baptiste, qu'elle ne connaît que depuis quelques jours, et qui a pris soin, à chaque fois, d'arrêter l'ascenseur à des étages différents et de gagner son appartement à pied, par l'escalier de service, en l'absence des domestiques?

– Je ne vois pas ce que vous voulez dire, lâche-t-elle, en essayant de plonger son regard dans les yeux fuyants de Vérot. Vraiment, je ne comprends pas.

Elle se demande combien de temps elle pourra essayer de donner le change en jouant les femmes vertueuses, tenir secrète une liaison dont elle ne veut pas mesurer les conséquences. Qui est-il, ce Jean-Baptiste, qui lui a menti sur son identité? Pas l'assassin de Marcus, en tout cas, elle en est sûre. Que lui aurait rapporté ce meurtre?

Où est-il, en ce moment, le beau brun qui devait la revoir le lendemain même de leur dernier rendez-vous, dans sa garçonnière de la rue Visconti? Depuis le crime, aucune nouvelle. Son téléphone ne répond plus. Elle avait hésité à lui rendre visite, pour l'informer du drame, quand le charmant commissaire du 16e l'avait autorisée à aller se reposer chez une amie. Puis elle s'était reprise. Ce n'était pas le moment de compliquer la situation. Et pourtant, comme elle aurait aimé qu'il la prenne dans ses bras, pour la protéger! Maintenant, elle la paye cher, sa vie de concubine entretenue, comme dit cet inspecteur mal embouché qui ne cesse de la regarder de travers!

La silhouette de Vérot se détache sur le carré de la fenêtre qui donne sur la place Dauphine.

– Vous ne m'avez toujours pas dit si votre amant est venu vous voir le jour du meurtre, insiste-t-il. Le fait qu'il cache son identité n'est pas très catholique, avouez-le. D'ici peu, j'en saurai beaucoup plus sur son compte. A moins que vous ne m'en touchiez deux mots à présent...

– Je ne peux vous aider en aucune façon, lâche Bettina d'une voix métallique. Les obsèques de David ont lieu après-demain, au sortir de l'Institut médico-légal. J'ai beaucoup à faire, en attendant. Avec votre permission...

Elle se lève, ramasse le briquet, l'étui à cigarettes, les gants.

– Vous comptez me convoquer encore pour des questions aussi futiles? demande-t-elle avant de se diriger vers la porte. Je dois vous prévenir que l'inspecteur Moreux m'a conseillé de ne répondre à personne. Lui seul est saisi du dossier, je crois? A l'avenir, je vous serais reconnaissante de passer par lui.

Vérot ne cille pas. Il contemple Bettina, belle énigme. Puis, alors qu'elle resserre le col de son manteau de vison blanc, il lâche, dans le sillage du N° 5 de Chanel :

– Je tâcherai, mais je ne promets rien. De votre côté, si vous avez des nouvelles de ce soi-disant Jean-Baptiste Monceau, n'hésitez pas à m'appeler, je n'y verrais aucun inconvénient. Ça me ferait tellement plaisir d'avoir une petite conversation avec lui!

***

L'*Hôtel des Vertus* dresse tant bien que mal sa façade surannée au fond d'une impasse de la porte Champerret, entre deux palissades couvertes de lambeaux d'affiches électorales. La plaque de marbre « chambres à l'heure et à la journée », la cage d'escalier sombre, le tapis rouge usé jusqu'à la corde, ne laissent aucune illusion sur la catégorie de l'établissement. Le balancier de la minuterie martèle le silence de ce palace pour déshérités, lieu de prédilection de Suzy Eltier, que ses consœurs de trottoir surnomment « la Gazette ».

Depuis une heure, Vieuchêne, l'inspecteur-chauffeur Pignot et moi patientons sur le palier du quatrième étage, qu'une lanterne vénitienne noie par intermittence d'une lumière tamisée, couleur fraise. Le tableau défraîchi d'une Vénus 1900 sortant du bain orne le mur au papier peint rose bonbon. De temps en temps, je colle mon oreille à la porte en face de la rampe à la propreté douteuse. Des soupirs brefs, des plaintes d'extase me parviennent, estompés. Dédé et Suzy concrétisent leur rencontre fonctionnelle...

– Il va falloir qu'on arrête les effusions, maugrée le Gros, que l'attente exaspère. Une heure que ça dure, ça va comme ça! Vous avez de ces combines, Borniche! Il ne manquerait plus qu'il nous fasse un infarctus!

Bouissou ne paraît guère s'en inquiéter. Après deux mois de chasteté carcérale, il s'attarde sur les sentiers de la tendresse. Vieuchêne a vérifié que la fenêtre de la chambre, condamnée depuis qu'un détraqué a enjambé le balcon dans une crise de jalousie, ne permet aucune fuite. Par mesure de sécurité, Pignot a amarré un bracelet de menottes à un montant de fer du lit et encerclé de l'autre le poignet droit du prisonnier. Dédé et la Gazette sont restés seuls et nous avons pris, tous les trois, la faction, sur le palier mal éclairé.

C'est au retour de Vieuchêne de la prison de la Santé que l'idée de manigancer cette rencontre biblique entre le tueur et une amie de passage m'est venue à l'esprit.

– Qu'est-ce que c'est que cette idée, Borniche!

– Je l'ai déjà expérimentée, patron. Pas sur Bouissou, je n'en ai pas eu l'occasion, mais sur Boucheseiche...

– De l'affaire Ben Barka?

– Oui, mais avant. Du temps où je voulais des tuyaux sur les complices de Buisson qui nous échappaient...

Le gros Jo esquivait mes pièges avec tranquillité et bonhomie. D'avance, je savais qu'il opposerait à mes questions un silence indifférent. Fort des propos de Maguy, mon indic patentée de la rue Saint-Denis, j'avais décidé de procéder par étapes. A trois reprises j'avais extrait Boucheseiche de Fresnes. Je l'avais conduit à mon bureau où Marie-Louise, sa maîtresse, l'attendait. La première fois, il m'avait regardé, surpris. La seconde, il m'avait jeté un coup d'œil reconnaissant. A la troisième rencontre, il dévorait des yeux Marie-Louise. J'assistais, lors de chaque étreinte, au crescendo de son martyre amoureux.

Troublé au paroxysme, le gros Jo était à point. C'est en le reconduisant à Fresnes que je lui avais proposé :

– Si tu m'aides, Jo, moi je peux t'aider. A condition que ça reste entre nous.

Soumis au pouvoir de son succube diurne apparu sous les traits de sa maîtresse, il avait soulevé ses épaules de lutteur :

– Ça veut dire quoi, au juste?

– Ça veut dire que si tu me dis ce que tu sais sur Loubier et le petit Orsetti, je te garantis un moment de solitude avec ta femme.

Jusqu'à la prison de Fresnes, il avait gardé le silence. Puis, comme la voiture franchissait le portail de la détention, il avait marmonné :

– Marie-Louise d'abord. Les questions sérieuses, ensuite.

En l'espace de quelques semaines, grâce à la fougue amoureuse de mon détenu retourné, j'avais réussi à réduire le gang Buisson à sa plus simple expression.

Pour Bouissou, il fallait récidiver. Surtout lui trouver une femme à sa convenance. Maguy, atteinte par l'âge canonique, n'était plus en mesure de jouer les appeaux. Heureusement je m'étais souvenu de Suzy, une professionnelle de choc à la chevelure flamboyante et aux yeux incandescents. Moyennant le doublement de son tarif habituel, elle ne pouvait qu'accepter.

– Pourquoi vous l'appelez la Gazette? s'était enquis Vieuchêne. Si elle répète ça à toute la presse, on va avoir bonne mine!

– Ce sont ses collègues qui l'ont affublée de ce sobriquet, avais-je expliqué. Dès que ses passes sont terminées, elle a l'habitude de leur raconter en détail les vices de ses clients. Maintenant, plus personne ne l'écoute.

– Vous croyez qu'elle marchera?

– Une passe est une passe, patron. Dans la voie privée où elle opère, personne ne nous verra arriver... C'est une chance.

– Je l'espère! avait soupiré le Gros. Mais vous me la copierez. Si je m'attendais à des trucs pareils en fin de carrière!

Bouissou et la Gazette font durer le plaisir. Quatre-vingt-dix minutes nous paraissent suffisantes. Ce genre d'excès risquerait de ramollir la mémoire de notre insatiable prisonnier. Vieuchêne se penche vers le panneau, frappe, entrebâille la porte. Un bras derrière la nuque, Suzy au creux de son épaule, Bouissou fume tranquillement une cigarette à bout doré.

– On recommencera, dit Vieuchêne d'un ton amer. Pour le moment, il faut y aller.

Pignot s'avance à son tour, détache le poignet de Bouissou du carcan d'acier, lui tend ses vêtements. Par pudeur, la Gazette a remonté les couvertures jusqu'à son menton irrité par les joues mal rasées de Bouissou. Les menottes se referment sur les poignets du truand qui sourit à la Gazette, la regarde avec tendresse, marche enfin vers la porte. Trente-trois minutes plus tard très exactement, nous sommes dans le bureau de Vieuchêne.

– J'ai tenu parole, dit le Gros. Maintenant, c'est à vous.

– Qu'est-ce que vous voulez savoir?

– Ce que je vous ai demandé à la Santé. Si ce n'est pas vous qui avez tué Ferragi, comme vous le prétendez, qui est-ce?

Une lueur traverse le regard de Bouissou. Son visage s'éclaire.

– Si je vous le disais, vous ne me croiriez pas.

– Dites toujours.

– Si ce n'est pas moi, c'est que c'est quelqu'un d'autre, pas vrai, commissaire?

Vieuchêne encaisse mal la moquerie.

– Je vous en prie. Les lapalissades ne sont pas mon fort.

– Vous fâchez pas, commissaire. Puisque j'étais en cage au moment où l'autre meurtre a eu lieu, c'est donc pas moi qui ai pu tirer. D'accord?

Vieuchêne me regarde, ne répond pas.

– ... Par contre, reprend Bouissou, celui qui a liquidé le financier a très bien pu abattre Ferragi, deux mois auparavant puisque c'est avec le même flingue, d'après ce qu'on ne cesse de me rabâcher.

– Où voulez-vous en venir?

– Si vous ne pigez pas, je m'excuse, c'est que vous avez la comprenette difficile! Enfin, quoi, le mec qui a envoyé Marcus réciter le Talmud à ses ancêtres est forcément le même que celui qui a buté le Corsico! C'est clair, non? Il avait sûrement des raisons d'en vouloir à tous les deux!

Vieuchêne commence à perdre patience. Je décide d'intervenir :

– Le fait d'utiliser la même arme ne signifie pas qu'il s'agisse du même tueur. Un flingue, ça se prête... Et un témoin t'a mis en cause, Dédé. N'oublie pas ça... Tu parlais de raisons d'en vouloir à Ferragi et Marcus. Tu vois un rapport entre les deux?

André Bouissou me regarde, puis secoue la tête en souriant.

– Ça se pourrait bien, m'sieur Borniche. Moi, je ne sais ça que par ouï-dire, bien sûr...

– Bien sûr, grommelle Vieuchêne, agacé.

– ... Ferragi aurait été abattu à cause d'un trou de dix briques dans une mallette de pognon qu'il avait convoyé entre David Marcus et son patron, Barzoli. Voilà.

– Et Marcus?

– C'est là toute l'affaire, m'sieur Borniche!... Il paraîtrait que Mathieu s'est rendu compte qu'en fait c'est ce salopard de Marcus qui l'avait doublé, et qu'il avait gardé le fric pour lui, en accusant ce pauvre Ferragi!

Je ne peux m'empêcher de penser que « ce pauvre Ferragi » a bel et bien été expédié *ad patres* par lui, Bouissou, qui nous joue en ce moment même la grande scène de l'innocence!

– C'est clair, conclut le Gros. Mathieu Barzoli a ordonné le meurtre de Marcus.

Bouissou se tourne d'un bloc vers Vieuchêne.

– Me faites pas dire ce que j'ai pas dit, monsieur le divisionnaire! fait-il, l'œil arrondi. Ce que je vous raconte là, c'est parce que j'en ai entendu causer... Des bruits de couloir qui doivent rester entre nous, hein? Autrement...

Message reçu. Vieuchêne et moi échangeons un regard explicite. Ce que Bouissou vient de nous dire, jamais il ne le répétera devant une cour d'assises.

– Puisqu'on en est aux confidences, vous n'auriez pas entendu parler du type qui a descendu Marcus, des fois? fait le Gros avec un soupir résigné.

– Ça non, m'sieur Vieuchêne... En taule, vous savez, on n'est pas informés si vite. Pourtant...

– Pourtant?

Bouissou se gratte la tête, joue quelques instants les hésitants, puis se jette à l'eau.

– Il y aurait un jeune... Un nommé Gianni, je ne connais pas son nom de famille, qu'est arrivé chez Mathieu quelque temps avant la mort de Ferragi. Qui sait si c'est pas lui qui les aurait butés tous les deux, Ferragi et Marcus?

J'interviens, sentant que Vieuchêne commence à perdre patience.

– N'exagère pas, Dédé. C'est une conversation privée, d'accord, mais il ne faut quand même pas nous faire le numéro de l'erreur judiciaire!

– Et pourquoi pas? s'exclame Bouissou, sincèrement indigné. Vous en faites jamais, vous, d'erreurs judiciaires?

– Parlez-nous de ce Gianni, coupe sèchement le Gros.

– Je ne le connais presque pas. On m'a arrêté peu de temps après son arrivée. Un Corse, je crois... Un petit con, mais protégé. Barzoli lui-même prenait des gants avec lui. Pourtant, c'est pas son genre, à Mathieu. Surtout que l'autre s'est sauté sa bonne femme!

– Quelle bonne femme? fait Vieuchêne en ouvrant des yeux ronds.

Bouissou rigole, égrillard.

– Vous voulez tout de même pas que je vous fasse un dessin, sans blague! Le Gianni se tapait la mère Barzoli, une ponette de vingt-trois ans. Mathieu l'a appris, mais il n'a pas bougé. Pourquoi, j'en sais rien... Dites, ce que je vous raconte, là, faut pas que ça sorte d'ici. S'agit pas de rigoler avec ce con-là! A propos, la Gazette, elle est pas mal, comme nana. Quand est-ce que vous m'en faites rebecqueter?

– Quand vous serez un peu plus précis sur le tueur, dit Vieuchêne.

Bouissou le regarde, surpris, puis:

– Ben merde, alors! Si ce que je viens de vous dire sur Barzoli et Gianni, ça vous suffit pas, vaut mieux me laisser au séchoir. Je me démerderai tout seul.

10.

Le taxi se traîne dans un embouteillage inextricable, lutte de vitesse avec un énorme autobus bariolé de publicités auxquelles Gianni ne comprend rien. Il prend patience, se réjouissant du spectacle auquel il n'a jamais été confronté. Déjà, avant l'atterrissage, le paysage qui défilait sous les ailes du courrier de la Swissair l'avait enthousiasmé. La Venise asiatique, assoupie sur ses innombrables canaux, jaillissait d'une crevasse de nuages. Un temple, à la flèche hardiment dressée vers le ciel, étincelait de ses millions de morceaux de porcelaine sous le soleil levant. Dans le hall de l'aérogare, après les formalités policières au cours desquelles son faux passeport au nom de Jean-Baptiste Marceau n'avait suscité aucune méfiance, Gianni avait plongé dans le dépaysement d'une agitation effarante, dans le grouillement d'une foule bigarrée qui s'écoulait, en courants contraires et continus, entre les portes vitrées de l'immense bâtiment. Bien sûr, la douceur du climat succédait au détestable temps parisien, mais Gianni s'en moquait. Il avait répondu au sourire des jolies hôtesses de la Thaï International qui l'avaient accueilli, une orchidée à la main. Il s'était amusé de la mine ahurie du propriétaire de l'antique Toyota qui lui offrait ses services mais n'arrivait pas à saisir le nom de l'hôtel qu'il lui désignait. Il s'était extasié enfin devant la vélocité des conducteurs de *touk-touk*, monstres polluants ouverts à tous les vents, dépourvus du moindre compteur, et qui mettent un point d'honneur à griller les feux rouges et à faire bondir de peur les piétons prisonniers des passages zébrés, qui n'ont de passages que le nom.

Le taxi a contourné le monument de la Victoire et roule sur la Phaya Thaï Road en direction de la Rama 1 Road. C'est au *Siam Intercontinental* que Mathieu Barzoli a réservé une chambre pour Gianni.

– D'habitude, je descends là un jour ou deux histoire de récupérer le décalage horaire, avait-il dit peu avant l'embarquement. Jo fait pareil. C'est près de Siam Square. Les plus grands magasins de Bangkok sont là. Je téléphonerai pour qu'on te garde la piaule.

– C'est dans le coin des salons de massage?

Mathieu lui avait lancé un regard sans amabilité.

– Il n'y a vraiment que ça qui t'intéresse, hein? Les salons, c'est à Patpong, entre Silom et Suriwongse. Faut simplement faire gaffe parce que les travestis sont plus nombreux que les filles. Au premier abord, on n'y voit goutte. Ton oncle te donnera des adresses, il les ravitaille en came.

L'objet de musée traverse un immense parc, ralentit devant le zoo privé où virevoltent des singes et des oiseaux aux couleurs chatoyantes. Sous l'œil circonspect d'un bonze au crâne rasé, pieds nus et drapé dans une robe orange, des enfants se sont figés devant les cages. Gianni, nostalgique, se souvient... Jadis, un cirque ambulant avait débarqué dans son village. La parade, les illuminations et la ménagerie l'avaient transformé, pour un soir, en véritable fête foraine. Puis le jeune garçon avait quitté le village pour monter à Nice. La tante Lovera qui l'avait recueilli après la mort de ses parents dans son étroit logement de la rue de France, était à cheval sur les principes. Insupportable, les cheveux en bataille, la culotte glissant vers les genoux, le cartable à bout de bras, Gianni avait rapidement pris ses distances pour voler de ses propres ailes. Voler est bien le mot. Ce furent les premiers chapardages dans la caisse du concessionnaire Honda qui l'employait comme apprenti mécanicien, le vol d'une 750 BMW que son propriétaire, attiré par le défilé du

Corso fleuri, avait déposée contre un poteau de la promenade des Anglais, l'interrogatoire musclé au commissariat de la rue Gioffredo et un séjour de six mois à la prison de la rue de la Gendarmerie. Maintenant, il est coincé dans l'engrenage. Recherché par la police, il doit vivre sous ce nom d'emprunt de Jean-Baptiste Marceau que Barzoli lui a procuré. Au début, les hold-up l'ont quelque peu nourri. Pas n'importe quels hold-up. Des coups comme celui du fourgon postal de Bordighera, qui a plus rapporté à son oncle Benutti qu'à lui-même. Et celui, sanglant, de la banque de Milan. Jusqu'alors, pas la drogue. Il n'y a jamais touché. Il va pourtant falloir se faire violence, tremper dans cette boue qui le dégoûte, s'il veut profiter de la protection de son oncle et ne pas se retrouver pour longtemps derrière les hauts murs de détention, avec une inculpation de meurtre, comme Mathieu le lui a laissé entendre... Il doit garder un profil bas tant que l'affaire Marcus n'aura pas été éclaircie.

Le chauffeur au crâne plissé amorce un virage devant le perron du *Siam Intercontinental*, stoppe brutalement, ce qui déclenche, en chaîne, l'artillerie des amulettes suspendues à son rétroviseur. Ses yeux pétillent derrière les montures d'acier.

– *Neung roi*, nasille-t-il en faisant rapidement passer son pouce sur l'index. *Neung roi* baths [1].

Gianni fronce le sourcil. Mathieu l'a mis en garde au sujet des taxis. Les chauffeurs ont tendance à doubler le tarif sous prétexte que les embouteillages leur causent du tort. Il leur paraît normal que le client paie le manque à gagner. L'arrivée du concierge résoud le problème. La proposition du chauffeur n'était exagérée que de vingt baths.

Gianni suit dans le hall majestueux du palace le chasseur qui s'est emparé de son sac de voyage. Il tend son passeport à l'employé de la réception qui lui dédie un sourire commercial.

– Suite 441, dit-il, la plus belle. Il y a un message pour vous.

Gianni risque un compliment.

1. Cent baths.

– Vous parlez bien le français...

– Ma mère est française. J'ai été élevé à Paris jusqu'en 1968. Vous serez bien, ici... Vous connaissez Bangkok?

– Non, avoue Gianni. C'est la première fois que j'y mets les pieds.

Le réceptionniste hoche la tête, sans cesser de sourire.

– Alors, faites attention aux jeunes en moto, qui ont l'habitude d'arracher des mains les portefeuilles et les sacs au passage... Attention aussi aux trottoirs. Les bouches d'égout ont souvent perdu leur couvercle. Quant aux massages japonais...

– C'est quoi?

– C'est un massage où le patient s'abandonne à un savon féminin vivant, pendant qu'une autre fille fait les poches de son costume... Si cela vous arrivait, signalez-le tout de suite à la police touristique. Vous serez bien reçu, surtout bien compris. Mais ne comptez pas retrouver votre argent, ni même vos papiers.

– Merci du renseignement, dit Gianni en gagnant la cage de l'ascenseur.

Le message est de son oncle Jo Benutti. « Suis actuellement à Chiang Mai au 235 678. Serai là demain après-midi. Vol Thaï Airways 657. Repose-toi. Salut. »

***

Le directeur de la police judiciaire se détourne de son vaste bureau pour envelopper du regard l'inspecteur qui se tient devant lui avec la déférence qui lui est due.

– Alors, Moreux, où en êtes-vous de cette affaire Marcus? Le préfet s'impatiente. Il aimerait que vous mettiez vite un nom sur le visage de l'assassin...

Moreux arbore le sourire navré de l'homme qui a la fâcheuse impression de toujours se retrouver à son point de départ :

– Moi aussi, monsieur le directeur, j'aimerais bien lui mettre un nom! L'expertise de Vossel a été concluante. La même arme a servi dans deux meurtres commis à deux mois d'intervalle. Elle a donc changé de main, puisque André Bouissou, l'auteur du premier, était en taule au moment du second.

Le directeur, les mains croisées derrière le dos, fait quelques pas jusqu'à la fenêtre. Un train de péniches glisse sur la Seine, au loin, devant la pointe de la Cité.

– Vous êtes allé lui rendre visite, à ce Bouissou?

Moreux marque un temps d'arrêt ponctué par un soupir.

– J'en viens, monsieur le directeur.

– Et alors?

– Il prétend ne rien savoir ni sur le premier meurtre ni sur le second. Par contre, ma visite a eu l'air de bien l'amuser.

– Il n'y a vraiment pas de quoi.

– C'est ce que je pensais avant d'apprendre que le commissaire Vieuchêne était passé avant moi à la Santé. Ça prouve que la Sûreté est sur l'affaire et que nous allons, une fois de plus, nous faire griller au poteau.

Le directeur revient s'asseoir, le front barré par une ride soucieuse.

– Ne soyez pas défaitiste, Moreux. Je sais que si la rue des Saussaies s'en mêle, cela ne va pas nous arranger. Mais Vieuchêne a pu rendre visite à Bouissou pour tout autre chose.

Moreux hoche la tête, peu convaincu.

– Je veux bien. Après tout, ça ne me ferait qu'un concurrent de plus.

– Que voulez-vous dire?

– Que l'Antigang de Vérot est également sur l'affaire Marcus et que ça ne peut que court-circuiter mes investigations.

Le directeur laisse échapper un bref rictus pouvant à la limite passer pour un sourire.

– Naturellement. Qu'a-t-il encore fait, ce brave Nonœil?

– Il a convoqué la concubine de Marcus, qui n'a pas trouvé cela du meilleur goût.

Le directeur fait volte-face.

– Peut-être avait-il quelques raisons de l'interroger. C'est de bonne guerre, cette émulation entre services...

– A condition qu'elle ne dégénère pas en jalousie... Qu'elle ne soit surtout pas préjudiciable à l'enquête en cours...

Le directeur se laisse aller avec un grand soupir au fond de son fauteuil capitonné de cuir vert. Il secoue la tête à plusieurs reprises, se veut conciliant.

– Seul le résultat compte, Moreux. Cela ne doit pas vous empêcher de foncer. Vérot a ses méthodes. Vous avez les vôtres. Et moi je suis votre patron à tous les deux! Ce qui m'importe c'est de pouvoir renseigner le Cabinet, le plus tôt possible, sur cette malheureuse affaire... Vous êtes sûr qu'il n'est pas dans le coup, le Bouissou dont vous me parlez?

Moreux retient un geste d'agacement.

– Il était détenu lorsque Marcus a été descendu. Son alibi est imparable.

– Alors, Vieuchêne est allé le voir pour autre chose, c'est bien ce que je vous disais.

Le directeur observe quelques instants de silence, frappe la paume de sa main avec un coupe-papier au manche de cuir rouge assorti à son sous-main. Puis:

– J'ai beaucoup de sympathie pour vous, Moreux, vous le savez. Je vais donc être franc. Vérot a convoqué Bettina Calgirone parce qu'il a appris qu'elle avait un amant. Il m'a annoncé ça lorsque je l'ai croisé dans la cour du 36, ce matin. Un certain Jean-Baptiste Marceau, qui joue les champions sur une moto de grosse cylindrée...

– Je vous remercie de votre franchise, monsieur le directeur. Mais moi aussi j'avais eu connaissance de cette liaison par le gardien de l'immeuble. A la différence de Vérot, je me suis gardé d'en parler à Bettina pour ne pas lui mettre la puce à l'oreille. Le nom de Marceau est faux, tout comme l'adresse qu'il a fournie lorsqu'il a acheté sa Kawasaki. J'attendais de le « loger » pour lui tomber dessus et l'interroger. Je crains maintenant que ce soit raté... Il est mon suspect numéro un. Lorsque je l'aurai identifié, je tâcherai de savoir s'il était en relation avec Bouissou...

Au moment où Moreux s'apprête à prendre congé, un voyant s'éclaire sur le volumineux standard en bois des îles posé sur le bureau directorial. Sur un geste de son patron, il attend la fin de la communication.

– C'est justement Vérot, dit le directeur. Il m'explique que son adjoint Montillet s'est rendu au siège de la Sûreté et que le commissaire Vieuchêne a kidnappé le dossier Marcus...

Moreux ne peut réprimer une grimace de dépit.

– Quand je vous disais que les gens de la Sûreté traquaient le même gibier que nous, monsieur le directeur!

Cette fois, le ton du grand patron de la P.J. est devenu cassant.

– J'avais bien entendu, Moreux. Débrouillez-vous comme vous l'entendez, Vérot et vous, mais faites en sorte que la préfecture de police ne soit pas ridiculisée dans cette lamentable affaire. Vos notes de fin d'année pourraient cruellement s'en ressentir.

11.

L'inspecteur Moreux a dormi peu, et mal. A cinq heures du matin, les traits tirés, il s'assied devant sa table, dans la grande salle des inspecteurs, au troisième étage du 36. Il sait que le succès de son enquête dépend, avant tout, du travail de fourmi que lui ont enseigné les vieux routiers du Quai des Orfèvres. La consultation des archives est le premier maillon d'une chaîne qui enserrera le coupable grâce à la connaissance de sa vie professionnelle et intime, de son caractère, de ses habitudes, de ses relations. Avec la méthode et la logique qui ont fait de sa carrière un parcours sans faute et qui font sourire Vérot, Moreux est allé déranger, dans ses ablutions matinales, l'inspecteur de nuit aux archives de la brigade mondaine.

– Rien, mon vieux, rien de rien, s'est exclamé l'inspecteur, le visage barbouillé de crème à raser, la serviette de service, d'une blancheur plutôt grisâtre, jetée sur l'épaule. Inconnue partout, ta macaroni! Nonœil est déjà passé, pas la peine que je recommence. Rien à la galanterie, rien chez les partouzardes, rien chez les camées, rien chez les putes!

– Même à la galanterie?

– Galanterie ou pas, rien, je te dis. Faut que tu saches que beaucoup de nanas ne sont pas fichées. Il y a celles qui travaillent en douce, par relations, à coups de bigophone. Va savoir ce qui se passe dans un appartement de Neuilly ou du 16e, toi...

– Ce n'est pas le cas de Calgirone. Elle vivait maritalement avec Marcus...

L'inspecteur avait éclaté de rire en ajustant la lame de son rasoir mécanique.

– Comme si ça les gênait, quand les maris ne sont pas là! Il y en a pas mal qui se font leur argent de poche comme ça. En général, ça se passe entre trois et cinq... Le cinq à sept, c'est pour l'extérieur. Je vais te dire mieux. J'ai un copain toubib, un gars tout ce qu'il y a de beau. Eh bien, pendant qu'il visite sa clientèle, sa femme consulte à domicile. Je peux pas le lui dire, forcément...

Moreux a regagné son bureau, déçu. Il regarde sa montre, se lève, va jusqu'à la fenêtre d'où filtre un jour maussade, pivote sur ses talons. Il soulève le combiné du téléphone mural : plusieurs sonneries, puis une voix ensommeillée, au bout du fil.

– Jolliot? Moreux. On va y aller, mon vieux. J'en ai assez de me faire court-circuiter par Nonœil. Ça donnera ce que ça donnera, mais je fais la perquise... Six heures moins cinq avenue Foch, devant chez Marcus.

Il repose l'appareil sur son socle, sort une tablette de chewing-gum du paquet qu'il lance sur la table d'un geste nerveux. Bettina Calgirone est le témoin numéro un. Il va s'attaquer à elle. Il ne l'a pas interrogée plus tôt, espérant que les filatures de ses adjoints Jolliot et Grisard les conduiraient au motard dont le gardien de l'immeuble de Marcus lui avait signalé l'existence. Elles n'ont rien donné. Maintenant, Moreux doit agir comme l'exige la loi. D'autant que Vérot ne s'est pas gêné pour lui mettre des bâtons dans les roues.

Tout comme Vieuchêne, de la Sûreté. Quel jeu joue-t-il, celui-là, tapi dans son antre de la rue des Saussaies? Si le bon tuyau lui fait défaut, ses démarches demeurent anonymes. Si la bonne information lui parvient, alors là, c'est le triomphe. La presse, la radio, la télévision chantent ses louanges, et il couvre de sarcasmes ses concurrents malheureux! Conséquence : le préfet sermonne ses chefs de brigade qui, à leur tour, accablent de reproches leurs collaborateurs malchanceux.

Puisque Bettina est maintenant sur ses gardes, Moreux va précipiter le mouvement. Il débarquera chez elle, tout à l'heure. Autrement, personne ne comprendrait cette lacune dans son enquête. Il a le devoir de perquisitionner, même s'il ne se fait aucune illusion sur le résultat de l'opération. Le juge lui a délivré une commission rogatoire afin de procéder à tous les actes susceptibles d'aboutir à la manifestation de la vérité. La connaîtra-t-on jamais, cette vérité? Celle qui lui permettrait de mettre un nom sur le visage d'un assassin que personne n'a vu mais qui, cela ne fait aucun doute, attendait sa victime.

Jean-Baptiste Marceau, dans tout cela? Une piste, évidemment... C'est une vieille habitude de la maison de passer aux archives tout individu mêlé de près ou de loin à une affaire criminelle. Le témoin du jour peut devenir le coupable du lendemain. Hélas, le fichier est resté aussi muet pour Bettina que pour le prétendu Jean-Baptiste.

Moreux se passe la main sur le front. Il est cinq heures quarante. Il est temps de sauter dans sa Peugeot et de foncer avenue Foch retrouver Jolliot. Les dés sont jetés.

Les mains dans les poches de sa gabardine, il quitte le bureau, descend les marches du vieil escalier jusqu'au premier palier, s'apprête à passer devant la guérite de l'inspecteur de surveillance. Brusquement il s'arrête, fait demi-tour, remonte l'escalier d'un pas plus accéléré. Il avait oublié son paquet de chewing-gum sur sa table!

Bettina dort profondément lorsque la sonnerie de la porte d'entrée la fait sursauter. Elle ouvre les yeux, allume sa lampe de chevet, consulte sa montre. Six heures. Le tintement de la sonnerie persiste, comme si le doigt ne quittait pas le bouton. Bettina se lève, enfile son déshabillé de soie mauve, s'avance à pas lents dans le couloir de l'entrée. Elle perçoit des murmures sur le palier, colle son œil endormi au viseur. Devant sa porte, deux hommes en imperméable se dressent sous la lumière crue du plafonnier.

– Qu'est-ce que c'est?

– Police, répond une voix. Ouvrez.

La gorge nouée, Bettina s'exécute. Deux hommes se tiennent dans l'encadrement de la porte, un petit et un grand. Le grand, c'est l'inspecteur Moreux. Elle essaie de sourire.

– Que se passe-t-il?

– Il se passe que je suis obligé de visiter votre appartement. Je ne l'ai pas fait plus tôt. C'est une erreur...

Bettina le dévisage, stupéfaite. Le ton de l'inspecteur, d'habitude si prévenant, a changé. Elle l'entend prononcer des mots inquiétants, commission rogatoire, perquisition, juge d'instruction. Elle referme la porte.

– Je vous demande de ne rien dissimuler qui puisse entraver ou retarder la marche de la justice, poursuit Moreux. Détenez-vous ici des objets, armes, lettres, vêtements, qui puissent appartenir à Jean-Baptiste Marceau?

La question nette, précise, brutale, la fait tressaillir. Ainsi Moreux, comme Vérot, est au courant de l'existence de son amant.

– Je n'ai rien de ce que vous avancez, dit-elle, recouvrant son sang-froid. C'est curieux que vous me citiez ce nom. Votre collègue Vérot m'en a parlé aussi. Qu'est-ce que cela signifie?

Moreux préfère changer de cap. Pousser plus avant la question, c'est mettre le gardien de l'immeuble dans le coup et se priver d'une antenne de choix dans la place! Il toise Bettina qui se sent glacée, tout à coup.

– D'après nos renseignements, c'est un de vos amis, qui venait vous rendre visite de temps à autre... Un beau garçon circulant en Kawasaki... Habillé en motard...

– Je n'ai aucun Jean-Baptiste parmi mes relations, ment-elle avec aplomb. Je ne vois pas du tout ce que vous voulez dire.

Angoissée, elle redoute que Moreux ait l'idée de visiter la chambre de service, où est cachée sa combinaison de chez Tunmer. Sa gorge est soudain devenue sèche.

– Excusez-moi, dit Moreux. Il y a toujours des gens mal

intentionnés. Puisque ce jeune homme n'existe pas, n'en parlons plus. Vous permettez?

Il s'avance dans le grand salon, plonge la main dans un cache-pot de porcelaine de Sèvres où elle a entreposé les télégrammes de condoléances, en soulève une poignée pour inspecter le fond, les laisse retomber. Bettina sent son cœur se serrer. Dans le tas se trouve le télégramme que Jean-Baptiste lui a expédié la veille, de Bangkok. Elle ferme les yeux. Le texte défile sous ses paupières: « Bien arrivé. Je t'expliquerai. Tu me manques. Je t'appellerai. Je t'embrasse. » Aucune autre indication. Pas d'adresse. Seulement le J.B. du prénom qui peut la confondre. Elle ouvre les yeux. Moreux s'est éloigné de la table de marqueterie. Elle reprend son souffle.

– L'argent que le commissaire vous a restitué, vous l'avez toujours?

– Je l'ai confié à la banque, par précaution, répond-elle, soulagée. Je le tiens à la disposition de la fille de mon ami, si elle me le demande...

Moreux mastique un peu plus vigoureusement sa tablette de gomme.

– Ou de la justice, tant que sa provenance ne sera pas déterminée avec exactitude, dit-il. Car vous ignorez toujours tout de l'activité de feu David, comme vous me l'avez affirmé?

– Tout.

– Parfait. Vous pouvez nous conduire à son bureau?

Elle passe devant l'inspecteur, négligeant de ramener sur ses longues jambes les pans du déshabillé qui s'est entrouvert. Le petit inspecteur ferme la marche. Bettina ne l'aime pas. Avec son front étroit et ses oreilles décollées, il ressemble plus à un vacher qu'à un inspecteur de police. Le bas de son pantalon est élimé, et une arme de fort calibre déforme la poche droite de sa veste couleur caca d'oie.

Moreux ouvre un tiroir, puis un second, fouille, sort des papiers, les parcourt, fronce le sourcil.

– N'auriez-vous pas une valise pour mettre toutes ces paperasses? demande-t-il. Impossible de les éplucher ici!

La jeune femme désigne de la main la penderie du couloir où sont entassés des Vuitton de toutes dimensions. Jolliot en prend une, l'ouvre, y glisse les papiers que Moreux lui désigne.

– Ajoute les télégrammes, dit Moreux, ça peut être instructif.

Puis, se tournant vers Bettina:

– Rassurez-vous, on fait des photocopies et on vous les rend aussitôt pour vous permettre d'y répondre.

Bettina accuse le coup. Il ne leur faudra que quelques minutes pour découvrir le message de Jean-Baptiste... Un voile de détresse, que Moreux saisit au vol, trouble son regard. Elle sent qu'elle va craquer. Moreux donne le coup de grâce avec jubilation.

– On dirait que cela vous traumatise que je jette un coup d'œil là-dessus...

Bettina remue la tête, abasourdie. Le ton de Moreux ne présage rien de bon. Il va découvrir qu'elle lui a menti, comme elle avait menti à Vérot, dans son bureau du Quai des Orfèvres. Il lui faudra avouer connaître Jean-Baptiste, donner son adresse... Elle ne pourra pas tenir le coup devant son inquisiteur. Elle est sur le point de tout dire. Mais peut-être la chance lui sourira-t-elle une fois encore?

Moreux, implacable, revient à la charge:

– Vous avez combien de pièces, dans l'appartement? Cinq, six?

– Six, plus une chambre de service. Si vous voulez la visiter, je vous donne la clé.

Elle a repris soudain son self-control. En proposant la visite de la chambre où se trouvent dissimulés le casque et la combinaison de motard, elle devance les intentions de Moreux. Le tour de la carte forcée réussit.

– Inutile, dit le policier. La crémation a lieu cet après-midi au Père-Lachaise, n'est-ce pas? Nous terminons la visite et nous vous laissons le soin de vous préparer. Par contre, je vous attends demain à dix heures à la brigade pour signer le procès-verbal de perquisition.

Elle incline la tête en signe d'acquiescement.

– Comme ça, conclut-il, nous aurons le temps d'éplucher le tas de papiers que nous emportons. Ce serait drôle si j'y trouvais des gens de connaissance...

12.

Une concierge, c'est d'abord un obstacle à contourner, une montagne à déplacer. La gamme des concierges parcourt un vaste clavier. De l'intraitable cerbère moustachu à la pipelette accorte et bavarde, bardée de chats, de serins ou de chiens bâtards et criards, en passant par la gardienne-femme de ménage espagnole qui a fini par s'approprier le pavé parisien et se retranche derrière l'inévitable: « La Madame elle est pas là! »

Émilie Gorju, préposée à la surveillance de l'immeuble du 18, rue Visconti, appartient à la première catégorie. Les sourcils froncés, elle se ronge les ongles devant son poste de télévision où Michel Oliver, la poêle à la main, étale son savoir culinaire. Je frappe à la vitre. La gorgone émet un grognement, détourne la tête, se lève, traîne ses charentaises sur le carreau de grès rouge, entrebâille la porte. Je me sens transformé en chasseur de baleines. Elle n'est pas grosse, Émilie Gorju, elle est énorme, monstrueuse. Je ne peux lui donner d'âge tant l'alcool a empâté ses traits. Je ne parviens pas non plus à surprendre la lueur de son regard sous ses paupières lourdes, violacées. Elle me crache son mépris tandis que la pyramide de mentons mous se déforme comme un déferlement de vagues sous la bourrasque.

– Z'avez pas vu l'écriteau?

Les fanons tremblent d'indignation tandis que le nez en pied de marmite se plaque sur le carton rectangulaire accroché au bec-de-cane: « La concierge revient de suite. » Je reste planté devant la porte, l'air gauche, sur le point de bredouiller une excuse. La curiosité d'Émilie l'incite pourtant à baisser sa garde.

– C'est pour quoi, au juste?

– Couturier.

Du coup, l'une des paupières se soulève. La masse s'agite. Émilie avance d'un pas, attend, l'œil suspicieux.

– Pas de couturier ni de tailleur chez moi.

– M. Jacques Couturier, dis-je avec l'aplomb que m'ont donné des années de pratique policière. Il m'a dit qu'il habitait ici...

Le cétacé esquisse un mouvement comme s'il s'apprêtait à replonger mais n'émet aucun son. Son œil glisse sur le côté pour ne rien perdre de la leçon de cuisine. Oliver en est à la découpe en rondelles d'un alignement de carottes.

– Quel homme, dis-je, avec le ton du connaisseur.

L'appât cache le harpon. Émilie revient à elle. Elle est ferrée. L'œil s'ouvre un peu plus. Michel Oliver nous rapproche. Le héros du tranchoir scintille au fond de sa prunelle. Je profite de la situation pour pousser mon avantage:

– En plus, c'est un ami, dis-je. Un cœur d'or, comme Raymond.

Les fanons s'écartent:

– Raymond?

– C'est son père. Il était hier soir à *L'Aquarelle,* rue de Seine, juste à côté. Toujours le même, Raymond. Il ne vieillit pas.

– Entrez, marmonne Émilie en faisant demi-tour.

Je colle à ses talons, referme la porte derrière moi. Le dos éléphantesque masque l'écran de la télévision. Disparu, Oliver! Émilie opère enfin, pour me faire face, un difficile mouvement tournant, puis se laisse tomber en soupirant sur un tabouret qui gémit sous le poids et que l'énorme paire de fesses engloutit tout entier. Je garde mon sang-froid, fais mine de suivre sur le téléviseur les explications du distingué maître-coq.

– C'est quoi donc, ce Jacques Couturier que vous me parlez? demande-t-elle tout à coup.

Je n'ai aucun mal à trouver un angle de tir.

– Un type à qui j'ai prêté de l'argent. Depuis, je n'arrive pas à lui mettre la main dessus.

– Beaucoup?

J'exhale un profond soupir.

– Cinq mille huit cents francs. Mes économies.

– Anciens ou nouveaux?

– Nouveaux! J'aurais dû écouter ma femme. Elle ne voulait pas que je les lui avance! Qu'est-ce que j'ai entendu! C'était pour payer l'hôpital de son gosse... à ce qu'il m'a dit. J'ai été idiot.

Les vaguelettes du menton se remettent à onduler en signe d'apitoiement.

– Il faut toujours se méfier des amis. C'est son nom, Couturier?

Je hausse les épaules en signe d'ignorance.

– Je crois. Il circule sur une grosse moto... Ce n'est pas un ami...

– Ça ne me dit rien. Rien du tout. Comment qu'il est, ce Couturier-là?

Je débite le signalement que Sophie m'a fourni :

– Grand, jeune, brun... Il doit habiter la rue, on l'a vu entrer sa moto dans un vieil immeuble...

Les plis du front se creusent encore plus.

– Pas chez moi... Ni au 14, ni au 16... Faudrait voir les autres collègues. Ou le facteur, ce serait mieux. Il y a des maisons où on ne veut plus de concierges. Ils nous remplacent par des parlophones maintenant... Faut faire des numéros de code pour entrer chez soi!.. Tiens, il a fini, Oliver... Moi qui voulais copier sa recette!

Elle se lève, tourne le bouton du poste, ouvre la porte d'un placard à vaisselle. Une rangée de verres et de bouteilles apparaît.

– Je vous sers un petit?

La bouteille d'armagnac est déjà dans sa main. Deux verres glissent sur la table de Formica, devant la machine à coudre. Elle les emplit, repose la bouteille.

– A la vôtre, dit-elle, et à vos cinq mille balles...

Elle avale cul-sec la ration d'alcool. Sa langue claque.

– Un gars avec une grosse moto, pourtant, il y en a un qui a bien failli me renverser... Faudrait que vous alliez voir au 4 bis. Il avait loupé ma poubelle un matin en enfilant la rue du côté Bonaparte. Mais je pourrais pas dire si c'est Couturier ou comment qu'il est. Il a une combine de motard avec un casque qui cache toute sa tête... Je vous en remets un petit?

Je recouvre mon verre de la main.

– La prochaine fois.

Le gardien du 4 bis me semble moins prévenant qu'Émilie Gorju. Sans doute n'aime-t-il pas être dérangé pendant ses heures de loisir. Mais pendant que j'y suis, autant crever l'abcès. Il est jeune, petit, râblé, avec un nævus sous la narine gauche. Quand je pénètre dans la loge, étroite, basse de plafond et qui sue l'humidité, il est en bras de chemise, occupé à lustrer une paire de brodequins. Il me toise de toute la puissance de son regard, dans lequel je lis les signes d'une autorité évidente. Je m'apprête à lui débiter le discours que j'ai servi à Émilie vingt minutes plus tôt lorsque mon œil s'accroche à la poignée d'une porte de séparation à laquelle est suspendue une vareuse à boutons d'argent. Sur la chaise voisine, un képi et un ceinturon de gardien de la paix. Le Dieu des flics tombe à pic pour me donner un coup de main. « Nul n'est plus chanceux que celui qui croit à sa chance », a coutume de rabâcher le Gros, qui a pêché cette maxime dans le recueil dissimulé dans le tiroir de son bureau. La chance veut que Sophie m'ait reparlé de l'homme à la moto de la rue Visconti, et qu'Émilie Gorju m'ait parlé de l'immeuble du 4 bis. Enchaînement logique. Il faut savoir tirer les fils d'une enquête avec patience et obstination.

J'exhibe ma carte barrée de tricolore, masquant de l'index mon titre d'inspecteur honoraire.

– Maison, dis-je.

Le gardien jette un coup d'œil sur le document, relève la tête. Le mot magique amène dans son visage une complète transformation. La brosse stoppe son mouvement de va-et-vient, le brodequin va rejoindre son double au pied de la table.

– Gardien Varilon, dit-il en bombant le torse. Ma femme n'est pas là pour le moment mais si je puis vous rendre service...

J'acquiesce d'un signe de tête.

– Je m'intéresse à un motard, un gars jeune, qui se promène avec un engin puissant. Émilie Gorju m'a dit que ça pouvait être chez vous.

– Émilie?

– La concierge du bout de la rue. Elle croit en avoir vu un qui sortait d'ici et qui a failli la renverser en allant vers la rue Bonaparte.

Le visage s'éclaire :

– Ce ne serait pas Marceau?

Je m'octroie une mimique évasive.

– Je ne sais pas. Un type dans les vingt-cinq ans, brun, bien balancé...

Une tempête se déchaîne sous les cheveux coupés court du représentant de la loi.

– Je ne vois personne à part Marceau, dit-il. Lui, il a bien une Kawasaki carénée blanche mais il est parti en voyage depuis peu... Son oncle est venu chercher la moto pour l'amener à la révision...

– Parce qu'il n'avait pas eu le temps de la conduire lui-même? dis-je, étonné.

– Ça, je peux pas vous dire... Un monsieur bien, son oncle. Il a une Rolls, même qu'elle obstruait la rue, ce qui fait qu'une aubergine lui a collé une contravention... Il me l'a donnée pour que je la fasse sauter, mais des clous!

– Il n'a pas mis la moto dans la Rolls, tout de même?

Le gardien sourit, découvrant une dent aurifiée sur le côté gauche de la mâchoire.

– Cette blague, non!.. C'est son chauffeur, un Noir, qui a enfourché la moto... Il n'avait pas l'air rassuré au départ. Il s'est mis à zigzaguer. Après, ça a été mieux...

– Et ce Marceau, il est marié ou il vit seul?

La tête oscille de droite à gauche.

– Il vit seul. Là-haut...

– Où, là-haut?

Le gardien écarte le rideau qui obstrue la croisée, me désigne un bâtiment sur cour auquel on accède par un escalier de pierres extérieur.

– Au troisième, la fenêtre mansardée. Dans le temps, c'était un grenier à blé mais le vicomte Bonnefond l'a fait transformer pour le louer. C'est le propriétaire. Il a installé aussi le téléphone. Le Jean-Baptiste passe son temps à téléphoner.

– C'est son prénom, Jean-Baptiste?

– En tout cas, c'est celui qu'il nous a donné quand il s'est installé. Qu'est-ce qu'il a donc fait pour que vous vous intéressiez à lui?

J'adopte un ton mystérieux:

– Vous avez vu que pas mal de jeunots commettent des attentats... On nous en a signalé un qui habite la rue et qui se nommerait Morgantin... Un faux nom, sûrement. Ce qui m'étonne, c'est que Jean-Baptiste soit parti en voyage alors que la Criminelle vient d'identifier des membres du réseau...

Le visage du gardien de la paix affiche le scepticisme.

– Ça m'étonnerait de lui, dit-il. Je peux me tromper, mais ce n'est pas un gars à faire des actions malhonnêtes. A filles, oui! Il y en a deux qui venaient le voir, une petite, mignonne, avec toujours des sacs de gâteries. L'autre, la brune, a débarqué hier après-midi pour demander à ma femme si elle ne l'avait pas vu. Ma femme a répondu que non. Elle est repartie en taxi, sans un mot. Elle avait l'air bizarre... Maintenant que vous me dites ça...

13.

Castani écrase l'accélérateur. La Jeep slalome à travers les nids-de-poule de la route – tout juste une piste – que défoncent régulièrement les roues jumelées des quinze-tonnes chargés de troncs de tecks. Jo Benutti, complètement indifférent au pittoresque du voyage, ne se sent pas l'âme touristique. D'une main, il maintient le chapeau à large bord qui lui donne l'apparence d'un vaquero mexicain, de l'autre, il caresse le canon de la mitraillette posée sur ses genoux. Sur la banquette arrière, Le Guennec, cheveux au vent, contemple les masques de carton bouilli, bariolés de rouge et de noir, qui serviront à dissimuler leurs visages.

Le petit Victor Castani, au teint blafard et aux cheveux luisants couleur aile-de-corbeau, est devenu un des gardes du corps préféré de Benutti. Sang-froid et cruauté. Un bon élément, Victor, qui n'a jamais flanché lors des interrogatoires policiers, et qui sait se sortir des situations les plus hasardeuses avec les excuses les plus plates.

Yann Le Guennec, lui, trente-cinq ans et tête brûlée, est un ancien pêcheur breton qui s'est engagé comme para en Indochine. Il souhaitait mettre de la distance entre sa personne et les gendarmes de Douarnenez qui voulaient l'entretenir sur des cambriolages commis dans les fermes avoisinantes. A Saïgon, s'il était sorti vainqueur d'une rixe avec un sous-officier de carrière, son succès lui avait valu soixante jours de prison. Il n'avait eu aucune peine à franchir les barrières de bambous et à se retrouver dans le sillage de Monsieur Jo, au sein des bas-fonds de Hong Kong. Petit, râblé, Yann est un peu porté sur la gâchette lorsque le cidre ou l'alcool de riz lui montent à la tête. Monsieur Jo n'apprécie pas tellement. Flinguer des Viets, d'accord. Mais pas les encaisseurs de banque!

Depuis un moment, Benutti cherche du regard une plateforme sur laquelle il pourrait dissimuler le véhicule. Les aiguilles de sa Longines indiquent treize heures quarante. Le fourgon blanc à croix verte de Huey Ming a quitté Mae Saï quelque trente minutes plus tôt, un peu plus chargé que prévu : soixante-deux bonbonnes de sang frais au lieu de la cinquantaine initialement annoncée.

L'informateur de Li Phuong a été précis :

– On a eu un problème de batterie mais on attaque la route d'ici dix minutes. Nous devrions être à Mae Chan vers deux heures, et traverser la rivière Kok à trois heures.

Vite, Li Phuong avait transmis la nouvelle à Benutti qui attendait sur la place du marché de Mae Chan, s'amusant de l'agitation des montagnards yao et akha mêlés à la population thaï.

La Jeep crapahute le long de la rivière Kok, une succession de virages coincés entre les roches et les arbres au tronc volumineux, tangue au gré des creux et des bosses. Les amortisseurs gémissent. Elle frôle un ravin dont les pentes schisteuses s'effritent en déchirures inquiétantes. Soudé au volant, Castani évite par un brusque changement de cap un enchevêtrement de branches mortes, rétrograde. Le moteur rugit, les quatre roues motrices chassent dans une excavation d'eau noirâtre avant de se bloquer définitivement sur un terre-plein de fortune. Le petit Corse coupe le contact, saute à terre, place sa main en visière contre le soleil.

– Je crois qu'on est pas mal, ici, Jo. Venez voir. Le temps que les bonbonnes arrivent, on sera à pied d'œuvre.

Jo Benutti quitte la voiture à son tour. Sans s'attarder à contempler le paysage, il se dirige vers un bloc de basalte qui surplombe la route en lacet. Il parcourt une dizaine de mètres, la mitraillette à bout de bras, dans un silence que troublent seulement des bruissements d'insectes et des appels d'oiseaux. Sa frêle silhouette surmontée du vaste chapeau se découpe dans la trouée de la clairière, au-dessus d'un fouillis d'arbustes aux feuilles acérées.

– Tu as raison, dit-il. Ce n'est pas mal du tout. Bien joué, Victor.

Satisfait de son repérage, il revient vers la Jeep, pose la mitraillette sur le siège avant, consulte une nouvelle fois sa montre.

– On a le temps, dit-il. Yann, tu sors les déguisements.

Le Guennec s'extirpe à son tour de son siège, les bras chargés d'un sac de marin dont il extrait trois tenues léopard de parachutistes.

– Comme au bon vieux temps! plaisante-t-il en les alignant sur le sol.

Il éclate d'un rire sonore qui se répercute, en écho, dans la vallée. Rien ne procure autant de joie à Le Guennec que les opérations de commando. Jo a monté celle-ci avec soin. Il va montrer à Li Phuong que les Français savent opérer un braquage.

Huey Ming, la précieuse cassette à portée de la main, chantonne. Son infirmier-gorille-chauffeur a rattrapé le temps perdu. Il sera à l'heure au rendez-vous que le directeur de la banque de Lampang lui a fixé.

– Sept heures, mais pas plus tard. Un client important m'a invité à dîner.

Il connaît toutes les montées, toutes les descentes, toutes les sinuosités de la route, Huey Ming, depuis le temps qu'il avale les quelque trois cents kilomètres reliant sa boutique frontalière à Lampang. Il la redoute lorsque le renversement de la mousson provoque de violents orages. Il la vénère quand le soleil, dans un ciel sans nuage, illumine, comme aujourd'hui, les villages de Mae Chan où les femmes brodent pendant que leurs maris fument la pipe pour éloigner les esprits et que les bambins, fesses à l'air et pieds nus, chassent le lézard pour le croquer vivant. Elle lui en a fait gagner de l'argent, cette route qui louvoie à travers la vallée!

Jamais le moindre incident n'est venu troubler le parcours. Le moteur du fourgon tourne comme une horloge. Les deux gardes du corps, assis à même la tôle dans l'allée centrale, derrière lui, veillent, une mitraillette et un parabellum à leurs pieds.

Depuis quelques mois, Huey Ming pense à dételer. Les menaces de mort de concurrents jaloux y sont, certes, pour quelque chose, encore que la protection policière et militaire dont il fait l'objet les empêchent de se dévoiler. C'est l'âge qui lui conseille de lever le pied. A cinquante-huit ans, il est temps pour lui de prendre sa retraite. Une retraite dorée sur la plage de Pattaya, la perle des stations balnéaires, où les complexes touristiques croissent et embellissent. Il y possède un appartement et trois hôtels qu'il loue en haute saison à des agences de voyages. Et il est en voie d'acquérir, sur le front de mer entre le *Merlin* et l'*Asia*, un terrain où il fera construire un établissement paradisiaque de six cents chambres. Sa consécration... Une situation idéale pour se reposer en accumulant les recettes et en se livrant à ses trafics favoris. Cela le changera des brumes et des montagnes du nord-est où il a été obligé de s'installer lorsqu'il lui a fallu quitter le Kampuchéa.

Oui, Huey Ming le suit les yeux fermés, le parcours Mae Saï-Lampang. Quand il conduisait son fourgon, avant que les événements ne l'incitent à prendre des précautions, c'est toujours avec un frémissement de narines qu'il abordait la place du marché de Chiang Mai où le *Wieng Inn*, sa halte gastronomique de mi-parcours, l'attirait invariablement. Huey Ming est un gourmet. Il raffole des plats épicés à la saumure de poisson et des desserts douceâtres. Comme il raffole des fillettes de dix à douze ans que lui offrent les mères akha contre quelques dizaines de baths. A Chiang Mai, le féminisme n'est pas encore entré dans les mœurs. L'échange d'une fillette vierge contre un petit cochon noir est monnaie courante.

Huey Ming ne plaisante jamais avec son emploi du temps. Lorsqu'il arrive à Lampang, ses gardes descendent du fourgon et, sous la protection de leurs armes, assurent la sécurité du transfert. Ce n'est que lorsque la précieuse recette est entreposée dans son coffre que Huey Ming se rend chez le représentant de l'American-Globuline pour négocier les bonbonnes de sang. Il ramasse le prix de la livraison en bonne monnaie locale – jamais de chèques ni de lettres de change –, retourne à la banque, place une partie de la recette dans son coffre, en ressort, sourire aux lèvres. L'autre partie servira à payer les clients qui viendront lui vendre leur sang.

Toutes ces formalités accomplies, Huey Ming peut enfin gagner l'*Asia Lampang*, son hôtel favori, laissant ses hommes dîner sur place d'une galette de riz et dormir à la belle étoile. C'est bien assez bon pour eux.

Le chauffeur Lun Dinh bâille. Un cortège d'éléphants, à la démarche lente et pesante, encombre la route sans qu'il soit possible d'effectuer le dépassement. Huey Ming, philosophe, chantonne toujours. Il lui faudra ajouter au complexe touristique de Pattaya des salons de massage où de très jeunes filles serviront le client. Il les choisira lui-même, parmi les plus séduisantes de la région. Rien de répréhensible. La prostitution est tolérée du moment que les masseuses envoient l'argent à leur famille pour payer les études des petits frères!

Il ne leur prendra qu'un faible pourcentage, en compensation des frais d'eau et de savon. De temps en temps, il se paiera sur la bête... Rien de plus excitant qu'une femme-enfant.

Sur la droite, un virage en épingle à cheveux domine la rivière. Une maison des esprits apparaît, posée sur un pilier, non loin des ruines d'une habitation principale désertée par ses occupants. Huey Ming n'y prête aucune attention. La Thaïlande offre tant et tant de bouddhas en pierre, en bois, en stuc, en jade, en or, assis, debout ou couchés, qu'il est devenu vite réfractaire à ces déploiements de sourires figés.

La route est déserte en cette matinée de mardi. Pourtant, à une centaine de mètres de là, un militaire en tenue léopard agite un drapeau. Sa main gauche, dans un mouvement répété de haut en bas, fait signe de ralentir. Un convoi à laisser passer, sans doute...

Le chauffeur baisse la glace, s'inquiète :

– *Yaak dja paï Mae Chan*, je veux aller à Mae Chan.

Sans répondre, le militaire, le visage dissimulé sous un bas de soie, ordonne de stopper, le bras droit levé. Derrière lui, une Jeep.

Huey Ming n'en croit pas ses yeux. Les deux occupants du véhicule, en uniforme eux aussi, ont les traits dissimulés sous un masque grimaçant. Avant qu'il ne réalise, la mitraillette du soldat au drapeau se braque sur son estomac par la portière qu'il a brusquement ouverte. Huey Ming, arraché de son siège, précipité sur le sol, n'a pas le temps de récupérer son arme glissée sous le siège. Le claquement métallique de la mitraillette viole ses oreilles.

Lun Dinh, lui, a déjà levé les bras. S'il ne comprend pas les paroles des braqueurs, il sait de quoi il s'agit. Le masque, le regard, la voix, lui flanquent la frousse. Du canon de son arme, l'homme au treillis ordonne aux deux gardes du corps de quitter le véhicule par la portière arrière, qu'il vient d'ouvrir.

Huey Ming est au bord de l'évanouissement. Il peut, en lorgnant sur sa droite, apercevoir le trou noir de la mitraillette, qui lui paraît aussi profond qu'un tunnel. Ses pitoyables gardes du corps descendent du fourgon, pliés en deux, les mains sur la tête. Dire qu'il leur octroyait cinquante baths par déplacement pour assurer sa protection! C'est surtout Rhoung Phi, le plus grand, qui lui donne envie de vomir. Rhoung Phi qui ferme la marche avec une tête de condamné à mort, Rhoung Phi à qui il payait des cours de karaté trois fois par semaine et qui restait des heures à s'entraîner derrière la taillerie de jade. On se demande à quoi il s'entraînait, le salopard qui joue maintenant la loque humaine!

L'homme à la mitraillette oblige Huey Ming à se lever, ses gardes à se grouper derrière lui, dans le chemin qui conduit à un monticule.

Soudain, un cri puissant, aigu, jaillit de la gorge de

Rhoung Phi. L'homme à la tenue léopard, tétanisé, se fige l'espace d'une seconde. Une seconde de trop. D'une détente prodigieuse, Rhoung Phi se propulse dans les airs. Le tranchant de son pied droit frappe juste sous le masque, écrasant la pomme d'Adam. Yann Le Guennec est mort avant d'avoir touché le sol.

Horrifié, incapable de la moindre réaction, Huey Ming voit son garde du corps arracher la mitraillette des mains du cadavre et se ruer vers la Jeep.

Son conducteur s'est jeté à terre et se contorsionne pour dégaîner son automatique. Une rafale. Les balles giclent sur la tôle, fracassent les bonbonnes alignées sur les étagères du fourgon, comme les pipes d'un stand de fête foraine. Le sang jaillit, se répand en cascade sur le plancher du véhicule, sur le sol qui s'imbibe...

Les pneus arrière ont rendu l'âme avec un souffle perçant. Rhoung Phi, l'arme en position de tir, avance encore. Il est à hauteur de la Jeep derrière laquelle se terre son conducteur.

Mais l'homme se redresse, le parabellum pointé vers lui. Le Thaï appuie sur la détente, et une détonation l'assourdit. Une unique détonation. Rhoung Phi hurle, frappé au ventre avec une incroyable brutalité, et s'écrase sur le sol poussiéreux. Une nouvelle fois, son index se crispe sur la détente de la mitraillette. En vain. Le chargeur est vide.

L'homme de la Jeep arrache son masque.

– Attends! ordonne un troisième homme en tenue léopard, plus petit, moins athlétique que les deux autres.

Jo Benutti, tranquillement, s'approche de lui, vise le front et vide son chargeur.

La tête de Rhoung Phi disparaît dans une brume sanguinolente. Il n'aura pas eu le temps de voir l'autre homme en treillis expédier à coups de parabellum Huey Ming et son chauffeur Lun Dinh au paradis des Bouddhas.

14.

A sept heures du matin, la rue de Seine est encore calme. Avec ses amoncellements de poubelles que les éboueurs n'ont pas encore vidées, les rideaux de ses magasins baissés, je lui trouve le côté paisible d'une petite ville de province. Dans la lumière grise des lampadaires, le « village » que les noctambules ont déserté sur le coup de cinq heures sommeille. Quelques ombres stationnent derrière les vitres embuées du café-tabac dont le néon jette un cône de lumière dans la rue obscure.

Je jette un coup d'œil à Monseigneur qui se cure le nez, comme d'habitude. C'est un de ses tics les plus anodins dont le prolongement naturel est d'essuyer ses doigts sur tout ce qui se présente. En l'occurrence, la banquette de ma BMW. Près de moi, le Gros s'impatiente. Les ressorts de son siège protestent lorsqu'il se retourne vers le fond de la voiture.

– Vous avez bien compris, Giglia? Une fois la porte ouverte, vous ressortez comme si de rien n'était. A ce moment-là, nous, on y va!

– Et si je me fais piquer en train de fonctionner, commissaire?

– Je fais mine de vous arrêter comme si j'avais été au courant du flagrant délit. Je vous passe les menottes et le tour est joué. Mais vous n'avez rien à craindre. Borniche m'a dit que le concierge-gardien de la paix prenait son service à sept heures. Il ne va pas tarder.

J'approuve d'un signe de tête. Mardi soir, après avoir dîné avec Sophie, nous avons été rôder du côté de la rue Visconti, bras dessus-bras dessous, comme deux amoureux en balade. On ne se méfie pas d'un couple qui flâne dans un des plus vieux quartiers de la capitale. Devant l'immeuble de Marceau, mon œil jouait au périscope au-dessus des blonds cheveux de ma compagne. J'ai pu observer les lieux comme je le désirais. Un rideau obstruait la loge de la concierge d'où filtraient les éclats de voix et les coups de feu d'un quelconque film d'action. Au fond de la courette pavée se blottissait le pavillon de trois étages, derrière une porte métallique que la rouille empêchait depuis longtemps de se fermer.

Ce qui me rassurait, en cas de pépin, c'est que, sur la gauche, le mur qui séparait le pavillon de la maison voisine pouvait être facilement escaladé. J'en étais là de mon observation lorsqu'une voix avait claqué derrière moi. J'avais sursauté.

– Bonsoir, inspecteur. Vous êtes encore dans le quartier?

Je m'étais retourné. Le concierge-gardien me faisait face, un paquet de cigarettes à la main.

– J'habite à côté, boulevard Saint-Germain, avais-je répondu. Je montrais le Vieux Paris à mon amie... Vous ne regardez pas le film?

Il avait eu un mouvement de la tête :

– J'étais allé acheter un paquet de pipes. Et puis je l'ai déjà vu. C'est au moins la troisième fois qu'ils le passent...

Je n'avais pas cherché à savoir quel était ce film si souvent diffusé, d'autant plus qu'il ajoutait :

– Après, je me couche. Je commence à Saint-Sulpice demain matin, à sept heures.

Lorsque j'avais téléphoné à Vieuchêne le résultat de mon opération, il avait naturellement énoncé la conclusion qui s'imposait :

– Il faut planquer là-bas, Borniche. Et opérer. Ça n'attend pas.

Cela allait de soi. La difficulté était de se poster sans se faire repérer, dans cette rue déserte. Pendant que je fonçais à Bry-sur-Marne prendre livraison de Monseigneur, Sophie avait pris le relais, au volant de sa Mini-Austin aux ailes cabossées qu'elle avait réussi à ranger dans un renfoncement. Je l'avais libérée en lui annonçant mon arrivée par deux appels de phares.

– Le voilà qui s'en va, votre gardien, s'exclame le Gros. Il est dix! Je croyais qu'il devait commencer à sept heures...

Il pousse un soupir, se tourne à nouveau vers Giglia.

– Dès qu'il passe le coin de la rue, vous y allez.

Comme dans un film bien réglé, la portière arrière s'ouvre. Quelques mouvements de bras, histoire de s'assouplir les muscles, et Monseigneur, en bleu de chauffe, la casquette de cuir vissée sur le crâne, le sac à outils à l'épaule gauche, s'enfonce dans la voie silencieuse.

Je le laisse prendre quelques longueurs d'avance avant de quitter à mon tour ma voiture pour m'engager dans l'étroite rue Visconti. Je longe le trottoir de droite, quasi impraticable. Des pigeons agglutinés autour d'une croûte de pain s'écartent à peine pour me laisser passer. Un chien aboie derrière un portail.

En quelques enjambées, j'atteins la porte cochère que Monseigneur vient de franchir. Je le vois s'avancer sur le pavé de la cour, se glisser dans l'ouverture de la porte métallique, disparaître sous la voûte de l'escalier intérieur. Je l'imagine montant les marches jusqu'au palier du troisième étage, avec l'aplomb qui le caractérise, poser son sac à terre, en sortir un de ses mystérieux outils qui domptent les serrures, même les plus revêches. Le temps me semble long. D'autant plus que la concierge vient de faire son apparition dans la cour, traînant une poubelle pleine qu'elle coince contre le battant gauche du portail. Elle disparaît pour resurgir, une seconde poubelle sur les talons. Enfin, elle regagne sa loge. Je respire.

– Où il en est? souffle derrière moi la voix du Gros.

Mon haussement d'épaules traduit mon ignorance.

– Allez-y voir, bon Dieu! Moi, je reste en retrait.

Me voici à mon tour, grimpant l'escalier à pas feutrés. Un cliquetis de clés me parvient. Monseigneur doit connaître des difficultés. Quand je le rejoins, il en est à extraire de son sac un cerceau garni de passes de toutes les tailles. Il taquine la serrure du haut, une fois, deux fois.

– J'connais pas ce nouveau modèle de sûreté, dit-il à mi-voix. Il faut que j'y aille à la pince.

– Pas question, dis-je. On ouvre mais on ne fracture pas.

Il se passe l'avant-bras sur le front, fait du coup remonter la visière de la casquette, contemple un instant la serrure, l'air dubitatif.

– Que je suis con! maugrée-t-il tout à coup. Bon Dieu, que je suis con! Elle est montée à l'envers, cette salope. Je tournais à gauche alors qu'il fallait bouger à droite!

Monseigneur me déçoit. Une nouvelle tentative. Le pêne se meut dans la gâche, la porte s'ouvre. Le roi de la pince remet ses outils en place tandis que je surveille la courette toujours déserte.

– Je vieillis, ma parole, avoue-t-il. Je redescends vous le chercher, le Gros?

– Oui. Je préfère qu'il soit là pour parer le coup si jamais il y avait un os.

– Et un os de poulet, je préfère que ce soit lui qui l'ait dans le gosier que moi!

Je n'ai pas le cœur à relever la plaisanterie. Tandis que Monseigneur suspend le sac de plombier à son épaule, j'entrebâille la porte. J'habitue mes yeux à la semi-obscurité qui règne dans la minuscule entrée où le parquet ciré luit faiblement dans le rayon de clarté qui tombe de l'imposte. Je n'ai pas longtemps à attendre. Le souffle de Vieuchêne résonne dans l'escalier, puis son ventre envahit la largeur du palier.

Les doigts écartés devant ma lampe de poche pour en voiler le faisceau, je progresse dans une salle à manger aux meubles agressivement modernes. Au-dessus du buffet s'affiche la laideur d'une tapisserie achetée dans un de ces magasins qui pullulent faubourg Saint-Antoine. Je progresse jusqu'à la chambre. Le lit est défait. Sur le faux tapis chirvan, une paire de mocassins gît près d'un tricot de peau, de chaussettes de fil, d'un réveille-matin, d'une tasse de café vide et d'une bouteille d'eau gazeuse aux trois quarts pleine. Sur les draps froissés, la couverture a été rejetée. Au pied du lit, le téléphone. Le spectacle donne l'impression que le local a été abandonné rapidement.

Je sais, d'expérience, que c'est toujours près d'un téléphone que l'on trouve les meilleures indications. Mais ici, ni table de nuit, ni tiroir. Pas d'agenda téléphonique. Pas le moindre papier. Est-ce la faillite de ma petite aventure?

Dans le coin de la fenêtre aux volets clos, un rideau coulissant sur une tringle fait usage de penderie. Je le tire vers moi. Ma lampe se promène sur quelques vestes et pantalons dépareillés, s'arrête sur une combinaison bleu roi de motocycliste. Les jambes du pantalon reposent dans des bottes à parements rouges. Il ne manque que leur propriétaire. La fouille de chaque poche des vêtements ne m'apporte rien. La chance n'est pas au rendez-vous.

Je reviens vers la salle à manger, ouvre un tiroir du buffet. Pas grand-chose non plus, si ce n'est des babioles de cuisine, des élastiques, un porte-couteau en plastique. Une facture de gaz-électricité au nom de M. de Bonnefond, le propriétaire du logement. J'attaque un second tiroir. Pas plus de chance. Pêle-mêle, un calendrier des postes vieux de deux ans, un tire-bouchon en cep de vigne, une carte postale signée Didi en provenance de Bastia. Je ne saurai jamais qui est Didi. Ce que je sais, par contre, c'est qu'elle est adressée à Jean-Baptiste Marceau. Je poursuis ma visite. Les deux portes du bas s'ouvrent sur une batterie de cuisine élémentaire. Trois casseroles, une marmite dont le couvercle poussiéreux porte des empreintes graisseuses. Marceau devait s'en servir comme d'un secrétaire, puisqu'il contient quelques lettres, un crayon, deux autres cartes postales, une gomme et une carte publicitaire d'une entreprise de dépannage en plomberie, électricité, menuiserie et travaux divers, comme nombre de sociétés de réparations, plus ou moins qualifiées, en distribuent dans les boîtes à lettres et les escaliers des immeubles à longueur de journée. Aucun intérêt. Si! Inscrit au crayon à bille, dans le coin supérieur droit, un embryon de prénom et un numéro de téléphone:

Jo-19 66 2 252 9040. Le carton est quelque peu défraîchi. Il a bu l'encre des deux derniers chiffres qui ne forment plus qu'une tache bleue mais demeurent néanmoins lisibles.

– Je ne vous entends plus, dit Vieuchêne, surgi dans l'encadrement de la porte. Qu'est-ce que vous fabriquez encore ?

– Je viens, patron.

Sur un ticket de métro sorti de ma poche, je griffonne le numéro, remets en place le carton et le crayon. La voix du Gros me rappelle à la réalité :

– Vous m'entendez, bon sang ? Le temps presse...

Sans conviction, je passe ma main gantée au travers d'une pile de serviettes de table, de l'autre côté du buffet. Sans résultat. J'aurais fait un mauvais pêcheur.

Elle n'aura pas duré longtemps, mon opération pirate. Dans le temps, lorsque j'étais à l'abri du paravent officiel, je prenais mes aises. Chaque meuble, chaque coin de pièce, chaque rideau ou double rideau, chaque parquet étaient passés au peigne fin. Cela permettait des découvertes intéressantes. Il était rare que je manque le but. Le Français est conservateur. Il ne sait pas se débarrasser d'objets ou de documents aussi hétéroclites qu'inutiles. Tant mieux pour la police. Mais pour Jean-Baptiste Marceau, ce n'est pas le cas. A part ce numéro de téléphone qu'il me faudra vérifier, rien.

Un dernier coup d'œil dans la cuisine, au passage, tandis que Vieuchêne, excédé, commence à descendre les marches. Quelques verres et assiettes sales encombrent l'évier sur lequel pleure un robinet mal fermé. Sur une étagère, le faisceau de ma torche accroche un jeu de clés de marque Kawasaki. Et un morceau de lettre, déchiré, dans le coin gauche, mais dont un fragment d'en-tête indique « LOVERA A. RC Nice 69/123 »... Le texte est court : « Je vais bien, Gianni chéri. J'ai eu ton mot. Sois prudent. Monsieur Mathieu me donne de tes nouvelles de temps en temps. Une carte postale me ferait plaisir. Grosses bises. Tata. » Je remets la lettre en place. Instant-choc : un boîtier électronique d'ouverture de porte traîne au bout de l'étagère. Un morceau de Scotch vert collé mentionne en lettres imprimées: « Avenue Foch. » J'hésite. Et puis finalement, je le glisse dans ma poche. Je verrai s'il fonctionne chez Marcus.

Le résultat de mes pérégrinations n'est donc pas tout à fait négatif! Allégé du poids de l'échec, je jubile. Je respire pour débloquer mon plexus que l'émotion paralysait. Certes, ce prénom de Jo – qui ne peut être que celui de Benutti –, ce numéro de téléphone inscrit sur une carte commerciale, ce nom de Lovera figurant devant le début d'un numéro d'immatriculation de registre de commerce et ce prénom de Gianni ne sont que le début d'une piste, mais la découverte du boîtier d'ouverture du parking de l'avenue Foch fait naître en moi une excitation que je connais bien...

Je débutais dans la carrière policière lorsque je l'ai connue pour la première fois. Un crime avait été commis dans la forêt de Saint-Nom-la-Bretèche. Le sous-chef de service, un colosse normand aux imposantes lunettes d'écaille, bourru et timide à la fois, m'avait toisé un bon moment quand je m'étais présenté dans son bureau :

– On a découvert des restes féminins sans possibilité d'identification, Borniche. Prenez un photographe, un chauffeur, et montrez-moi ce que vous savez faire.

Une heure plus tard, accompagné de gendarmes, j'observais le cadavre d'une femme qui avait dû être jolie, étalé dans un bois, la tête ensanglantée dans les feuilles humides.

J'avais le cœur au bord des lèvres. Malgré tout, c'est à cet instant précis que je fus atteint par le virus de la chasse. J'ignorais tout des méthodes à employer pour identifier l'assassin mais, brusquement, je n'avais plus qu'une idée en tête, l'arrêter.

L'enquête fut longue et difficile. Minutieusement, patiemment, j'interrogeais, je fouillais, avec, pour seul indice une marque de blanchisserie relevée sur le corsage de l'inconnue. L'excitation me gagnait. Je vivais sur les nerfs, j'en rêvais la nuit. Je ne pensais plus qu'à mon affaire. Enfin, un matin, mes recherches m'amenèrent au meurtrier. C'était un Corse de vingt ans, Jean-Claude Careli. Je l'avais situé dans un hôtel de la rue Fontaine. Je m'apprêtais à monter à sa chambre quand, soudain, il apparut dans l'encadrement de la porte. Une jeune femme très belle se tenait près de lui. Ils s'embrassèrent, elle partit. Il demeura un instant à humer l'air, tel un animal flairant un piège. D'un bond je fus sur lui. Ma main s'abattit sur son épaule et je m'entendis dire d'une voix forte et menaçante :

– Police, ne bouge pas.

En un tournemain, je lui passai les menottes. Seigneur, que ce moment fut bon! Était-ce un sentiment malsain, morbide? Je n'en sais rien. Mais de sentir cet homme trembler sous ma poigne, de voir son regard affolé, j'éprouvais une joie subite, trouble, immense, semblable à celle que je ressens aujourd'hui. Grâce à cette inscription de deux croix au crayon rouge, indélébile, sur le col du corsage, j'avais connu l'exaltation de la recherche, j'avais balancé entre l'espoir et le désespoir, l'optimisme et la crainte. J'avais persévéré et remporté ma première victoire. Jusqu'alors, je n'avais été qu'un stagiaire. J'étais devenu un flic.

Un saut à la poste ou, mieux encore, une demande au service des renseignements internationaux me donnera la clé du numéro de téléphone inscrit sur le carton et commençant par le 19. Un moyen plus pratique encore : composer les chiffres et guetter la réponse du correspondant... Tu débloques, Borniche! C'est le plus sûr moyen de donner l'éveil. Non, si je tombe sur une opératrice compréhensive et pas trop pressée de se replonger dans la lecture de sa bande dessinée favorite, l'identification du numéro sera un jeu d'enfant. Restera celle de ce A. Lovera. Le registre du commerce à Nice facilitera les choses. C'est cela, la police. Elle est faite de hasard et de chance, qu'il faut souvent forcer pour que les déconvenues de la veille se transforment en succès.

Je n'ai pas le temps de m'appesantir sur mes découvertes. Le souffle de Vieuchêne me guide vers la cour. Un temps d'arrêt devant la grille, l'œil fixé sur la porte close de la gardienne, un signe à Monseigneur qui repart, d'un pas léger, donner le tour de clé de fermeture au verrou du troisième et je suis rue Visconti, à l'abri des larges épaules du Gros dont le chapeau à bord roulé m'entraîne vers la BMW garée rue de Seine.

Les glaces de ma voiture sont opaques de buée. Je reprends ma place au volant. Le bras gauche sur le dossier du siège, Vieuchêne se tourne vers moi :

– Ça ne valait pas le déplacement, Borniche! Une idée à vous, encore, cette visite!

Inutile de lui rappeler son tonitruant : « Il faut planquer là-bas et opérer, ça n'attend pas. » C'est sur un ton très calme que je distille ma réponse :

– J'ai relevé un numéro de téléphone qui pourrait bien être celui de Benutti à l'étranger, ainsi qu'une adresse de registre de commerce à Nice, au nom de Lovera. Ce n'est pas tout. Il y avait aussi une lettre adressée à un certain Gianni...

Le Gros relève les sourcils et me fixe.

– Lovera, vous dites? Gianni Lovera... Ça me rappelle quelque chose. Un truand en cavale, ou quelque chose comme ça. Je vérifierai... C'est tout?

– Presque. J'ai la preuve que Marceau – ou quel que soit son nom – venait souvent avenue Foch. J'ai même piqué ce truc.

Trois plis se dessinent sur le front de Vieuchêne.

– Quel truc? s'inquiète-t-il en se détournant.

– La commande d'accès du parking. Quand vous lui mettrez ça sous le nez, à votre client, j'ai l'impression que vous lui en boucherez un coin. A la belle Bettina aussi, non?

***

J'ai casé ma voiture, pare-chocs contre pare-chocs, entre deux camionnettes, sur un emplacement interdit de la rue d'Anjou, et j'en ai laissé la garde à Monseigneur.

– Je n'en ai pas pour longtemps, ai-je dit. Après, je te raccompagne à Bry...

L'auxiliaire du bureau central téléphonique des PTT du 8e arrondissement déchiffre le papier que je lui tends.

– Ce numéro, vous voulez que je vous le fasse?

– Non. J'aimerais simplement savoir à quoi correspond le code 66 et le chiffre 2. A mon avis, vos consœurs de l'étage vont nous le dire immédiatement.

Elle est toute candeur, l'apprentie postière.

– Il faudrait monter les voir, dit-elle. Ou leur téléphoner...

Son ingénuité me désarme. C'est là, rue d'Anjou, que je m'installais autrefois, le casque sur la tête, pour que les communications enrichissent mes oreilles. Dès que le cadran d'un poste surveillé se mettait à tourner, les déclics étaient enregistrés dans la salle du premier étage sur une feuille de papier blanc qui se déroulait sur une bobine caoutchoutée. Leur impression, en tirets comme l'alphabet morse, donnait un nombre de sept chiffres qu'il était facile de reconstituer et qui s'identifiait à un indicatif du réseau parisien. Ces temps sont révolus. La technique a remplacé les procédés archaïques des tables de comparaisons. Mais le service des renseignements existe toujours.

– Elles ne m'ouvriront pas, dis-je. C'était bon quand j'étais flic. Auriez-vous un jeton?

Je me glisse dans la cabine 7, mon chiffre favori, forme le numéro des renseignements internationaux... Le temps d'obtenir la réponse et, à travers la glace de la cabine, j'aperçois Monseigneur errer dans la grande salle, à ma recherche. Je raccroche, quitte l'isoloir.

– Qu'est-ce qui t'arrive, mon vieux, tu as l'air affolé...

– Il arrive qu'une aubergine est passée et qu'elle vous a collé une contredanse sur le pare-brise. Elle croyait que la bagnole était à moi et elle a gueulé que je n'avais pas le droit de stationner là. Elle est partie chercher les flics. C'est vraiment pas de pot, un si bon jour! C'est un numéro 3 avec enlèvement demandé.

– Ne te fais pas de souci, dis-je. Le pot, on l'a. Pas ici, en Thaïlande. A Bangkok. L'hôtel *Siam Intercontinental*, 967 Rama I Road, ça ne te dit rien à toi, forcément. A moi, si... Enfin, peut-être.

Le regard ahuri de Monseigneur traduit bien ce qu'il pense de moi à cet instant. De m'être levé si tôt, ce matin, pour visiter la rue Visconti, m'a tourné la cervelle... Je lui glisse trois billets de cent francs dans la main.

– Prends un taxi pour rentrer, dis-je, je dois retourner voir Vieuchêne rue des Saussaies.

Cette fois, c'est avec les signes manifestes de l'ahurissement le plus complet qu'il m'abandonne sur le bord du trottoir, au moment même où la contractuelle arrive, au pas cadencé, en compagnie d'un gardien de la paix porteur d'un sabot de Denver.

15.

– La vie est ainsi faite, Gianni, dit Benutti, recroquevillé sur la banquette à deux places du *samlo*[1] qui les entraîne vers Patpong, le quartier chaud de Bangkok. On n'est jamais riche si l'on ne pique pas le fric des caves. Autrefois, les bourgeois le planquaient, leur fric, le couvaient, l'enterraient, de crainte de se le faire faucher. Aujourd'hui, ils me l'apportent sur un plateau, pour pouvoir goûter à la came. Leur mentalité a changé, pas la nôtre...

– Ce sont surtout les mœurs qui ont changé, fait simplement Gianni, le regard rivé sur le panorama qui défile.

– Et la came, ici, ça rapporte gros. Beaucoup plus qu'ailleurs, avec moins de risques. J'achète quatre mille baths le kilo sur pied, je revends le kilo d'héroïne cent cinquante mille. Tous les salons en demandent. Mais je suis prudent. Je ne fais livrer que les plus sérieux...

– Il faut quand même compter avec le prix de la main-d'œuvre, non?

– Trois fois rien! C'est moi qui fournis le matériel et les produits chimiques. Je les ai chez un droguiste de Chiang Maï. L'acétone, la chaux et le chlorate d'ammonium, ça ne vaut pas tripette. Li Phuong, mon bras droit s'occupe de la récolte, de la transformation de l'opium en morphine, puis de la livraison de l'héroïne que j'ai obtenue. Un jeu d'enfant

1. Cyclo-pousse à trois roues et moteur à deux temps. Très bruyant.

que le pauvre Césari m'avait appris. Dix kilos d'opium me donnent un kilo d'héroïne. De quoi vivre peinard un bout de temps, surtout quand il y en a trente ou quarante fois plus...

Le *samlo*, mélange hybride de scooter et d'automobile, se glisse dans la foule de curieux, de rabatteurs et de filles superbes qui ont envahi le quartier. A mesure que la nuit s'avance, Patpong s'éveille au folklore. Même la vitrine d'Air France est illuminée. Les « sex tours » font des affaires d'or, comblant largement le vide qu'ont laissé les G.I's après la sanglante épopée du Viet-nâm.

Comme tous les vrais villages, Patpong est une personne autant qu'un lieu. C'est la place, le carrefour, le rond-point du vice, un village où l'Asie fait basculer l'Européen ou l'Américain dans l'univers du sexe. Un village très spécial avec ses étalages de bars et de restaurants aux enseignes phosphorescentes, de salons de massage aux façades provocatrices. Un ramassis de prostituées, d'éphèbes, de rabatteurs de cinémas porno, de fournisseurs de drogue débarqués tout droit du Triangle d'or. Des hôtesses à demi dévêtues jerkent sur le seuil de maisons borgnes. La sono d'orchestres philippins, assourdissante de décibels, jaillit de chaque entrée de discothèque. Patpong, c'est la perpétuelle kermesse, à lourde odeur de sueur, de putréfaction des klongs, les fameux canaux qui arrosent la ville, et de beignets fourrés à la banane.

– On fait un tour au *Chaophya*, dit Benutti, histoire de te faire voir pendant que je prends une grosse commande.

Il frappe sur l'épaule du chauffeur qui arrête son tricycle pétaradant devant un ruissellement de cascades d'eau lumineuse. Benutti tire de sa poche quelques billets que le Thaï saisit au vol avec une rapidité étonnante, puis quitte le véhicule en se contorsionnant. Gianni, lui, enjambe simplement l'armature qui sert de carrosserie.

– Dans cette boîte, tu vois tout sans que l'on te voie, dit Jo. Tu choisis ou tu ne choisis pas. J'en ai pour dix minutes. On se retrouve au salon.

Tout accaparé qu'il est par le spectacle qui s'offre à lui, Gianni ne répond pas. Derrière une immense glace sans tain, des centaines de jeunes filles, nues sous leur blouse transparente, papotent, tricotent, se font les ongles en regardant un écran géant de télévision. Chacune d'elles porte un numéro épinglé sur sa mini-blouse.

La figure congestionnée, un touriste allemand s'agite devant la vitrine, et interpelle l'hôtesse à qui il désigne une Thaïe d'une quinzaine d'années portant le numéro 21.

– *Thao raï*? questionne-t-il, une liasse de baths à la main.

– *Ha! roi*, dit l'hôtesse qui confirme le prix en inscrivant le chiffre 500 à la craie sur une ardoise suspendue à sa taille par une cordelière.

Tandis que le client se dirige vers l'une des quatre caisses de l'établissement où les files de candidats au plaisir s'allongent, elle s'empare du micro, appuie sur un bouton.

– *Yi sip èt'*, ordonne-t-elle.

Le numéro 21 semble quitter à regret la projection du film, s'achemine à pas lents vers une porte qui ouvre sur un couloir. Gianni revoit les spectacles de cirque de son enfance. Le fauve quittait la ménagerie pour se couler dans un couloir grillagé avant de surgir, la gueule ouverte découvrant les crocs, dans la cage ronde du dompteur. Ici, les rôles sont renversés. C'est la toute jeune fille qui devient dompteur, dans le salon particulier du *Chaophya* où le dévoreur de choucroute va se faire agneau.

– Ça t'intéresse?

Gianni se retourne. Benutti est derrière lui qui lui fait un clin d'œil, l'air satisfait. Gianni hausse les épaules :

– Du bétail, dit-il. Incroyable.

– Du bétail qui rapporte, rectifie Jo en secouant la tête. Et qui marche à l'heure. Dès qu'elle est dans son salon, la fille déclenche le compteur. Soixante minutes plus tard, pas une seconde de plus, la sonnerie de fin de massage retentit. L'opération est terminée, l'eau de la baignoire changée, la table aseptisée pour le nouveau client. Si tu veux essayer...

– Non, dit Gianni. Je voulais voir, j'ai vu. En tout cas, pas aujourd'hui. Ça a marché pour toi?

– Impeccable, affirme Benutti, en se dirigeant vers la sortie. Mieux en tout cas que cette connerie de braquage qui s'est terminée dans le sang, si je peux dire. On a récupéré les bonbonnes et ce salopard d'Huey Ming est définitivement hors-jeu, mais Le Guennec s'est fait descendre... Un chouette gars qui avait un peu perdu la main depuis l'Indochine. J'ai une autre commande à prendre au *Takara* et après on file au *Chokechaï*. Si tu aimes le jarret d'éléphant, la soupe de chauve-souris ou le serpent frit, tu vas être gâté. Sinon, tu pourras te rabattre sur le steak de tortue ou de lézard.

Gianni esquisse une moue enfantine.

– Je préfère la cuisine internationale du *Siam*, dit-il. En attendant de m'habituer aux plats thaïs. Tel que je me connais, j'aurai certainement du mal à m'y faire.

L'enseigne du *Takara* clignote, agressive. Aussi agressive que le portier géant, écarlate et or, qui se précipite vers la portière du taxi qu'il ouvre avec ostentation. Jo, lui, est déjà debout sur le trottoir qu'il a balayé du regard avec cet instinct de fauve qui lui a tant de fois sauvé la vie. Gianni ne peut s'empêcher de ressentir une admiration mêlée de crainte pour oncle qui ne paie pourtant pas de mine, avec ses yeux de belette, sa pâleur qui ressort particulièrement dans ce pays de soleil et ce corps de gringalet dont la seule force est dans les nerfs.

– Tu viens? interroge Benutti. On ne va pas prendre racine devant la devanture.

– Je te suis, dit Gianni.

Il en a vu des boîtes de toutes les couleurs et de tous les genres, du *Perroquet* niçois au *Son des Guitares* marseillais, en passant par le *Saint-Hilaire* de François Patrice où Bettina l'avait entraîné, un soir, pendant un voyage éclair de Marcus à Francfort. Mais il n'a jamais rien connu de pareil au *Takara*.

Le sol et le plafond, en grès cérame translucide, figurent une rose des vents étoilée de trente-deux flèches de néons multicolores. Des miroirs à filets d'or d'où émergent des naïades voluptueuses recouvrent les murs. Les banquettes du salon d'attente sont disposées, comme au hasard, selon les méandres d'une vitrine galbée derrière laquelle des filles couleur de miel offrent leur nudité en poses lascives. Une hôtesse en déshabillé de soie, les seins hauts et fermes, couve de son œil commercial une clientèle des deux sexes qui n'arrive pas à faire son choix tant est éclatante la beauté des jeunes Thaïes.

Benutti s'est éclipsé vers la porte capitonnée de blanc du gérant de l'établissement. Il réapparaît en compagnie d'un Asiatique, aussi petit que lui, vêtu à l'européenne, dans un smoking gris clair à parements mauves.

– Je te présente Phan, dit Jo. Un bon ami dont la fabrique de poupées est sous contrôle gouvernemental, à Lan Luang, près du Monument de la Paix. C'est dire que tout ce qu'il expédie à l'étranger offre les garanties d'arrivage sans les tracasseries habituelles des contrôles de douane. Il suffit de réceptionner les poupées chez le transitaire pour récupérer la blanche[1]... Intéressant, non?

Phan s'incline devant Gianni, joignant les deux mains bien à plat qu'il élève à la hauteur de ses lèvres.

– Bienvenue dans la Cité des Anges, dit-il. Vous êtes à *l'Oriental*?

– Au *Siam*, dit Benutti. Jusqu'à demain. Mon neveu n'est pas venu pour jouer les touristes...

– Je comprends, dit Phan, légèrement étonné par le ton cassant de Jo. Il reviendra, j'espère. Ce serait dommage qu'il ne visite pas nos temples et le marché flottant de Damoen Sadvark... En tout cas, s'il a besoin de quoi que ce soit en votre absence, je suis là. Excusez-moi, le travail...

Phan renouvelle son salut, disparaît vers le fond de la salle.

– Un type sûr, ce Chinetoque, dit Benutti. Casse-pied comme pas un avec ses temples à la noix, comme si nous n'avions que ça à faire! L'important, c'est qu'il m'en ait pris encore huit cents grammes.

Il entraîne Gianni vers la sortie, ajoute :

– Demain, il faut qu'on soit à huit heures à l'aéroport. Le vol pour Chiang Maï décolle à neuf heures quarante. Deux

1. Héroïne.

heures de tape-cul. C'est pas la porte à côté. Après, on a encore trois cents bornes de mauvaise route. Li Phuong va commencer à désespérer s'il ne me voit pas débarquer à Mae Hong Son. Pendant qu'on dîne, tu vas pouvoir un peu me parler de l'affaire Marcus, hein, Gianni?

***

Du geste auguste du semeur, Li Phuong désigne l'alignement de bassines sur le sol de terre battue du hangar. Un sourire balaie sa face caramel.

– Vous savez combien il y en a?

– Dis...

– *Sam sip si.* Trente-quatre kilos. Si le gouvernement n'envoyait pas son armée pour détruire nos champs, on en récolterait dix fois plus!

Benutti se livre à un rapide calcul. Trente-quatre kilos de morphine lui donneront à peu près quarante kilos d'héroïne.

– Ce n'est déjà pas si mal, Li. Ça vaut mieux en tout cas que de cultiver des tomates ou du café comme ils veulent vous y obliger. Tu n'as pas eu trop de difficultés pour la chauffe?

Les canines de Li Phuong se découvrent un peu plus.

– *Sakï dii kaôl.* Maintenant, j'ai l'habitude. Quand l'eau a été à point, j'y ai jeté les briques d'opium et j'ai touillé avec un bambou. J'ai ajouté la chaux, toutes les saloperies noires sont remontées. J'ai écumé jusqu'à ce qu'il n'y en ait plus.

Benutti suit le déroulement de l'opération en approuvant de la tête, en silence. Puis, quand Li Phuong marque une pause, il demande:

– Ensuite?

– C'est simple, *kap.* J'ai chauffé pendant une heure encore sur un bon feu de bois et j'ai répandu l'eau jaune sur la soie que j'avais tendue sur une lessiveuse. J'ai encore chauffé et j'ai ajouté le chlorure d'ammonium comme vous m'aviez dit. C'est devenu épais et brun clair. J'ai fait sécher tout ça au soleil et voilà le résultat.

Il pousse un soupir de satisfaction. Gianni écarquille les

yeux. La dizaine de récipients contient la morphine solidifiée qui ressemble à du sucre roux. C'est de cette morphine base que sera tirée l'héroïne, la blanche qui vaut si cher. Un million de francs le kilo à Paris, cent cinquante mille dollars à New York.

Benutti prend Gianni par l'épaule, l'entraîne au fond du hangar ouvert à tous vents, un quadrilatère de piliers surmonté d'un toit de feuilles séchées.

– Tu sais, Gianni, au début j'étais comme toi. La drogue, ça me déplaisait. Quand on est habitué aux affaires d'hommes, les métiers de souteneur ou de trafiquant de stups vous paraissent dégueulasses. Et puis j'ai réalisé que rien, ni personne, ne pouvait empêcher quelqu'un de satisfaire ses vices. L'être humain est ainsi fait depuis que le monde est monde. Il y a celui qui aime le jeu, l'autre la pornographie, le troisième la drogue, et j'en passe. Quand on a compris ça, on a tout compris. Alors, au lieu d'aller délester des banques et abattre des convoyeurs, j'ai trouvé le moyen de faire fortune en exploitant les plaisirs interdits des caves! Ils voulaient des armes pour faire la guerre? Je leur en ai fourni. Ils voulaient se filer le cancer en fumant des blondes américaines, après la guerre? Je leur en ai procuré. Ils veulent de l'opium, de la morphine, de la cocaïne, de l'héroïne pour se camer? Je leur en livre. S'ils veulent se foutre en l'air, c'est leur problème, pas le mien. De toute façon, si ce n'est pas moi qui les ravitaille, ils iront en chercher ailleurs. Il y a des passions qui sont tabous. Un alcolo sera toujours un ivrogne. Même si on le désintoxique, il repique au pinard. Un vicieux sera toujours un sadique prêt à violer les petites filles. On ne refait pas l'humanité. Le pavot, la coca, existent depuis des millénaires. On te dira qu'ils guérissent le mal de tête, le mal de ventre, la dysenterie, que sais-je encore? A petites doses, s'entend. Ils font vivre en même temps des milliers de malheureux.

Cette fois, Gianni ne peut s'empêcher de sourire.

– Tu ne me crois pas? fait Benutti, piqué. L'un d'eux me disait l'autre jour qu'avec un simple bol rempli d'opium, il gagne de quoi faire vivre sa famille toute l'année, alors que porter des caisses et des caisses de pommes de terre ou de riz lui procure un salaire de misère. Dans le fond, je rends service à tout le monde, même si j'en tire des bénéfices. Du planteur au dealer, tout le monde gagne sa vie. Celui qui casque, c'est le cave au bout du rouleau. La preuve que tout le monde s'y met, à la drogue, c'est que plus les Ricains lui font la chasse, plus le nombre de camés augmente. On est passé du haschich au L.S.D., à la coke et à la blanche, je n'y peux rien.

Gianni hésite, jette un coup d'œil à la dérobée en direction de Benutti, puis se lance :

– Tu sais, Jo... La drogue, c'est pas vraiment mon truc.

– Que ça ne t'intéresse pas, c'est ton problème, dit Benutti sans se démonter. Ce que je t'offre, moi, c'est d'entrer dans le jeu de la surveillance de la production et de la transformation quand c'est nécessaire, et dans celle de la distribution après un périple que je te détaillerai et qui te fera voyager. Mathieu est trop vieux pour cavaler d'un hémisphère à l'autre, le petit Castani n'a pas assez de plomb dans la tête. Bien sûr, il y a des risques. Je suis la cible de pas mal de flics, je le sais. Pendant qu'ils s'occupent de moi, ils ne penseront pas à toi, qui es jeune et pas encore mouillé. Ce ne sont pas les poulets français qui penseront à cavaler après toi à travers le monde! Ils n'en ont ni les moyens ni les capacités.

Benutti s'arrête. Il dévisage Gianni avec intensité, comme pour juger s'il l'a bien convaincu. Il ajoute après un court moment de silence :

– Tu acceptes ou tu n'acceptes pas, c'est ton droit. Si tu collabores avec moi, ton avenir est assuré. Mais un conseil : n'essaie jamais de me doubler comme Clark a tenté de le faire... J'ai eu confiance en ce Libanais, tant pis pour lui. Il a payé de sa vie sa maladresse[1]. A propos de maladresse, j'espère que tu n'en as pas fait avec la femme de Marcus? Que tu n'as pas été trop bavard?

Gianni secoue la tête.

– Sûrement pas. Pour elle je m'appelle Jean-Baptiste Marceau. Elle ignore tout de ma cavale et de mes affaires.

1. Voir *La Filière*, Presses de la Cité.

– Elle sait où tu créchais?

Le regard de Benutti fouille celui de Gianni, qui le subit sans sourciller.

– Je lui ai toujours dit que j'habitais en banlieue, du côté de La Celle-Saint-Cloud, ment-il. Je ne l'ai pas revue après l'assassinat de Marcus, comme je te l'ai expliqué. Je la sautais chez elle parce que c'était une sacrée affaire, c'est tout...

– C'est déjà beaucoup, conclut Benutti, sceptique. Quand on est en cavale, il faut toujours faire attention où l'on met les pieds. Viens, Li Phuong a l'air de tourner en rond, là-bas.

16.

De par son métier de souteneur, Pascal Bourrat s'est fait une idée particulière de la police et s'est convaincu, une bonne fois pour toutes, qu'une alliance tacite existe entre les flics et les truands. Le Milieu, avec son fouillis de marginaux qui se pressent, se poussent, s'étreignent dans la hâte de survivre, est leur territoire commun. Il est persuadé que pas un seul inspecteur ne pourrait s'y retrouver s'il n'y possédait des antennes. Et lui, Pascal Bourrat, natif du beau et rude pays d'Auvergne, ne serait jamais parvenu à se frayer un chemin dans cette jungle sans leur concours.

Depuis qu'il a quitté Ambert, le lieu de fabrication d'un fromage à pâte ferme, chauffée et pressée en forme de cylindre, la Fourme – c'est le surnom que les mauvais garçons lui ont donné – est un homme comblé. Il a obtenu la reconnaissance de sa profession de proxénète par l'impitoyable Baptistin Vérot, de la brigade de la voie publique, la terreur du pavé parisien, en se pliant au jeu subtil du donnant-donnant.

– D'accord, la Fourme, j'interviens pour toi à la Mondaine... En échange, tu sais ce que tu dois faire...

Le visage gras, mafflu et rebondi de Bourrat s'était fendu d'un sourire de reconnaissance. Il avait d'autant mieux accepté la perche que Nonœil lui tendait que les bourgeois, ces gardiens de la paix en civil dont la fonction est d'assurer la salubrité de leur arrondissement, commençaient à s'intéresser aux neuf femmes que la Fourme avait réparties dans les quartiers les plus productifs de la capitale. Les rafles succédaient aux interpellations d'identité, les inculpations de racolage aux examens de situation administrative et sanitaire approfondis.

Depuis que l'inspecteur Vérot a quitté la voie publique pour la chasse aux fauves, domaine réservé des policiers du groupe de répression du banditisme, les relations entre les deux hommes ne se sont pas distendues pour autant. Au contraire. Ils se rencontrent de temps à autre, dans des endroits discrets, question affaires. En cas d'urgence, Nonœil a même communiqué à la Fourme le numéro de fil confidentiel de son appartement de l'avenue des Gobelins.

Pascal Bourrat estime que, dans la vie, on ne reçoit pas de cadeaux, surtout d'un policier, même si une franche sympathie vous unit à lui. Le domaine de la Fourme, c'est le vice, l'humus où la vie s'enlise. Or, la chasse aux tueurs trouble cette pourriture. Les descentes dans les lieux publics, les contrôles, les arrestations, bref, les tracasseries policières après chaque hold-up ou chaque assassinat l'exaspèrent. Les anciens truands trouvent, comme lui, que la génération montante pompe un peu trop l'air.

Pascal Bourrat ne se prend pas pour une balance. Il voit le monde en noir et blanc. Le rôle de la police, auquel il s'associe, est d'empêcher que l'un prime sur l'autre. Un policier trop zélé lui paraît aussi dangereux qu'un truand sans mesure. Le bien suprême, dans sa vision primaire des choses, est l'équilibre des forces. La soif de respectabilité de certains gangsters est leur faiblesse. Ils sont du côté des partisans de l'ordre. C'est le cas de la Fourme d'Ambert.

Nonœil a eu l'intelligence de le comprendre.

Presque déserte à cette heure matinale, la brasserie *Au Thermomètre* de la place de la République semble immergée comme un iceberg dans le recueillement et l'ennui.

Vérot se demande pourquoi Bourrat lui a fixé rendez-vous dans ce lieu. Peut-être parce qu'il est proche de son domicile de l'avenue Parmentier? Le coup de téléphone l'a surpris.

Jamais la Fourme ne l'a relancé chez lui à sept heures du matin. Il faut que l'affaire soit d'importance.

Quand il arrive à la brasserie, la Fourme est déjà là, assis au fond de la salle, devant un café qu'il fixe derrière des lunettes noires. Ses cheveux blonds n'ont pas reçu l'alignement habituel. Le col roulé de son pull-over de ski fait encore plus ressortir son double menton orné d'une fossette.

– Qu'est-ce qui t'arrive? demande l'inspecteur en tendant la main.

Il demande ça comme il dirait autre chose, pour entamer la conversation, briser la glace. Ce qui arriverait personnellement à la Fourme, il s'en moque! Ce qui compte, c'est ce qui peut arriver aux autres, à ceux qu'il a pour mission de capturer. Il le sent tendu. Le masque de l'Auvergnat est presque tragique.

– Fallait que je vous voie pour ce que j'ai appris hier soir, dit la Fourme. Café?

– Café.

Il fait signe au garçon qui s'approche, sillonnant de son long tablier la sciure du carrelage.

– Et deux croissants, ajoute-t-il. J'ai pas encore becqueté, alors j'ai les crochets...

Le garçon exécute une volte-face avant d'être arrivé à destination. La curiosité de Vérot est éveillée. Il sait pourtant, par expérience, qu'il ne faut jamais bousculer un indic. Les motivations de ces gens-là sont souvent obscures, et ils ne lâchent bien souvent que ce qu'ils ont bien envie de lâcher. Les deux hommes demeurent silencieux quelques secondes. Le serveur apporte le plateau, pose la tasse, les croissants, puis se retire, étonné de ce silence. Vérot et Bourrat aspirent par petites gorgées le café brûlant. Quand le garçon est hors de portée, la Fourme émiette son croissant, écrase machinalement quelques croûtes sur la table, mouille son doigt et les ramasse pour les porter à ses lèvres. Au fugitif plissement du front, Nonœil devine qu'il va parler, que ces quelques instants de recueillement sont nécessaires à l'Auvergnat pour surmonter son amour-propre de caïd. Chaque trahison est une infamie et tout indic, quels que soient son rang et sa situation, éprouve pour le policier qu'il a choisi comme confident une trouble attirance où se mêlent la crainte, la haine et l'obséquiosité.

– Ce que je vais vous dire, commence la Fourme d'une voix d'outre-tombe, est très important. Il faut que ça reste entre nous. J'y vais de ma peau...

– Quelle question! dit Vérot, impassible.

– Vous connaissez Muguette?

Vérot fait un signe négatif de la tête.

– Une nana que j'emploie depuis quelques mois, dit Bourrat. Un tapin de première! Je l'avais d'abord mise sur le 9e, en apprentissage... Comme j'ai vu qu'elle ne s'endormait pas sur le client, je l'ai fait monter en grade.

– Ah? se contente de dire Vérot, faussement intéressé. Alors?

– Je l'ai collée avenue Foch, côté pair. L'autre, c'est moins rentable. Il y fait plus frais. Les caves en bagnole préfèrent descendre la contre-allée Étoile-Dauphine que de remonter l'autre où des flics campent en permanence devant l'ambassade d'Israël...

Les yeux de Vérot se rétrécissent. Il scrute le visage de Bourrat, se demandant où l'indic veut en venir. Il retarde pourtant le moment de planter sa première banderille.

– ... Je vous donne en mille ce qu'elle vient de m'apprendre, dit la Fourme.

– Donne toujours.

Bourrat secoue la tête à plusieurs reprises, lance un coup d'œil circulaire. Rassuré, il souffle à voix basse :

– Vous vous souvenez de Dédé Bouissou, bien sûr?

La pensée de Vérot s'envole aussitôt vers le visage buté, la tignasse brune et hirsute de son ancienne proie.

– Tu parles. Qu'est-ce qu'il a fait?

– Quelqu'un l'a sorti de la Santé, dans la nuit de lundi à mardi...

– Comment çà, sorti? s'étonne Nonœil en fixant de son œil gauche les lunettes noires de la Fourme, tandis que le droit dérive vers le bar, là-bas, au fond de la salle.

– Aussi vrai que je vous le dis, poursuit Bourrat. Et vous savez pourquoi on l'a sorti de taule, le Dédé?

L'inspecteur Vérot secoue la tête négativement.

– Pour tirer un coup! Elle est pas mal, celle-là, non?

Vérot secoue la tête, complètement dépassé.

– Qu'est-ce que c'est que cette salade, la Fourme? Tu délires, ou quoi?

– Parole d'homme, inspecteur! C'est la Gazette elle-même qui l'a dit à Muguette!

L'inspecteur vide sa tasse d'un trait, se passe la main sur les yeux et commande d'un geste deux autres cafés.

– Excuse-moi mais qui c'est ça, la Gazette?

Bourrat laisse échapper un soupir désolé, retire ses lunettes noires, les remet, se penche vers l'inspecteur au-dessus de la table, comme pour faire la leçon à un écolier distrait.

– Une indépendante. Une vedette dans son genre... Je vous jure qu'elle a raconté à Muguette qu'on lui avait proposé un double tarif pour une heure d'amour avec Bouissou, dans un hôtel de la porte Champerret.

– Elle n'est pas un peu zinzin ta Gazette? coupe Vérot. Et qui c'est ce « on »?

– Elle l'a pas dit. Mais moi, je suis sûr que c'étaient des flics!

– Pourquoi tu en es sûr?

– Parce que je vois mal qui pourrait sortir un taulard de la Santé et le ramener comme une fleur trois heures plus tard! En plus, la Gazette a raconté qu'ils lui avaient passé une menotte pendant qu'il baisait, pour pas qu'il se fasse la malle!

Vérot, brusquement renfrogné, garde le silence. Comme mus par une décharge électrique, les yeux changent brusquement de direction. C'est au tour du droit de monopoliser les verres fumés tandis que le gauche erre du côté de la place de la République où la circulation commence à s'intensifier.

– Ce que je ne comprends pas, murmure Vérot pour lui-même, c'est pourquoi des flics s'occuperaient de Bouissou maintenant... Tout le monde sait qu'il a buté Ferragi, même s'il a toujours nié. Alors pourquoi relancer l'affaire?

Ses yeux se fixent à nouveau sur l'indic, qui boit son deuxième café à petites gorgées en le regardant par-dessus sa tasse. Il questionne :

– Pourquoi tu viens me raconter tout ça, toi?

La Fourme fait la grimace, regarde autour de lui d'un air gêné.

– J'aimerais autant que Dédé Bouissou reste en taule, finit-il par murmurer en se penchant à nouveau vers l'inspecteur. Supposez qu'il apprenne que je vous ai filé un coup de main pour le faire arrêter, ça pourrait faire des histoires... Ce type qu'on sort de la Santé, qui passe la soirée avec des flics que personne connaît, ça ne vous gêne pas, vous?

Vérot hoche la tête, se cale au fond de sa chaise et allume une cigarette avec une lenteur calculée. La Fourme a peur. Il va sûrement être plus bavard.

– Si Bouissou passe un marché avec un service de police, qu'est-ce que tu veux que j'y fasse, moi? A moins qu'on l'enfonce un peu plus...

Un long moment, il dévisage Bourrat en silence.

– D'accord. Mais ça reste entre nous, hein?

– Quelle question!

– Ouais! Eh bien, on dit que Ferragi travaillait pour Mathieu Barzoli quand il s'est fait rectifier.

– ... Par Bouissou, complète Vérot.

– Si vous voulez. Il paraîtrait que Ferragi aurait essayé de le repasser de dix bâtons lors d'un transfert de pognon. Je me demande si je devrais vous dire tout ça...

Vérot l'engage à poursuivre d'un geste irrité :

– T'as pas la trouille, quand même?

– Quand on a affaire à l'équipe Barzoli, c'est pas du nougat, croyez-moi. Ils en ont rectifié combien, ces gonzes-là! Un jour donc, Ferragi est allé avenue Foch porter des fonds au mec qui s'est fait buter dans son garage, Marcus. Une grosse enveloppe, bien cachetée. L'autre, quand il a recompté les fafiots, s'est aperçu qu'il manquait au moins cent mille balles! L'enveloppe avait été mal recollée. Ça n'a pas traîné. Barzoli a demandé à Bouissou de mettre ça au clair. C'est un de ses hommes de contrat, Bouissou... Le malheur a voulu que c'est plus un mac qu'un tueur et qu'un témoin sorte à ce moment-là.

Vérot s'absorbe dans ses pensées. Le crime qu'il a élucidé il y a quelques mois a maintenant un mobile : le règlement de comptes. Mais Bouissou ne mettra jamais en cause Mathieu Barzoli. Les accidents arrivent vite, même en prison! Il risquerait de ne jamais plus connaître les joies du parloir!... D'un autre côté, la Fourme ne peut pas être cité comme témoin. Encore moins la Gazette ou Muguette... Ce serait les condamner à mort s'ils consentaient seulement à parler.

Bourrat n'est pas dupe. Il sait que Nonœil se moque de ses états d'âme et qu'il cherche en ce moment précis le moyen de conclure son affaire. Vérot connaît les truands dont les noms viennent de lui être lâchés. Mais comment pourrait-il épingler un caïd de l'importance de Barzoli? Le danger vient aussi de ces mystérieux flics de la Santé. Qui sont-ils? Moreux et les types de la Criminelle? Que Bouissou leur fasse des confidences, et ils débarqueront, triomphants, chez le juge d'instruction, le dossier de l'affaire bouclé! Bouclé, non, car il reste toujours le mystère du double emploi de l'arme.

– Ce que je ne pige pas, dit Vérot, secouant ses pensées, c'est comment le flingue a pu servir pour deux meurtres différents.

– Moi non plus, conclut la Fourme. Bouissou, pas plus, et c'est le comble! Il ne savait pas où le balancer, à ce qu'il paraît. D'après ce qu'on dit il était remonté chez lui avec. Quand vous l'avez piqué, dans la rue, il devait être planqué sur un meuble ou dans les chiottes...

– J'ai fouillé partout. Il n'y avait rien...

– Alors, c'est que quelqu'un était passé entre-temps pour faire le ménage, Barzoli ou un autre. Il y a pas à sortir de là.

Vérot n'écoute plus. Il appelle le garçon pour payer l'addition mais la Fourme a déjà la main sur le ticket. Il abandonne un gros billet sur la table.

– C'est pour moi, laissez.

– Jean-Baptiste Marceau, ça te dit quelque chose? demande Vérot à brûle-pourpoint.

Bourrat fronce le sourcil.

– Jean-Baptiste comment? C'est pas courant ce prénom-là...

– Marceau... Un type qui circulerait avec une grosse moto, qui serait le remplaçant de Ferragi chez Mathieu Barzoli. Je me pose des questions à son sujet. Oui, mon vieux. Je me demande si c'est pas lui qui aurait flingué Marcus. Une idée comme ça.

La tête de bébé rose de la Fourme se balance comme un ours se dandine.

– Je vois pas, non...

Vérot se lève, lui tend la main, quitte la brasserie. Bourrat le regarde s'éloigner tandis que le garçon s'approche pour ramasser le billet.

– C'est drôle, dit-il, j'ai l'impression de le connaître, le monsieur qui vient de vous quitter. J'ai dû voir souvent sa photo dans le journal.

La Fourme esquisse une grimace.

– C'est un de mes bons amis, maugrée-t-il, craignant d'avoir été découvert. Un acteur de cinéma... Pas un grand acteur, mais on lui confie souvent des rôles de second plan.

Et soudain, une idée l'illumine, et il croit intelligent d'ajouter :

– Il adore jouer les personnages un peu louches.

Satisfait de son jeu de mots, il quitte la salle à son tour.

17.

PRÉFECTURE DE POLICE – DIRECTION DE LA POLICE JUDICIAIRE A TOUS SERVICES PRÉFECTURE DE POLICE, POLICE NATIONALE, GENDARMERIE – STOP –

Il y a lieu de rechercher très activement le nommé X... dit Marceau Jean-Baptiste se prétendant né à Boulogne-Billancourt le 25 janvier 1953, domicilié rue de Constance à Paris (18e) – en réalité sans domicile connu – Stop – Taille: 1 m 80 environ – corpulence athlétique – cheveux bruns – couleur des yeux indéterminée – circule moto Kawasaki carénée blanche immatriculée 92 DZA 75 – Stop – serait évadé de prison et auteur hold-up en Italie – Stop – X... dit Marceau Jean-Baptiste, soupçonné assassinat financier Marcus David, avenue Foch Paris (16e) – Individu dangereux – Peut être armé pistolet calibre 11, 43 mm d'après douilles relevées sur lieux du crime – Stop.

En cas de découverte, procéder arrestation, aviser d'urgence préfecture de police, direction de la Police judiciaire, 36, quai des Orfèvres Paris 75004, téléphone 260 33 22 ou 277 11 00 qui enverra instructions – Stop.

Signé: Baptistin Vérot, Inspecteur principal – Fin.

TRANSMISSION : 3664/78.

PRÉFECTURE DE POLICE – DIRECTION DE LA POLICE JUDICIAIRE A TOUS SERVICES PRÉFEC-

TURE DE POLICE, POLICE NATIONALE, GENDARMERIE – STOP –

Prière rechercher nommée CALGIRONE Tina, dite Bettina, ayant demeuré avenue Foch Paris (16e) chez le nommé David Marcus, née le 17 septembre 1950 à Pozzuoli, province de Naples (Italie), disparue de son domicile sans laisser d'adresse – Stop – Signalement : 1 m 70 environ, yeux verts, chevelure brune, élégante, genre mannequin – Stop.

En cas de découverte, ne pas appréhender mais surveiller discrètement et aviser d'urgence inspecteur Moreux, brigade criminelle, préfecture de police, 36, quai des Orfèvres Paris 75004 – Stop.

Signé : Moreux – Fin.

TRANSMISSION 3684/78.

18.

Non, ce n'est pas une soubrette légère et court vêtue qui tambourine à la porte de ma chambre pour m'offrir, cadeau de bienvenue, le breakfast matinal. C'est le téléphone qui s'obstine à me marteler les tympans. J'émerge de mon rêve avec difficulté. Ma main tâtonne vers la table de nuit pour agripper l'appareil et le « oui » que je bredouille se perd dans la profondeur d'un bâillement.

– Dites donc, ça n'a pas l'air de mal vous réussir, les balades aux frais du notaire, hein, Borniche?

C'est Vieuchêne. Je sollicite le commutateur de la lampe de chevet. La lumière, bien que tamisée, me fait cligner des yeux.

– Allô?

– Oui, allô! Je ne pensais vraiment pas vous réveiller à huit heures du matin. Vous vous rendez compte, si tout le monde faisait comme vous, il n'y aurait pas grand boulot d'abattu à la Sûreté! Vous avez fait la nouba, cette nuit, ma parole!

De me savoir encore au lit, il en a la voix qui frémit, le Gros. Lui qui, depuis des lustres, ne cesse de clamer dans les couloirs de la boîte que la litière use plus un cheval de trait que le labour... En fait de nouba, je suis resté planté pendant quatre heures dans l'encoignure d'un porche, à épier les faits et gestes de la clientèle du *Pinzuttu*, le bar-épicerie de la rue de France. J'en ai été pour mes frais.

Ma cible, le prétendu Jean-Baptiste, n'a pas daigné y faire l'apparition que j'espérais sans trop y croire. Mais puisque j'étais venu à Nice pour faire le point sur ce mystérieux personnage, il me fallait, avant tout, jeter un œil sur le bistrot de la tante Lovera.

A deux heures du matin, les derniers clients, deux marins américains en goguette échappés de leur croiseur mouillé dans la rade de Villefranche, ont levé l'ancre. Les lumières se sont éteintes, la minuterie de l'escalier leur a succédé. Je me suis empressé d'aller coller mon oreille à la porte en fer forgé de l'immeuble. Quand les claquements de talons se sont évanouis sur le palier du premier étage, j'ai entrepris à mon tour l'escalade, mes chaussures à la main. Un rai de lumière filtrait au ras du plancher mais aucun éclat de conversation ne me parvenait. Tantine Lovera était seule, et bien seule. J'ai attendu l'extinction des feux pour regagner le *Négresco.* La promenade des Anglais n'est pas loin de la rue de France. La nuit était tiède, le ciel criblé d'étoiles. Avec une régularité de métronome, le phare du cap d'Antibes balayait une mer dont le clapotis troublait le grand silence qui régnait, désormais, sur le littoral.

– Vous avez de quoi écrire?

Je réprime un soupir, repousse du pied la couverture.

– Bien sûr... Une seconde, patron...

Je pose le combiné, m'extirpe du lit pour attraper mon veston, accroché au dossier du fauteuil en faux Louis XV, devant la triple penderie aux miroirs biseautés. J'y pêche un stylo-feutre, cueille dans le cendrier une pochette d'allumettes, en retourne le rabat. C'est tout ce que j'ai sous la main. Je reprends l'appareil:

– C'est long?

Un grognement de mécontentement.

– Ce n'est pas long mais vous, alors, vous me la copierez! Je me décarcasse pour vous faire plaisir et vous jouez les rois fainéants en me demandant, au surplus, si c'est long! Non, ce n'est pas long. Une adresse, seulement, mais d'importance. Tina Calgirone est chez sa mère, 149, via Toledo, à

Naples. J'ai demandé à mon ami Dozzi de faire exercer une surveillance, le temps que vous débarquiez. Elle est arrivée par le vol d'Alitalia et, d'après les tuyaux qu'il a ramassés, elle avait trois grosses valises avec elle. Vingt-deux kilos d'excédents de bagages. Il est donc probable qu'elle restera à Naples quelques jours. A moins que les événements ne la fassent changer d'avis...

Je fronce le sourcil, soudain réveillé. Le Gros a l'art et la manière d'aiguillonner ma curiosité.

– Quels événements, patron?

– Si vous ne savez pas que Sophie Marcus s'est constituée partie civile, je vous l'apprends. Elle a voulu qu'une perquisition en règle soit effectuée dans l'appartement abandonné par Bettina avant d'y faire apposer les scellés. Moreux a donc requis un serrurier pour l'ouverture des portes, deux témoins pour légaliser l'opération, en l'occurrence le gardien et sa femme, et Vossel de l'Identité judiciaire l'a assisté pour analyses éventuelles. Le grand jeu, quoi, made in P.P. A propos, avez-vous été provisionné, au moins, avant de vous lancer dans une chevauchée pareille?

Ma main fourrage une chevelure passablement emmêlée.

– Me Brignon m'a fait déposer un chèque qui couvre mes premiers frais.

Un rire gras, au bout du fil, puis:

– Parfait! Parce que, du côté de sa cliente, vous risquez d'avoir des surprises. Bettina l'a fauchée, mon vieux! Complètement! Elle a laissé le coffre vide, la razzia totale. Il faut croire qu'elle était pressée de déguerpir car elle n'a même pas remis le Van Gogh en place ni ramassé les quelques bouts de papier qui jonchaient la moquette de la salle de bains... Des confettis que Vossel tente de reconstituer. Le grand nettoyage, quoi! Plus de billets, plus de pièces, plus de lingots, plus de bijoux, plus de carnets de chèques, plus d'actions! Bref, disparu tout ce qu'espérait récupérer votre Sophie. Elle a failli en tomber raide... Un instant, voulez-vous.

La voix de Vieuchêne s'estompe pour se porter vers son autre appareil de bureau. Je discerne des « monsieur le directeur», «bien monsieur le directeur», «entendu monsieur le directeur», avant qu'elle ne revienne vers moi.

– Qu'est-ce que je vous disais? Oui... que la fille avait failli tomber en syncope. Le plus rigolo, c'est que Moreux en a pris un bon coup aussi. Il avait négligé de visiter la chambre de bonne, la première fois. Je vous donne en mille ce qu'il y a déniché dans un carton à chapeau et derrière des manteaux de fourrure... Dites quelque chose, pour voir?

Comme si c'était le moment de jouer aux devinettes!

– Je ne sais pas, patron... Une cagnotte? Des valeurs que Bettina n'a pas eu la possibilité d'emporter?

– Vous n'y êtes pas, mais pas du tout! Tout le bazar du parfait motard: un casque, une combinaison, des bottes. Le gardien a tout de suite reconnu le matériel. Marceau, l'homme à la Kawasaki, les portait. Je veux dire le même équipement puisque le sien se trouve rue Visconti... De la même couleur et, tenez-vous bien, acheté le même jour, au même endroit. Payés avec le même chèque, sur le compte Marcus dont Bettina a la signature... Qu'est-ce que vous dites de ça?

Rien. Je ne trouve rien à répondre. Depuis la découverte du boîtier électronique, je me doutais bien qu'un courant circulait entre Gianni et Bettina. Mais la présence de ces tenues, dans deux endroits différents, me laisse songeur. Que faisait ou qu'aurait pu faire Bettina d'un pareil matériel? Empruntait-elle la Kawasaki de Jean-Baptiste pour sortir et entrer dans le parking, ce qui avait pu abuser le gardien? Ne se serait-elle pas servi de ce déguisement pour guetter l'arrivée de son mari et l'abattre en jouant sur la similitude d'équipement? Autant de questions, autant de mystères.

Celui du boîtier avait été rapidement élucidé. Je m'étais posté d'abord avenue Foch, de l'autre côté de la contre-allée. J'avais dirigé le faisceau sur l'œil électronique placé à la droite de la porte du garage. Elle n'avait pas bougé. J'avais renouvelé l'opération de plus près, sitôt disparus les yeux rouges du car de police qui effectuait sa ronde. En silence, le panneau avait amorcé son mouvement de bascule. Il était resté à l'horizontale une vingtaine de secondes environ, le temps de laisser passer un véhicule, puis s'était lentement abaissé. J'avais également examiné les possibilités de sortie de l'intérieur du garage. Le boîtier cette fois ne se révélait plus indispensable. Il suffisait que le corps, ou simplement la main, coupe le faisceau lumineux qui réunit deux lentilles, l'une émettrice, l'autre réceptrice, pour que le rideau s'élève à nouveau. La conclusion s'imposait : les relations de Bettina et Jean-Baptiste, à l'insu de David Marcus, devenaient évidentes.

– Vous êtes toujours là, Borniche?

– Oui. Je réfléchissais...

– Moi aussi. J'en arrive à me demander si les deux tourtereaux n'ont pas monté leur coup pour éliminer le vieux et profiter de sa fortune. Les annales judiciaires regorgent de ces histoires banales...

L'hypothèse se tient. Malheureusement, les preuves manquent. Il ne fait aucun doute que le meurtrier connaissait les habitudes de sa victime. Pourtant, personne n'a remarqué sa présence. Était-il à pied, en voiture, en moto pour fuir après son forfait?

– Il faudrait interroger les intéressés, dis-je enfin. Jean-Baptiste est dans la nature, mais puisque Bettina...

Le Gros, sensible à l'argument, me coupe :

– Elle répéterait ce qu'elle a déjà dit à Vérot et à Moreux. De plus, elle est italienne. Nous n'avons aucun moyen de la faire revenir ici.

– Le vol, patron... Le coffre vide!

Un nouveau rire dans l'écouteur.

– Il contenait quoi, au juste, le coffre? Vous pouvez le dire, vous? Peut-être rien, ou des papiers sans importance. Que Sophie Marcus prétende le contraire, c'est normal. Par esprit de vengeance, sûrement. Le vol, mon cher Borniche, est la soustraction frauduleuse de la chose d'autrui. A condition que cette chose existe et qu'il y ait soustraction. Bettina possédait et la clé et la combinaison du coffre. Ce qu'il y avait à l'intérieur pouvait très bien être sa propriété. On ne peut pas foncer sur de simples hypothèses.

– Vous parliez de confettis, tout à l'heure, patron...

– Parce qu'on dirait qu'elle s'est acharnée à pulvériser des papiers qui lui tombaient sous la main. Elle a dû en flanquer pas mal dans les toilettes. Vossel a pu récupérer les débris d'une quittance d'assurance, je crois...

Mon oreille est plaquée contre l'écouteur. J'enchaîne vivement :

– D'après sa fille, Marcus avait perçu une indemnité importante sitôt le décès de son épouse... C'est peut-être le moyen de découvrir la banque où il a déposé son fric!

– Je m'en occupe. Quelques gribouillis de noms que la chasse d'eau n'a pas voulu engloutir m'intéressent aussi. Des noms surchargés de rouge, de noir et de bleu. Si Vossel parvient à les déchiffrer, ça donnera sans doute quelque chose.

Je ne puis m'empêcher de douter :

– Vous croyez que la P.P. vous en communiquera le résultat?

Un soupir.

– Pas plus que moi je leur donnerai le tuyau de Naples ou de la rue Visconti. Mais le préfet transmet chaque jour au ministre le rapport d'activité de ses services. Je le kidnappe au passage et je le remets dans le circuit. Que ces messieurs du Quai des Orfèvres le veuillent ou non, j'en aurai fatalement connaissance. Ça fait vingt ans que je pratique ce jeu. Ça aide, mon cher... Et vous, votre balade à Nice a donné quelque chose?

C'est vrai, j'en arrivais à oublier l'invisible Jean-Baptiste. Je n'avais pas eu de peine à découvrir son identité dans les archives du registre du commerce. Dès la sortie de l'aéroport, j'avais sauté dans un taxi qui m'avait déposé devant la porte du tribunal de commerce, où les industriels, les commerçants et les artisans de l'arrondissement sont répertoriés. Des centaines d'épais volumes, aux millésimes dorés sur tranche, garnissent les étagères. J'avais rempli et signé la demande obligatoire et payante de recherche au nom de Lovera A., en n'omettant pas de mentionner les quelques chiffres d'immatriculation que j'avais relevés lors de mon passage à la rue Visconti.

Cinq minutes plus tard, l'employé longiligne à la curieuse houpette rousse façon Tintin me confiait un dossier, mince certes, mais qui contenait suffisamment de précisions pour rendre un flic heureux. J'y apprenais que le *Pinzuttu*, rue de France, appartenait à Antonella Lovera, née le 30 janvier 1935 à Asco, de Jules et Vittoria Benutti, qu'elle l'avait acquis avec des fonds lui appartenant par moitié, l'autre moitié lui ayant été avancée par son frère Jean Lovera, en vertu d'une reconnaissance de dette. Une mention marginale stipulait que, par suite du décès des intéressés, leur fils Jean-Baptiste Lovera, dit Gianni, légataire universel, avait fait don à Antonella Lovera, qui l'avait élevé, de la dette contractée par elle du vivant de ses parents.

– Jean-Baptiste Marceau se nomme bien en réalité Jean-Baptiste Lovera, dit Gianni. Il est né le 21 septembre 1953 à Sartène, en Corse. Tout ce que nous savions de lui est donc bidon, sauf son prénom.

Vieuchêne semble tout d'un coup transformé. Le timbre de sa voix en devient presque euphorique.

– Mais ce n'est pas mal, tout ça, mon petit Borniche. Vous n'avez pas perdu la main, on dirait!... De mon côté, je consulte le fichier central. Je savais bien que ce nom de Gianni Lovera me disait quelque chose. Le temps de mettre la main sur le dossier et je vous rappelle, Borniche.

La communication est coupée sur des borborygmes. Plus question de retrouver le sommeil. Je me lève, tire les rideaux, ouvre la fenêtre à double vitrage. L'air frais me saisit. Sur la promenade des Anglais, la circulation est au point mort. La Méditerranée paresse au soleil levant. Quelques barques de pêcheurs se balancent mollement au large de la pointe du Monument aux Morts. De l'autre côté de la baie des Anges, un Boeing dont l'empennage brille sur l'asphalte de la piste se prépare au décollage.

Je laisse la fenêtre ouverte, exécute quelques mouvements de bras devant la glace, me glisse sous la douche. Le jet puissant et à peine tiède me réveille tout à fait. La serviette de bain, un peu rêche, active ma circulation. Je me rase. Et soudain je me sens d'attaque. Revigoré. Je me coiffe et je prends la décision de quitter Nice. Le premier avion m'emportera vers Naples. Là-bas, j'aviserai. Je veux voir à quoi ressemble Bettina. Qui elle rencontre, surtout.

Je sors ma valise de l'armoire, la pose sur le lit. J'en extrais une chemise, une cravate. J'y engloutis pêle-mêle mes effets de la veille. Je trouverai bien une blanchisserie à Naples. Au besoin, l'hôtel où je descendrai m'en désignera une dans les parages. Mon costume prince-de-galles est vite enfilé.

J'ignore, bien sûr, ce qui m'attend dans la grouillante et tumultueuse cité où la Camorra est aussi dangereuse que la Mafia sicilienne. J'y suis venu plusieurs fois mais je n'y connais personne. Je n'y ai aucun appui, aucun indic. Mais Vieuchêne, grâce à Dozzi, veillera sur moi.

Quoique je me méfie. Je ne voudrais surtout pas rater Bettina comme, il y a quelques années, j'ai sottement laissé filer le gangster Lazzarini. Il m'avait ensuite fallu deux ans d'enquête pour le rattraper. J'avais accepté de gaieté de cœur la proposition d'un commissaire gênois de me faire visiter le port, pendant que ses inspecteurs iraient prendre livraison du gangster. En toute confiance je leur avais donné l'adresse de la planque. Hélas, leur intervention s'était révélée inefficace. Mon information, qui était bonne quinze jours plus tôt, ne l'était plus lors de ma venue à la *squadra mobile...* L'oiseau s'était envolé. La mine déconfite des policiers italiens faisait peine à voir. Deux années plus tard, le sourire de Lazzarini en disait long sur ma crédulité :

– On a failli se connaître à Gênes, inspecteur! Vous avez préféré admirer les bateaux au lieu de venir me voir dans ma planque... Ça m'a coûté pas mal de milliers de lires, mais je ne regrette rien. Au moins j'ai pu profiter plus longtemps du soleil!

Je commande mon petit déjeuner, reviens m'accouder à la fenêtre. Un vieux couple, la démarche hésitante, traverse la promenade des Anglais, main dans la main. La canne de l'homme, levée droit vers le ciel, semble les préserver d'un danger éventuel. Ils longent la rambarde, déplient deux chaises sur lesquelles, avec lenteur, ils s'assoient face à la mer. Je ne distingue bientôt plus que leurs dos voûtés tandis que leurs pensées s'envolent sans doute vers leurs souvenirs.

La sonnette de la porte retentit en même temps que la sonnerie du téléphone. Je débloque le verrou, désigne au serveur la table de marqueterie, près de la fenêtre, décroche l'appareil.

La voix de Vieuchêne envahit l'écouteur :

– J'ai les dossiers Lovera et Ferragi sous les yeux. De drôles de pistolets! Gianni Lovera est le neveu de Jo Benutti. Il a faussé compagnie aux gendarmes dans le rapide Marseille-Paris, en octobre dernier. Il avait sur le dos une agression à Milan. Deux encaisseurs abattus, excusez du peu! Ce qui me donne à penser qu'il est sûrement dans le coup de l'avenue Foch, seul, ou avec la complicité de Bettina, qui n'a pas quitté brusquement son domicile sans raison. La faire interpeller risque de couper la filière Lovera-Benutti qui m'intéresse! Il faudrait que Dozzi vous donne un coup de main pour des filatures qui pourraient vous conduire à Gianni. A vous de voir sur place. Moi, je ne sais plus très bien...

J'écoute, l'appareil bloqué entre le visage et mon épaule. Je tire sur le fil tirebouchonné, m'approche du plateau. J'en profite pour étaler un peu de beurre sur un toast grillé, encore chaud. Je me verse une tasse de café. J'écoute et je réfléchis. Tout crime a pour mobile la passion, l'intérêt ou la vengeance. Gianni éprouve-t-il vraiment une passion démesurée pour Bettina, au point d'abattre son protecteur? S'il avait tué par intérêt, aurait-il négligé de s'emparer de la serviette bourrée de devises? Bettina n'était-elle pas suffisamment riche, suffisamment libre pour l'entretenir, sans que David Marcus devine l'infidélité de sa concubine? Assassiner son protecteur, n'était-ce pas scier la branche sur laquelle ils étaient assis tous les deux? La vengeance, alors? Marcus n'aurait-il pas été incorrect dans une affaire au point de susciter la haine d'un client mécontent?

– A mon avis, Gianni, qui doit automatiquement avoir un mandat d'arrêt aux fesses pour évasion, il ne reviendra pas de sitôt à Nice, dis-je. Il faudrait demander à la Mobile de surveiller le courrier et le téléphone de la tante? Il a l'air d'y être si attaché, à la vieille dame...

– C'est en cours, mon vieux. Vous rentrez à Paris quand?

– Je crois qu'il y a mieux à faire pour l'instant, patron! Du côté de Naples, par exemple...

19.

La campagne ruisselle de soleil. Au fond du cirque de montagnes d'un vert sombre qui l'abritent du vent, la bourgade de Mae Hong Son vit son jour de marché. Depuis la veille, les hôtels *Methli* et *Mitniyam,* que les frontaliers shans et birmans ont envahis, affichent complet. Des retardataires ont campé sous des tentes de toile grossière, d'autres ont bivouaqué sur la rive du lac, autour d'un feu de joie dont les flammes jetaient des reflets dorés sur les turbans de flanelle claire, faisant scintiller la lame du poignard traditionnel négligemment glissé dans la ceinture. Des jeunes gens impatients et des femmes enveloppées dans leur sari aux couleurs voyantes, les doigts ornés de pierres multicolores, font la queue devant l'entrée du cinéma local qui projette son western bimensuel invisible et inaudible à force de passages et de rafistolages à coups de papier collant.

Jo Benutti se soucie peu de ces festivités. Sa préoccupation est tout autre. Sous le toit de feuilles séchées du vaste hangar, son opération héroïne va commencer. Li Phuong, dès l'aube, a mis le matériel en place. Le personnel aussi : quatre Thaïs peu causants dont le rôle sera d'entretenir, sous les chaudrons de cuivre rouge dans lesquels il a immergé les ballons de verre munis de serpentin, une température régulière à 85 degrés. Quelques degrés de moins et le processus de fabrication s'interrompt. Quelques-uns de plus, c'est l'explosion. Chaque année, en Italie, au Liban, en Syrie, des laborantins amateurs paient de leur vie leur inexpérience en matière de conversion, quand ils n'obtiennent pas une héroïne de mauvaise qualité particulièrement dangereuse pour l'usager.

Benutti est intransigeant sur les règles de transformation de l'opium en morphine et de la morphine en héroïne pure, fidèle aux principes que lui a inculqués Césari, un des meilleurs, sinon le meilleur chimiste du moment. Il sait que le procédé de transformation est simple, mais qu'il exige une grande habitude et une surveillance de tous les instants pendant les six heures de chauffe. Que le mélange, deux kilos de morphine pour quatre d'anhydride acétique, soit mal dosé et l'explosion du ballon peut encore se produire, car le point d'ébullition a varié.

Les produits chimiques, les ballons et les chaudrons que Li Phuong stocke dans une caverne à proximité du hangar ont été transportés de nuit, à dos de mules. En cas d'alerte, ils réintégreraient rapidement leur cachette. Mais peut-il y avoir une alerte, dans le fief que le maître de la drogue, allié aux Thaïs et aux rebelles birmans, contrôle depuis qu'il a quitté la région marseillaise, devenue trop dangereuse?

Il est neuf heures. Au village, là-bas, le marché bat son plein. Les rumeurs montent jusqu'au promontoire où Jo Benutti, détendu, enfile des gants de caoutchouc, ajuste le masque destiné à le protéger des vapeurs nocives. Un coup d'œil sur les thermomètres fixés sur les ballons, et la distillation commence. Tel un antique mécano de locomotive, Li Phuong saute d'un chaudron à l'autre, jette une bûche dans un foyer, en retire une autre d'un feu trop puissant à l'aide d'une immense tenaille en fer forgé.

Gianni Lovera, le visage masqué lui aussi, apprécie la vélocité et le coup d'œil de Benutti, l'autorité de Li Phuong sur les aides qui voltigent des réserves au hangar, les bras chargés de rondins de teck. Ce qui l'ennuie, par contre, c'est la monotonie de l'effort. La fabrication du produit est d'un rapport plus qu'appréciable, bien sûr, mais il ne se sent pas du tout l'âme d'un chimiste. Il est fait pour l'action, non pour jouer les chauffeurs d'alambics. Et il en arrive à se demander ce qui peut bien pousser son oncle, quelle que soit la rentabilité de l'opération, à devenir lui-même un simple surveillant de thermomètres.

Comme s'il lisait dans la pensée de son neveu, Monsieur Jo s'éloigne quelques instants de ses chaudrons, relève le bas de son masque :

– Tu vois, fiston, si j'avais quelqu'un de compétent, de courageux et de discret, je lui laisserais volontiers la place, dit-il. Surtout que ça ne se passe que deux fois par an...

Gianni relève à son tour le bas de sa gaze de protection :

– On en a déjà parlé, Jo... Je ne veux pas te faire défaut, surtout après ce que tu as fait pour moi, mais j'aime autant ne pas toucher à la came. Et puis tu as Li Phuong, non?

– Li Phuong, bien sûr... Mais c'est risqué. Un moment d'inattention et c'est le coup dur, des dizaines de millions qui s'envolent... Exactement comme si le travail de distribution souffrait de bavures... Je m'en passerais de ces manipulations, si je pouvais. Pour le moment, c'est comme ça. N'en parlons plus.

Il camoufle à nouveau son visage, revient à ses brûlots. Six heures durant, il surveille la température, allant d'un ballon à l'autre, avec le sérieux et l'attention constante du chirurgien qui opère à cœur ouvert. Son visage ruisselle sous le masque. De temps en temps, Li Phuong se précipite à l'extérieur du hangar, pourtant ouvert à tous vents, pour respirer à pleins poumons.

Les flammes diminuent, disparaissent. Les longues tiges de bambous des aides enserrent une par une les six lessiveuses comme des énormes tenailles, pour les retirer des foyers, les déposer sur le sol de terre battue. Li Phuong, les poings sur les hanches, surveille leurs mouvements, prêt à parer à tout incident.

– Voilà pour le premier jet, dit Benutti, enlevant ses gants. On casse la croûte et on repart pour un tour. Trois fois deux kilos, ça en fait six. Dans deux jours, les trente-quatre kilos de morphine y seront passés. Un excellent cru en perspective...

– Et ensuite? demande Gianni.

– Un travail simple que Li Phuong fait très bien. Une héroïne pure et blanche élimine la concurrence. Il lavera donc chaque kilo dans une solution de noir animal, la filtrera et la fera sécher. Un peu d'acide tartrique supprimera les dernières impuretés. C'est ça, fiston, qui fait que mon produit est le plus prisé du monde. Je ne remercierai jamais assez Césari de m'avoir donné la recette. Note que si tu veux une héroïne injectable, une dernière opération est indispensable. Tu en fais dissoudre un kilo dans deux kilos d'acétone en ébullition, tu y ajoutes une égale quantité d'alcool à 90° et d'acide chlorhydrique. Quand le mélange s'est refroidi en cristaux, tu les écrases et tu les tamises.

Gianni hoche la tête, sans commentaire. Les qualités multiples de son oncle, dans tous les domaines, le sidèrent. Pas étonnant que son compte bancaire grossisse de mois en mois...

Benutti dévisage Gianni, en silence... Puis, le prenant par le bras, il l'entraîne hors du hangar :

– Tu dois te demander pourquoi je fais tout ça alors que je pourrais vivre de mes rentes, n'est-ce pas? Le virus des affaires, tout simplement. Des affaires illégales. Le goût du risque, quoi! M'arrêter de travailler serait mettre les deux pieds dans la tombe. Déjà que j'en ai un...

Et comme Gianni fronce le sourcil :

– ... Eh oui, fiston! J'ai appris que j'avais le cancer. Ce serait tellement con d'abandonner un empire tel que celui que j'ai bâti! Alors, tant que je pourrai fonctionner... Mais ne t'en fais pas, j'ai une autre idée, en ce qui te concerne. Un boulot pépère mais pour lequel il faut un type à poigne. Tu en es?

– Ça a un rapport avec la drogue?

– Non, fiston. Ça a un rapport avec le sang.

***

Mon taxi tente de slalomer entre les voitures et les poids lourds garés en triple file! La circulation dans Naples n'a rien à envier au casse-tête de Rome. Le spectacle de la rue me permet de prendre patience. Déjà, avant l'atterrissage à Capodichino, j'ai pu admirer, défilant sous les ailes du jet d'Alitalia, l'île de Capri, la presqu'île rocheuse de Sorrente, l'échine du Pausilippe où les somptueuses villas sont noyées dans la verdure des pins, alors que tout le panorama surgit d'un fond bleu miroitant et que la masse compacte du Vésuve émerge de son auréole de nuages.

Au bar de l'aérogare, les formalités policières et douanières accomplies, j'ai retrouvé le parfum caractéristique de l'*espresso* pour me remettre les idées en place après un vol fertile en turbulences. Les nuages chahuteurs s'étaient brusquement déchirés alors que nous commencions à descendre sur la baie de Naples, semée de voiles qui portent le rêve du grand large.

Me Brignon avait été formel :

– Vous avez carte blanche, monsieur Borniche. Partout où besoin sera. Il vous faut bloquer l'argent qui était à ma cliente et retrouver l'assassin de Marcus.

L'officier ministériel avait employé le langage que les juges d'instruction m'avaient rabâché pendant des années : « ... Procéder à des investigations approfondies, à toutes auditions, perquisitions et saisies, partout où besoin sera, en vue de la manifestation de la vérité. » Belles paroles, mais la différence, c'est que depuis des années j'ai accroché ma défroque de flic au vestiaire de la Sûreté... Alors le « partout où besoin sera »...

Le Gros, lui, n'y était pas allé par quatre chemins :

– Si le notaire est avec vous, pas d'hésitation, mon vieux! Mais n'oubliez pas que, pour moi, c'est Benutti ma cible. Et que vos comptes en banque, je m'en tape!

Le chauffeur à la casquette garibaldienne avait plié son journal lorsque j'avais frappé à sa vitre. Il s'était contorsionné pour m'ouvrir la portière arrière de sa grosse Fiat. Je lui avais recommandé, après avoir lancé ma valise sur le siège et m'être installé sur la banquette de moleskine aux innombrables vergetures :

– *Albergo Oriente.* Pas trop vite. Je veux voir à quoi ressemble Naples aujourd'hui.

Le rétroviseur m'avait répercuté son regard étonné :

– Il y a longtemps que vous n'êtes pas venu?

– Dix ans. Un peu plus, peut-être...

La Fiat avait tangué avant de se mettre en ligne droite.

– Ça se voit. Parce que vous n'avez pas l'air de savoir que l'*Oriente* a vachement dégringolé ces dernières années! Maintenant, les hôtels à la mode sont sur la via Partenope. Vue sur le golfe et tout le bazar. Pour le reste, rien n'a changé, ma foi non, rien du tout...

De fait, rien n'a changé. L'arc de marbre de la porte Capuana, qui relie les tours dressées comme deux géants chargés de surveiller le menu peuple, est toujours là. La via Tribunali mène toujours au château de l'empereur Charles Quint transformé en palais de justice. Le vieux quartier de Spaccanapoli est toujours aussi agité, aussi bruyant.

La guimbarde s'engage dans un dédale de ruelles où s'alignent, dans la pénombre, les façades sculptées des palais anciens. Les balcons succèdent aux voûtes, les pilastres aux galeries. Le klaxon de mon chauffeur et ses appels de phares précèdent notre trouée au sein de la vie bouillonnante du cœur de Naples. Le tumulte semble battre tous les records. Les poissons et légumes ont envahi la chaussée. Les marchands s'interpellent, les ménagères surexcitées calculent, discutent ou s'insurgent pour quelques lires, et des fenêtres, d'où partent des rangées de fil de fer ployant sous l'épaisseur du linge étendu, s'envolent des vociférations qui gravissent les étages ou les dégringolent jusque dans la rue.

Séduit, amusé, je contemple ce gigantesque théâtre où les acteurs en costumes bariolés que sont les Napolitains miment la joie, la colère, le désir, la tristesse. Un menuisier sculpte une croix sur le couvercle d'un cercueil, devant un étal de pâtes fraîches. Une Madone au nez brisé se niche au fronton d'une trattoria. Devant la petite église de Monte-della-Misericordia, des femmes, dont le capuchon noir masque en partie le visage dur et ridé, discourent avec force gestes. Des enfants, spontanés saltimbanques, tourbillonnent autour d'elles comme des moucherons à la tombée de la nuit. Et, couronnant le brouhaha incessant de la rue, le tintamarre des radios, les avertisseurs des voitures, les pétarades des Vespa, les hurlements des vendeurs de fèves, de crêpes et de beignets, des crieurs de journaux.

Le soleil saupoudre d'or les cloîtres de la chartreuse de San Martino, perchée sur la hauteur du Vomero. Nous atteignons la via Toledo. J'ai beau écarquiller les yeux, je ne distingue pas l'ombre d'une surveillance policière devant l'immeuble vieillot du 149 où Bettina a trouvé refuge. Les flics de Dozzi sont d'une discrétion!

Le chauffeur ajuste sa casquette quand le taxi vire dans la via Diaz.

– Vous y êtes, dit-il. L'*Oriente* est là.

La voiture hoquète, s'arrête devant la façade surannée de l'hôtel dont la démesure du hall, des couloirs et des chambres révèle qu'il fut autrefois un palais. Je règle la course, empoigne ma valise. La voix haut perchée du chauffeur stoppe ma descente :

– Vous ne seriez pas policier, *signor*, par hasard?

Je le dévisage, surpris, tout en appréciant sa perspicacité :

– Qu'est-ce qui vous fait dire ça?

– Quand on est passés via Toledo, vous aviez le cou qui se dévissait. Même vos yeux, qu'on aurait dit montés sur roulements à billes...

– Ah?

– Faut pas vous vexer, *signor*... Mais un policier, ça se sent à quinze pas! Et puis, ils ont la manie de descendre tous à l'*Oriente*. Forcément, la *Questura* est juste à côté... Ça fait pas loin à aller!

20.

Je n'ai pas eu grand mal à dénicher l'appartement de Bettina, au dernier étage d'une bâtisse somptueuse, nichée dans la verdure des pelouses parsemées de lauriers-roses. Dozzi avait simplement oublié un détail : la maison, sans gardiens, est inaccessible aux étrangers démunis du code. Il m'a suffi d'un peu de patience pour guetter la sortie d'un des habitants. Vingt secondes après, j'étais dans les lieux.

Le bâtiment, imposante construction en pierre de taille, est entouré de massifs harmonieusement taillés qui révèlent la patte d'un jardinier attentif. De grands arbres le séparent de la via Partenope : des pins qui me rappellent les majestueux parasols sous lesquels se nichent les villas du Midi. L'arc de cercle du golfe de Naples, baigné par la mer d'un bleu intense, s'étire entre les îles de Capri et d'Ischia.

Midi vingt-huit. Je me donne encore deux minutes pour réfléchir et hésiter. C'est quand on touche au but qu'il faut savoir contrôler ses nerfs. Le métier de flic est, avant tout, une école de patience, de calme.

J'avais découvert le chef de la *squadra mobile*, au bout d'une enfilade de portes, dans le couloir du troisième étage de l'immeuble de la *Questura*, proche de l'hôtel *Oriente*. Du même coup, j'avais retrouvé le décor, l'odeur de tabac et de transpiration de la rue des Saussaies, tant il est vrai que tous les antres de flics se ressemblent. J'avais eu droit à la sempiternelle tasse d'espresso, servi dans une porcelaine autrefois blanche, truitée d'ombres à force d'usage, avant de passer dans le vif du sujet.

– On a repéré votre Bettina, *signor* Borniche. Elle ne faisait d'ailleurs aucun effort pour se cacher. C'est sa mère qui habite via Toledo. Elle, elle réside au 43, via Partenope, le quartier des riches. Un immeuble moderne, très chic. J'espère qu'elle y est encore...

– Comment cela? dis-je, sans cacher ma surprise.

– Comprenez-moi, *signor* Borniche. Il ne m'était numériquement pas possible de laisser une équipe en permanence devant chez elle pour des surveillances qui n'ont pas de caractère officiel. J'ai fourni les renseignements que j'avais obtenus au commissaire Vieuchêne. Avec la meilleure volonté, impossible de faire plus. La Mafia, les Brigades rouges, les histoires de loges P1 et P2 que j'ai sur les bras, me donnent un travail fou. Je n'ai absolument pas les moyens de distraire des inspecteurs pour les mettre à votre disposition...

La *squadra mobile*, il faut le reconnaître, était mobilisée sur tous les fronts de la criminalité, qu'elle soit de sang, terroriste ou financière.

Midi trente. Je suis sur le palier du quatrième étage. J'appuie sur la sonnette. Rien. Elle est débranchée ou détraquée. Encore quelques secondes d'hésitation et je tambourine sur le panneau. La femme de ménage de l'appartement voisin passe sa tête par l'entrebâillement de la porte, la referme. Enfin, une voix mélodieuse, celle de Bettina sans doute.

– Qui est là?

– Un ami de Jean-Baptiste.

Le mot de passe... La bobinette choit!

Qui n'a pas vu Bettina Calgirone en peignoir n'a rien vu. Un peignoir juste assez suggestif pour ne pas être triste, juste assez discret pour ne pas être vulgaire. Elle fronce le sourcil.

– Vous connaissez Jean-Baptiste?

– Si je le connais! Je peux entrer?

Elle s'efface sans mot dire. Je referme doucement la porte et nous restons face à face, dans l'entrée. A trente centimètres de mon nez, son peignoir entrebâillé dévoile la naissance de ses seins.

– Vous avez l'air étonné, dis-je.

Elle continue à m'observer en silence. A-t-elle conscience de son corps à demi dénudé?

– Je ne comprends pas, murmure-t-elle.

– Vous ne comprenez pas quoi?

Ses lèvres découvrent des dents de nacre.

– Comment vous avez trouvé mon adresse.

– Facile, dis-je avec l'aplomb qui me sauve lorsque je suis en piste. Je me présente: inspecteur Borniche, de la Sûreté française. Inspecteur honoraire... Quand je vous ai dit que j'étais un ami de Jean-Baptiste, j'exagérais, vous l'avez compris. J'ai quelques questions à vous poser mais ce n'est pas pratique de rester là, tous les deux dans l'entrée... De quoi avons-nous l'air?

Elle me précède en silence dans un vaste living ouvrant sur un balcon-terrasse et sur la mer, me désigne un canapé sur lequel je me laisse choir.

– Désolé de débarquer sans prévenir, mais les flics n'ont pas pour habitude d'annoncer leur visite. Pourquoi avez-vous quitté Paris aussi vite?

On dirait que je lui parle japonais. Elle reste debout, statufiée, près de la baie grande ouverte. Puis:

– Ça me regarde.

– Vous avez raison, entrons dans le vif du sujet. Saviez-vous que votre amant est un tueur?

Elle proteste, franchement indignée.

– Mon amant? Quel amant? C'est incroyable! Vous me parlez sur un ton!

– J'en suis navré. Vous n'allez tout de même pas nier que Jean-Baptiste était votre amant. J'en ai la preuve...

– N'importe quoi!

Elle a tant de sang-froid, d'assurance que j'en arrive à me demander si je ne prêche pas le faux pour savoir le vrai. Je me reprends. Trop d'atouts sont dans mon jeu. Ce n'est pas le moment de douter.

– N'importe quoi? Vraiment? Je puis vous dire qu'à

l'heure qu'il est, avec ce que je sais, je peux faire délivrer contre vous un mandat d'arrêt international pour complicité de meurtre. Votre intérêt est donc de me dire la vérité. Parlons de Lovera.

Elle me fixe d'un air stupéfait.

– Eh oui, votre cher Jean-Baptiste Marceau s'appelle tout simplement Jean-Baptiste Lovera, dit Gianni. Et il est recherché pour agression à main armée, homicide volontaire et évasion. L'homme qui vous rendait visite avenue Foch, de qui vous êtes tombée amoureuse, est un évadé, doublé d'un tueur. Pas mal, n'est-ce pas?

Elle me toise d'un air d'indifférence souveraine:

– Je ne connais ni Lovera ni Marceau ni Gianni.

Elle est coriace, Bettina. Fuyante, avec ça...

– Ce n'est pourtant pas ce que m'ont affirmé les vendeuses de chez Tunmer... Souvenez-vous, le magasin où vous avez acheté deux combinaisons de motard? Les deux mêmes. Il est beau garçon, Gianni. Il a tapé dans l'œil de ces demoiselles qui vous ont enviée, je dois dire...

Le masque se fissure. J'ai touché juste. Bettina est à la croisée des chemins. Je l'examine avec l'attention passionnée d'un chercheur du C.N.R.S. Oui, mais elle se tait.

– ... Combinaisons que nous avons retrouvées, bien entendu, l'une dans la chambre de service de l'avenue Foch, l'autre dans le studio clandestin de Lovera, rue Visconti... Troisième étage, maison du fond... là où vous veniez le rejoindre ou le chercher... J'y ai d'ailleurs aperçu votre photographie, en maillot de bain, sur la table, près du lit... Félicitations. Vous avez un corps superbe!

Bettina semble abasourdie. Ses dents mordillent les lèvres pulpeuses. C'est le moment d'accentuer mon avantage. Je poursuis:

– On n'échappe pas à son destin, Bettina! Celui de Gianni est tracé. Que vous souhaitiez préserver l'intimité de vos relations, je veux bien. Je suis persuadé que vous ignoriez son passé. Malheureusement, tout s'est dévoilé au fur et à mesure de l'enquête. Nous savons qui il est, nous connaissons ses relations dans le Milieu dont il fait partie. C'est un garçon dangereux, Gianni. Sympathique, mais dangereux. Un conseil, ne vous entêtez plus. On vous soupçonnerait d'avoir fomenté l'assassinat de David Marcus...

La jeune femme se laisse glisser dans le fauteuil. Sa main droite serre de nouveau le haut de son peignoir.

– Jean-Baptiste n'a pas pu tuer David...

Enfin, elle reconnaît!

– Rien ne l'accuse formellement, mais rien ne le blanchit. Il était avec vous peu de temps avant le meurtre. Ce soir-là, le gardien de l'immeuble a aperçu sa Kawasaki, dont il avait, depuis longtemps, relevé le numéro. Pis encore : nous avons retrouvé rue Visconti le boîtier électronique d'ouverture du parking que vous lui aviez confié. Savez-vous où il est, en ce moment, Gianni?

Le regard se trouble. La tête part de gauche à droite. Je continue :

– Bien sûr, puisqu'il vous a fait parvenir un télégramme de Thaïlande, pour les obsèques. Un télégramme signé J.B. que l'inspecteur Moreux a découvert dans les papiers qu'il avait emportés pour vérifications. Les P. et T. lui ont indiqué que le message était parti de Bangkok.

– Je l'ignorais, dit-elle d'une voix lasse.

– Et vous ne savez pas où il se trouve? Vous étiez pourtant venue aux nouvelles, rue Visconti. Je vais voir si vous êtes franche. Vous n'avez jamais contacté sa tante, par hasard? Celle qui tient le *Pinzuttu*, rue de France, à Nice?

J'ai posé la question au jugé, pour la faire réagir.

– Je lui ai téléphoné, en effet. Elle n'avait pas de nouvelles non plus.

– Vous l'avez appelée de Paris?

– D'ici.

– Et vous lui avez laissé votre numéro personnel pour le cas où son neveu se manifesterait. Nous sommes tout ce qu'il y a de bien renseignés. Pas difficile, nous avions mis le téléphone du *Pinzuttu* sur écoute. Il ne s'est toujours pas manifesté?

Sa mine confuse me réjouit. Je suis sur la bonne voie. Elle a eu un contact, Bettina, ça se sent.

– Alors?

– Il m'a appelée de Thaïlande où il était de passage. Il partait pour Hong Kong.

– Il vous a dit où vous pouviez le contacter?

Je dois jouer serré. Je me fabrique très vite une gueule d'inquisiteur. Bettina, dans son fauteuil, semble touchée.

– Je vais vous le donner, moi, son point de chute, dis-je en sortant un carnet de ma poche. Là où vous l'avez rappelé. C'est le 66 2 252 9040 à Bangkok. L'hôtel *Siam Intercontinental.* Vrai ou faux?

Elle a reçu le coup de plein fouet. Tout de suite, elle se reprend. Une curieuse et fugitive lueur passe dans son regard quand elle énonce sur un ton de provocation discrète :

– Vous prétendez être de la police, mais rien ne me le prouve.

– C'est vrai, dis-je avec un sourire forcé. Je me suis présenté comme inspecteur honoraire, c'est-à-dire dégagé des cadres. J'agis à titre strictement privé. Mais je suis quand même en mesure de vous causer de sérieux ennuis, si vous persistiez dans vos mensonges. Le code pénal français intime à toute personne ayant connaissance d'un crime ou d'un délit l'obligation de le rapporter au procureur de la République.

Bettina reste muette. Elle se rend compte que ses premiers mensonges, sa disparition et ses faux-fuyants la placent désormais au premier rang des suspects.

Un interrogatoire policier est souvent un long monologue. L'individu soupçonné, empêtré dans ses contradictions, aux prises avec sa conscience, préfère garder le silence le plus longtemps possible. Il va pourtant falloir arriver à l'essentiel.

– Vous avez vidé le coffre de Marcus, déchiré des documents dont certains morceaux ont été retrouvés et reconstitués... Pourquoi? Vous vouliez couvrir quelqu'un?

Elle réagit aussitôt.

– J'ignorais tout des transactions de David. Mais son calepin mentionnait des noms qui auraient pu lui porter tort, et à moi aussi!

– Par exemple! Lesquels?

– Je ne sais plus... Très peu, des Corses... Un prénommé Mathieu, un certain Jo... un nommé André... Ce dont je me souviens, c'est qu'un jour qu'il avait un peu bu pour fêter la réussite d'une affaire, David avait dit qu'il devait son succès aux « trois B ». Comme je m'en étonnais il avait ajouté : « Tu ne peux pas comprendre, mais c'est un sacré trio... »

– Benutti, Barzoli, Bouissou...

– Comment voulez-vous que je le sache? Je me rappelle seulement qu'avant Jean-Baptiste, un autre Corse venait apporter des fonds de la part de Mathieu. Antoine, il s'appelait... Antoine Ferragi. Il a été assassiné. J'ai reconnu sa photo dans le journal...

– Assassiné avec l'arme qui devait abattre Marcus deux mois plus tard. Si je vous disais que Gianni Lovera a succédé à Ferragi dans le transport de fonds et que Ferragi était un de ses amis...

Elle s'énerve. Ses longs cheveux noirs balaient le dossier du fauteuil.

– Jean-Baptiste... Gianni si vous voulez est incapable d'avoir tué David. Il n'avait aucune raison ni aucune envie de le faire!

– Et vous?

J'ai posé la question, brutale. Elle reste un instant éberluée.

– Moi? J'ai eu l'intention de le quitter, c'est vrai, dit-elle enfin. Pas de commettre un crime. Il ne pensait qu'à son métier mais je lui devais beaucoup... Je l'aimais bien... Comme un frère, si vous préférez.

Son indignation me touche. Bettina me paraît sincère.

– Vous vous entendiez bien avec sa fille?

Un temps, puis une moue de dédain.

– Oui et non. Plutôt non que oui. Sophie est très jalouse. Une enfant gâtée, qui n'a pas supporté que son père refasse sa vie. Elle est partie habiter place Dauphine...

– Je sais, dis-je. J'y suis allé. J'ai vu ses tableaux...

Bettina s'octroie un sourire cruel, typiquement féminin :

– Elle ne vit certainement pas de ses toiles!

– Pas encore. Mais comme vous lui avez pris l'argent, et les actions de son père, il faudra bien qu'elle en vende. Elle n'a plus grand-chose devant elle...

La cruauté des lèvres et des dents se confirme.

– J'ai pris ce qui m'appartenait. L'argent, je l'ai emporté. Je suis prête à le rendre. Je ne pouvais pas le laisser dans un appartement désert. Je l'ai placé à la *Banco di Livorno*.

– Et les comptes numérotés, en Suisse, au Luxembourg et ailleurs? David vous avait remis une procuration générale, m'a-t-on signalé.

J'ai dit ça perfidement. La réponse est spontanée.

– David me l'avait remise, en effet. Je l'avais épinglée avec celle de Sophie. Je les ai déposées toutes les deux dans le coffre de la banque. Je ne comptais pas m'en servir. Il aurait fallu aller à Zurich, au Luxembourg et dans les Caraïbes. Une expédition pour rien, car je suppose que Sophie avait fait opposition sur les comptes...

Je m'abstiens de la contredire.

– C'est naturel, dis-je sans me démonter. D'autant que les banques européennes, alertées par la presse, ont pris leurs précautions puisque le nom et l'adresse de Sophie Marcus figurent dans leurs dossiers. Le notaire chargé de la succession n'a fait qu'entériner le blocage. Vous pouvez lui restituer la procuration qui ne vous est d'aucune utilité et déchirer la vôtre. Sauf si, bien entendu, vous avez droit à une part de ces revenus occultes...

Bettina gigote dans son fauteuil, face à ses responsabilités. Elle pèse le pour et le contre. Sa tranquillité, sa liberté éventuelle, je tiens tout ça entre mes mains. Il faut qu'elle s'en sorte.

– Et si je vous les remettais?

– Quoi donc?

– Les procurations.

– Me Brignon vous donnera la marche à suivre. Vous vous souvenez des adresses des banques?

– Crédit national et Banque helvète à Zurich, Banque luxembourgeoise à Luxembourg et Banque hispano-caribe, île de Turk et Caicos...

J'approuve de la tête, hypocrite :

– C'est tout à fait ça et j'apprécie votre franchise. Un conseil cependant : à votre place, je reviendrais à Paris. Ça éviterait au juge d'instruction de lancer contre vous un mandat d'amener ou d'arrêt. Ce n'est pas drôle de sécher dans une prison en attendant de se disculper, qu'elle soit italienne ou française. A propos : pas de soupçon sur le meurtrier puisque vous affirmez que ce n'est pas Gianni ?

– Aucun.

– D'après ce que j'ai cru comprendre, David était en affaires avec les trois B dont nous parlions tout à l'heure. L'un d'entre eux n'aurait-il pas voulu se venger d'une indélicatesse de sa part ?

Elle parle et ses lèvres donnent à peine l'impression qu'elles sont en mouvement.

– Je ne sais pas, je n'en sais rien. Vous m'en demandez trop...

Elle semble harassée, pressée d'en finir avec ces questions qui l'indisposent. Ce qui la gêne, je le vois, c'est quand je parle de Gianni. Elle en est entichée. Comme dit Vieuchêne : « L'amour, c'est comme la rougeole, plus on l'attrape tard, plus le mal est sérieux. »

J'insiste :

– D'accord. Une question, encore, anodine celle-là. Avez-vous eu l'occasion de vous promener sur la moto de Gianni ?

Elle me regarde, étonnée.

– Non, pourquoi ?

– Comme ça. Elle vous a servi à quoi, alors, votre combinaison de motard ?

Elle reste quelques secondes sans répondre, puis :

– Une fois. Mais ce n'était pas une promenade. J'avais rejoint Jean-Baptiste au bois de Boulogne. Il voulait me faire essayer sa Kawasaki. J'avais laissé ma voiture dans une allée, après avoir revêtu la combinaison. J'ai vite renoncé à piloter la machine, trop impressionnante, surtout trop lourde pour moi. On a fait le tour de Longchamp mais je suis vite descendue. Les secousses me faisaient mal aux reins... Je n'ai plus jamais recommencé.

– Vous a-t-il aussi montré l'arme qu'il possédait?

Un air de panique trouble le visage de Bettina. La réponse met quelques secondes à me parvenir.

– Non.

– Sûre?

– Certaine.

– Je ne suis pas de votre avis. J'ai retrouvé quelques cartouches dans son studio. Des cartouches de gros calibre, de la taille de celles qui ont été tirées sur Marcus...

Les mains de Bettina se crispent sur le peignoir.

– Jean-Baptiste n'a pas tué David.

– Je ne dis pas cela. Oui ou non, vous a-t-il montré son arme, ne serait-ce que pour se donner de l'importance?

Bettina baisse la tête.

– Jamais. C'est moi qui l'ai sentie dans la sacoche de la moto, le jour de Longchamp. J'y avais glissé mes lunettes et quand j'ai voulu les reprendre, j'ai senti quelque chose de froid. J'ai regardé...

– Alors?

– Il m'a dit que Mathieu lui confiait des sommes d'argent importantes et le pistolet qu'il avait oublié de lui rendre était une simple mesure de précaution. Il ne m'en a jamais reparlé et je n'ai pas eu l'occasion de revoir la moto...

– L'idée ne vous est jamais venue qu'il aurait pu s'en servir dans le parking? Pourquoi n'avez-vous pas fait état de cette arme aux inspecteurs chargés de l'enquête...?

– Pour ne pas faire suspecter Jean-Baptiste. En parler, c'était dévoiler nos relations... J'ai eu tort, je le reconnais. Qu'est-ce qu'il faut que je fasse, à présent?

– Rentrer à Paris. L'avenue Foch vous est interdite mais vous avez bien une amie chez qui loger. Il y a un avion à dix-huit heures trente. Si vous voulez que nous le prenions ensemble...

Elle réfléchit quelques instants avant que je quitte le canapé. Je pose ma dernière question:

– Cet appartement italien, vous en êtes locataire ou propriétaire?

– Propriétaire. Marcus l'a acheté et mis à mon nom il y a

quatre ans, quand l'immeuble s'est construit. Il l'a meublé et nous y venions de temps à autre. Il va falloir que je le restitue?

– Sûrement pas. Placé comme il l'est, vous pourriez le revendre si un jour vous aviez besoin d'argent. Ça m'étonnerait. Vous avez dû faire votre pelote du vivant de Marcus, non?

Bettina ne répond pas mais le sourire fugace qui effleure ses lèvres me donne à penser que je ne suis pas loin de la vérité.

21.

La Thaïlande est une perpétuelle kermesse. Depuis la fin de la saison des pluies, qui en ont ralenti le rythme pendant plus de trois mois, les festivités se succèdent. Le pays oublie sa misère. Les concours de girls, les courses d'éléphants, les duels de cerfs-volants, les glissades d'embarcations miniatures, parées de bougies multicolores et de bâtons d'encens, les rassemblements de fidèles devant les innombrables statues de Bouddha, se multiplient à une cadence record. Dans quelques jours, la fête du Magha Puja attirera vers les temples une foule dévote qu'entraîneront les bonzes en d'interminables processions.

Benutti repose son verre, fait claquer sa langue :

– Tu vois que vivre ici, c'est aussi chouette que sur la Côte d'Azur, dit-il. Chiang Mai est la seconde ville du pays. Il faut croire que l'air est bon puisque le roi y a sa résidence d'été, là-haut, à Phu Phing.

Il agite la bouteille de champagne dans le seau où dérive le mégot de son cigare. Il se sert une nouvelle coupe, la déguste sous le regard de Gianni. Le soleil de l'après-midi filtre à travers les branches des citronniers, dessine sur la nappe blanche de délicates arabesques qui jurent avec le brouhaha de milliers de cyclomoteurs et de *touk-touk* à trois roues. Gianni laisse errer son regard sur les innombrables boutiques de souvenirs qui déversent leur bric-à-brac au pied du temple Duang Di dont la flèche incrustée de miroirs colorés est flanquée d'une curieuse armature de parasol et gardée par des lions stylisés.

Benutti sort un nouveau havane de sa poche, l'allume. Les spirales de fumée s'élèvent lentement au-dessus de la table, vers un ciel bleu vierge de tout nuage.

– Tu vois, dit-il, désignant les volutes, ça c'est un signe de fric, de beaucoup de fric. La banque de sang de Mae Saï doit en rapporter pas mal. Pour acheter aux Birmans et aux Laotiens des cigarettes, des liqueurs et des cartouches, les Méos, les Akkhas et les Lisos du coin ont besoin d'argent. Et, pour cela, ils vendent leur sang. Si l'établissement était bien géré, la salubrité respectée, les tribus de Chiang Khong et de Chiang Saen rappliqueraient elles aussi. Ça doublerait, voire triplerait le chiffre d'affaires. Ce que ce con de Huey Ming n'a pas compris, c'est l'influence capitale du bouche à oreille. En France, la radio, la télé abreuvent les pigeons de pub pour leur faire avaler telle ou telle marque. Notre meilleure pub, ici, ce sera d'inspirer confiance aux donneurs. Ils doivent être décontractés, euphoriques, quand ils viennent à la piquouse. Je suis même partisan de leur offrir un petit verre d'alcool de riz avant chaque pompage, histoire de les mettre en condition. Ça fouette le sang et ça tue les microbes. Ça fait des frais mais on diminuera un peu leur prime d'achat. Il est surtout important d'avoir des cabines propres, ripolinées comme les murs d'une clinique. Li Phuong nous rejoindra avec quatre ou cinq Karens qui savent travailler le bois. Au lieu de la salle-boucherie qui existe actuellement, ils vont me construire des boxes où chaque donneur sera isolé avec son infirmière. Ça aussi, je l'ai étudié. Des filles jeunes, bandantes, à qui un toubib raté, que j'ai déniché à l'hôpital central de Bangkok, apprendra le métier. Moi, de mon côté, je vais prospecter le marché des acheteurs américains, anglais, français et japonais. Ils ont tellement besoin de marchandise pour faire leur gammaglobuline qu'ils vont se mettre d'eux-mêmes en concurrence...

Une fois de plus, Gianni ne peut s'empêcher d'admirer son oncle. Sa maîtrise, son sang-froid, son machiavélisme, son sens des affaires juteuses l'impressionnent.

– Je vais avoir des problèmes de langue, objecte-t-il.

Benutti tire une longue bouffée de son cigare.

– Pas tellement. N'oublie pas que tu es à la frontière du Laos. Les Français ont occupé le pays assez longtemps pour qu'il en reste quelque chose... Et puis, Li Phuong sera là avec ses Karens comme gardes du corps. Parce que le sumo japonais, je vais le virer. Pas tout de suite, mais quand l'affaire roulera... Imagine qu'il soit fidèle à Huey Ming! Non, il te faut une protection, ne serait-ce que pour préserver la recette et les bocaux de raisiné que tu transporteras à Chiang Mai. Il ne manquerait plus que tu sois attaqué sur la route, comme cet imbécile d'Huey Ming... J'ai aussi prévu pas mal de flingues et de sulfateuses. Tu seras couvert, petit...

Gianni, pensif, secoue la tête. Il vaut encore mieux jouer les directeurs de centre de collecte sanguine que de s'occuper de production et de transport de drogue. Ça, au moins, c'est autorisé.

Il garde le silence quelques secondes, se lève, marche de long en large sur la terrasse qui domine Prapok Klao Road, s'accoude à la balustrade. Ses yeux parcourent le panorama qui se déroule devant lui, se portent sur l'hôtel de police dont les bâtiments vétustes lui apparaissent, à deux pas de là, sur Rajdammnoen. Le drapeau aux couleurs horizontales rouge, blanc, bleu, pend à la verticale de la hampe, faute de vent.

Il se retourne, considère Benutti qui vient d'avaler cul sec une nouvelle coupe de Mumm.

– Et si les flics me rendent visite, viennent fourrer leur nez dans la baraque, me demandent ce que je fais là?

Jo Benutti essuie ses lèvres d'un revers de main.

– A Mae Saï, les flics, il n'y en a pas. C'est la police des frontières qui s'occupe de l'immigration, et encore! Chiang Mai, c'est un peu la capitale du nord. Les flics, c'est ici qu'ils se trouvent. Et leur boulot, c'est de persuader les nomades de cultiver des primeurs au lieu de persister à récolter l'opium. Ils s'occupent de l'éducation des mômes dans les écoles que le gouvernement construit dans les campements.

Ils tentent d'encourager les artisans en leur trouvant des débouchés à Bangkok. Le sang, ils s'en foutent complètement... Pourquoi tu penses aux flics, tu as la trouille?

Gianni répond du tac au tac:

– Non, mais ils peuvent quand même me demander comment je suis arrivé dans ce bled perdu, à qui appartient l'affaire...

Les doigts de Benutti martèlent nerveusement le bord de la table.

– On ne te posera pas de questions, je te dis! Les flics de Chiang Rai, je les tiens. Une intervention de leur part auprès de la police des frontières, et il n'y a plus de problème! Si un connard te demandait des explications, tu es là pour quelques semaines afin d'apprendre le métier. L'affaire appartient à un commerçant français qui l'a achetée à la veuve de Huey Ming. C'est tout. Ici, il n'y a ni notaire chargé de la succession, ni enregistrement. Les affaires se traitent en se tapant dans la main...

– Et s'ils interrogent la veuve?

Benutti se lève, s'approche de Gianni, le prend familièrement par l'épaule.

– Tu te fais trop de cinéma, Gianni. J'ai demandé à Castani de lui rendre bientôt une petite visite pour régler tout ça. Elle ne devrait plus nous poser de problèmes...

***

Depuis que nous avons décollé de Naples, Bettina s'est recroquevillée sur son siège, me tournant ostensiblement le dos. Elle n'a pas touché au plateau du dîner que l'hôtesse a déposé sur sa tablette.

Elle était pourtant aux petits soins pour elle, l'hôtesse, visiblement plus portée sur ma belle et élégante voisine que sur moi.

– Vous n'avez pas faim? lui a-t-elle demandé avec un sourire éblouissant.

Noyée dans ses sombres pensées, Bettina n'a pas répondu. L'hôtesse est revenue à la charge avec insistance:

– Vous désirez boire quelque chose? Champagne, thé, jus de fruit?

Bettina s'est contentée de dire :

– Pamplemousse. Merci.

Depuis, c'est le silence total, bercé par le ronronnement régulier des réacteurs.

Nous arriverons à Paris à vingt-deux heures, heure locale. L'inspecteur Moreux, de la brigade criminelle, m'attendra à l'aéroport. J'ai téléphoné au Gros qui a répercuté l'information au directeur de la police judiciaire du Quai des Orfèvres. Peut-être sera-t-il là, Vieuchêne, escorté de sa cour de journalistes? Ce serait la grande réconciliation!

Nous avions quitté la via Partenope sans encombre. J'avais pris place dans le taxi près de Bettina. Je la surveillais étroitement. Par la vitre entrouverte, le vent gonflait ses cheveux. Le chauffeur conduisait avec une lenteur exaspérante. Qu'importe, nous avions le temps. Les banques napolitaines ne ferment pas avant dix-sept heures.

Comme nous pénétrions dans l'imposant édifice de la *Banco di Livorno*, Bettina m'avait jeté un coup d'œil désespéré. Allait-elle craquer, changer d'attitude? Non, elle s'était vite reprise.

– Ne craignez rien, inspecteur. Je vous ai promis que nous rapporterions l'argent et les procurations, je tiendrai parole. Je n'ai rien à me reprocher, rien.

C'était peut-être vrai. Jusqu'alors, il n'existe contre elle aucune preuve de sa complicité dans l'assassinat de David Marcus. J'avais bluffé en la menaçant d'un mandat d'arrêt international. Pourquoi avait-elle accepté de me suivre? Parce que je l'avais menacée des prisons italienne et française? Parce qu'elle souhaitait se justifier au plus vite, à Paris? Ou parce que je l'avais mise en face de son impossible amour avec Gianni, qui l'avait trompée? Si elle n'était pas coupable, pourquoi cet abandon, ce silence?

Par moments, dans le reflet du hublot, je distingue ses yeux songeurs. Un pli barre son front.

– Je plaiderai votre cause, dis-je avec douceur. Il vaut mieux vous libérer. Moreux est un policier humain. Vous le connaissez.

Par quel miracle daigne-t-elle se retourner vers moi au moment où, dans un reflet de lune, les cimes enneigées des Alpes surgissent sous mes yeux? Un caprice? Le ton compatissant de mon propos? La sollicitude que je lui ai témoignée jusqu'ici? Ou simplement parce qu'elle a envie de changer de position, de se détendre?

Son regard se pose sur moi, soudain plus clair. Le front a retrouvé sa pureté lisse. Elle passe la main dans ses cheveux, son index enroule une boucle au-dessus de l'épaule droite. Elle boit une gorgée de jus de pamplemousse, reprend sa respiration.

– Je vais vous dire ce que je sais, monsieur Borniche. Au point où j'en suis...

Un léger frémissement parcourt sa narine. Je lui fais, de la paupière, un signe d'encouragement. Je me garde bien d'intervenir. Lorsqu'un témoin est en veine de confession, il faut le laisser s'épancher. Ne jamais poser de questions qui pourraient modifier le cours du débit, ou même le stopper. Pour ça, Vieuchêne, qui m'a appris le métier, est un sacré confesseur!

– A condition que vous le gardiez pour vous!

– Cela dépend de ce que vous m'annoncerez, dis-je, gêné. Si vous êtes coupable, cela me serait difficile.

Elle me fixe, droit dans les yeux.

– Je n'ai rien à me reprocher, proteste-t-elle. Jean-Ba... Gianni non plus, j'en suis sûre! Les noms que vous m'avez cités tout à l'heure, je vous ai dit que je ne les connaissais pas...

J'observe un silence circonspect.

– ... Je vous ai menti. David travaillait avec deux d'entre eux, Benutti et Barzoli. Le troisième, Bouissou, ne me dit rien. Par contre, je connaissais Ferragi, qui a été abattu et remplacé par Jean... Gianni. Il venait régulièrement avenue Foch apporter de l'argent liquide à David, ou bien en chercher. C'est à eux que David devait sa fortune. Par recoupements, j'avais fini par comprendre que cet argent provenait du trafic de la drogue. David se chargeait de blanchir les sommes par l'intermédiaire de plusieurs banques... J'ai déchiré le carnet pour ne pas être mêlée à ces affaires dans lesquelles je ne suis pour rien... ne pas me faire la complice d'individus que je ne connais que par ouï-dire. Le plus violent, c'est sans conteste Mathieu Barzoli. David en avait peur... Vous n'allez peut-être pas me croire mais c'est à cause de toutes ses fréquentations douteuses que j'ai eu un moment envie de le quitter.

– Puisque Gianni Lovera travaillait pour Barzoli, vous restiez quand même dans le circuit, que vous le vouliez ou non!

Elle secoue sa cascade de cheveux noirs.

– Il m'avait dit que Mathieu était dans l'import-export... Peut-être le croyait-il, au début... Il était tellement différent des autres, Jean-Baptiste...

– Vous les avez donc aperçus?

– Benutti, le grand patron, est venu deux fois à la maison. Un petit homme, qui parlait vite et s'énervait facilement. Toujours tiré à quatre épingles. Mathieu, lui, est venu plus souvent. Il y avait toujours quelque chose qui n'allait pas, question comptes, avec David. Une fois j'ai entendu des éclats de voix assez violents. David prétendait que Ferragi ne lui avait pas remis la somme attendue. Barzoli affirmait le contraire. Il est parti en claquant la porte. David n'a pas dîné, ce soir-là. Il est resté enfermé une partie de la nuit dans son bureau. Le lendemain matin, de bonne heure, il a téléphoné à un avocat en lui demandant de raisonner son client, qui s'était emporté. Peu de temps après, j'ai su que Ferragi avait été abattu. David n'était plus tranquille depuis ce jour-là.

– Il faut croire qu'ils avaient fait la paix, puisqu'il a envoyé Gianni à la place de Ferragi...

– Sans doute... Vous savez, si j'ai quitté Paris, ce n'est pas tellement parce que l'inspecteur Moreux avait emporté le télégramme de Jean-Baptiste. C'est que j'ai eu peur, moi aussi, après l'assassinat de David, qu'on me fasse un mauvais coup...

Les traits de la belle Italienne se crispent.

– Vous m'en dites trop ou pas assez, Bettina... Le meurtrier de David, qui est-ce?

Elle n'évite pas mon regard inquisiteur.

– Je ne sais pas... Il y aurait du Barzoli là-dessous que je n'en serais pas étonnée...

– Et l'arme que vous aviez aperçue dans la sacoche de la moto de Gianni?

– Je ne sais pas... Je ne sais plus...

– Vous avez employé la même expression tout à l'heure, quand nous étions dans votre salon. Or, vous en saviez beaucoup plus, la preuve!

– Oui, mais cette fois, je ne peux pas vous en dire davantage. J'ai peur de toute cette bande, vous devriez le comprendre!

– Vous avez l'adresse de Gianni en Thaïlande? Parce que votre histoire de départ pour Hong Kong, je n'y ai pas cru un seul instant...

– Il ne m'a donné que celle de l'hôtel. Je vous assure.

Le Boeing a déjà amorcé sa descente. Je ramène Bettina sur le sol de France qui monte vers nous, très vite.

– Les comptes bancaires, est-ce que vous comptiez vraiment les vider?

– Non. Sophie sait fort bien que son père traficotait avec ces gens-là depuis pas mal de temps. J'avais entendu Barzoli demander à David des nouvelles de sa fille. Il faut donc croire qu'il la connaissait...

Les roues touchent le sol. Le Boeing roule maintenant sur la piste de dérivation. Encore quelques centaines de mètres et nous déboucleron nos ceintures. Bettina prendra le chemin du Quai des Orfèvres...

Elle m'adresse un pâle sourire. Ses déclarations semblent l'avoir soulagée. Est-elle sûre de s'en tirer à bon compte? Était-elle vraiment aussi oie blanche qu'elle me l'a laissé entendre? N'a-t-elle pas, elle aussi, profité des transactions illicites de son amant Marcus? La section financière de la P.J. s'en chargera, à défaut de la Criminelle. Personnellement, mon rôle est terminé. La mission que le notaire m'avait confiée est remplie. J'ai les procurations et j'ai découvert les comptes bancaires de feu David Marcus. Pour

Benutti, c'est un autre problème. Que pourrais-je faire, moi, simple privé occasionnel, contre un gangster aussi redoutable, aussi protégé, qui défie les polices internationales depuis des années? Quant à l'assassin de Marcus, ce n'est pas à moi de m'en occuper. La police officielle est là pour ça.

Le Gros, lui, n'est pas à l'arrivée. Quand j'abandonne Bettina à Moreux, c'est d'une voix amicale, presque chaleureuse qu'elle me confie :

– Retenez bien ce que je vous ai dit, monsieur Borniche. Jean-Baptiste n'a rien à voir dans cette affaire, j'en suis certaine...

Décidément, comme me disait un vieil Anglais de mes amis : « Il n'y a point de sagesse au-dessous de la ceinture! »

22.

Le ballet des phares se déploie devant le théâtre de l'Odéon illuminé pour la première d'une pièce de Paul Claudel dont les affiches ont envahi le quartier. Faute de pouvoir stationner, les maris dévoués déposent leurs épouses au pied des colonnades avant d'aller tenter leur chance dans les rues avoisinantes et de revenir, essoufflés, pour ne pas rater le début du spectacle.

A la terrasse, aussi chauffée que vitrée, de l'un des meilleurs restaurants de poissons de la capitale, Sophie Marcus semble satisfaite de mon choix.

– Bonne idée de m'avoir invitée à *La Méditerranée*, me dit-elle, l'œil brillant. Je suis souvent passée devant le banc d'huîtres en allant faire mon jogging au Luxembourg mais je ne suis jamais entrée. Ça me semblait trop bourgeois, un peu vieillot, aussi.

Elle n'a pas tardé à changer d'avis, Sophie, sensible à la beauté et à l'élégance des dîneuses, au raffinement ambiant, à l'efficacité courtoise du service.

– Vous doutiez du succès, dit-elle. Pourtant...

Je la regarde, amusé par son air enfantin de contentement. Elle a sacrifié, ce soir, son tee-shirt et son jean maculés de peinture à un tailleur Saint Laurent à damier noir et blanc, qui rehausse l'éclat de ses cheveux blonds. Je la trouve plus séduisante encore que dans son appartement-atelier de la place Dauphine.

– La chance était avec nous, dis-je.

Elle lève les yeux, une seconde, du homard grillé, délicatement scindé en deux, qui vient d'atterrir dans son assiette.

– Parce que vous attribuez à la chance la récupération des procurations et de l'argent. Vous êtes trop modeste, monsieur Borniche. Cela n'a pas été trop difficile?

– Pas trop, non. Cocasse, plutôt...

Elle a un sourire d'excuse au moment où j'attaque à mon tour mon homard: quelques gouttes de sauce viennent d'éclabousser la nappe bleu ciel immaculée. Elle élève à hauteur de ses yeux son verre de Sancerre embué. Je l'imite, et nous buvons silencieusement à la santé l'un de l'autre.

– Comment avez-vous fait pour la retrouver? demande-t-elle en reposant son verre presque vide.

Je prends le temps de décortiquer une pince qui résiste avant de répondre:

– Elle habitait via Partenope. Un immeuble luxueux. Votre père lui avait acheté un appartement à son nom. Je ne sais si vous pourriez le faire rentrer dans la succession...

– Sûrement pas. Qu'elle le garde, et grand bien lui fasse! Ce qui m'intéressait, vous l'avez récupéré. Me Brignon est satisfait. Je souhaite ne plus jamais entendre parler de cette fille. Plus jamais!

Sa voix a monté. Elle s'interrompt quand le serveur, d'un habile tour de main, remplit nos verres. Nous nous laissons bercer un moment par la rumeur feutrée des conversations. A une table, dans le coin gauche de la terrasse, je reconnais un éditeur bavardant avec trois journalistes, manifestement ses invités. Par chance, il me tourne le dos. Sinon, il ne manquerait pas de s'imaginer que je sors avec des jeunesses. Les nouvelles vont vite, dans ce milieu...

– J'oubliais, dit-elle avec une lueur inquiète dans le regard. Un inspecteur m'a convoquée pour demain.

– Vous vous souvenez de son nom?

Sophie farfouille dans son sac, en sort la convocation.

– Vérot. Inspecteur Vérot. Brigade antigang...

Je réfléchis quelques instants. Après tout, cette convocation est parfaitement justifiée.

– Vous n'avez aucune raison de vous en faire, dis-je. Vérot est un type bizarre à ce qu'il paraît, mais un bon flic. Vous n'avez rien à craindre.

Sophie est parvenue, avant moi, au bout de son crustacé. Ses joues ont rosi. Je la convainc de se laisser tenter par une glace géante.

– Vous comptez vous réinstaller bientôt avenue Foch?

Elle dodeline de la tête.

– Non... Je ne supporterais pas de vivre dans l'immeuble où mon père a été assassiné. Me Brignon mettra l'appartement en vente. Je suis si bien, place Dauphine... J'aime le quartier. C'est à deux pas de Saint-Germain-des-Prés. Tous mes amis habitent dans le coin...

– Gianni aussi y habitait, dis-je, machinalement. Vous ne vous étiez pas trompée quand vous l'aviez repéré avec sa moto, en compagnie de Bettina...

Elle a un geste évasif de la main :

– Tout ça c'est de l'histoire ancienne, monsieur Borniche. N'en parlons plus, voulez-vous?

***

– Monsieur?

– Qu'est-ce qu'il y a encore?

– Il y a un monsieur dans l'entrée, qui demande Monsieur.

Pour une fois, les yeux ahuris et la déférence de son valet de chambre ne font pas sourire Mathieu Barzoli. Son visage se ferme :

– Comment ça, dans l'entrée? Je t'ai cent fois répété qu'il ne fallait ouvrir à personne. Tu n'as pas regardé l'écran télé de sécurité? Qui est-ce?

– Je ne sais pas, Monsieur. Je jetais un coup d'œil à l'extérieur avant de me coucher quand il m'a sauté dessus. Il m'a collé un carton sous le nez, avec une médaille...

Une carte et un insigne, ce ne peut être qu'un flic!

– Fous-le au bureau, et dis-lui que j'arrive!

Mathieu Barzoli délaisse son téléviseur, décroche le téléphone. D'un geste presque machinal, il compose un numéro. Le signal occupé retentit dans l'écouteur. Furieux, il repose le combiné, se met à marcher de long en large dans le boudoir aux murs tendus de soie japonaise lamée d'argent.

– Il n'est jamais là quand on a besoin de lui, celui-là! fulmine-t-il. Sauf quand il y a du fric à la clef!

Sa pensée vole vers le cabinet de son conseil attitré dont la salle d'attente, avec ses enfilades de toiles de maîtres, évoque une galerie de peinture. Me Carlotti, l'avocat du Milieu, est un grand amateur de tableaux anciens. Chaque fois que Mathieu lui rend visite, il ne peut s'empêcher de calculer combien il a fallu d'honoraires, dont les siens, toujours en liquide et au noir, pour acquérir tout ça. Sa propre collection fait presque pauvre, à côté!

Barzoli continue à s'agiter. Son poing fermé bat l'air en signe d'impuissance. A nouveau, il s'empare de l'appareil, reforme le numéro. La sonnerie libre le rassure. A l'autre bout du fil, l'avocat a décroché :

– Carlo? Mathieu. C'est pas possible, tu les confesses encore à cette heure-ci, tes clients! Ça fait une heure que j'essaie de t'avoir sur ton numéro personnel. J'ai un poulet chez moi.

Le timbre puissant de l'avocat l'oblige à éloigner l'écouteur de son oreille.

– Et alors?

– Comment ça, et alors? Je te dis que j'ai un flic chez moi et tu me réponds « et alors? » Ce con de Kali l'a fait entrer. Qu'est-ce que je fais?

– Ils sont combien?

– Un, je te dis, merde! Tu roupilles ou quoi?

– S'il n'y en a qu'un, c'est que ce n'est pas méchant. En principe, les flics marchent par deux. Tu le reçois avec diplomatie et tu le laisses venir. Si tu vois que ça sent mauvais, tu me préviens. D'accord? De toute façon, à onze heures du soir il n'a aucun droit d'être là. Ne t'en fais pas...

Barzoli, dépité, coupe net la communication. Il pousse la porte capitonnée de son bureau, la referme d'un coup de talon. Et, tout de suite, sa gorge se serre. Le flic, c'est l'inspecteur Vérot, le chapeau ridiculement petit sur le crâne épais, ses yeux dissymétriques louchant sur un Utrillo. Et, derrière le voilage de la large baie vitrée, Mathieu entrevoit les veilleuses d'une voiture banalisée, à cheval sur le trottoir. Sous le plafonnier allumé, la silhouette massive d'un chauffeur-gardien de la paix.

– Vous vouliez me parler, inspecteur? demande-t-il en désignant un fauteuil à son visiteur. Qu'y a-t-il pour votre service?

L'œil gauche de Vérot le fixe avec une intensité peu rassurante.

– Vous avez des tableaux superbes, monsieur Barzoli. Ça doit valoir une fortune, tout ça?

Mathieu essaie de sourire. Le flic n'est certainement pas venu là pour le complimenter sur ses acquisitions de toiles. Il esquive la réponse.

– Si l'on veut... Asseyez-vous. Je vous offre quelque chose?

– Merci. Vous permettez?

L'inspecteur tire de sa poche une cigarette, l'allume avec une lenteur étudiée, sans cesser de fixer les traits de son hôte. Il expédie vers le plafond quelques nuages de fumée, se décide enfin.

– Pardonnez ma visite un peu tardive, mais comme je passais par là et que votre employé avait laissé la porte entrebâillée, je me suis dit que le meilleur moyen de vous joindre, c'était encore d'en franchir le seuil. Parce que ce n'est pas facile de vous approcher, monsieur Barzoli. Vous êtes toujours en voyage... La preuve que les affaires vont bien, n'est-ce pas?

Mathieu demeure impassible. Le propos de son avocat lui martèle le crâne : « Si tu vois que ça sent mauvais, tu me préviens. » Le moment n'est pas encore venu mais cela ne saurait tarder. Tout dépend de quelles affaires Vérot veut parler.

– Vous savez, monsieur l'inspecteur, en ce moment, c'est plutôt calme...

L'œil gauche du policier a effectué un brusque changement de cap. C'est le droit, maintenant, qui darde un regard si précis que Mathieu se sent gêné.

– Je me disais aussi! Voilà pourquoi ces jours derniers je n'ai aperçu aucun local, aucun entrepôt, auprès de votre hôtel particulier! Si les affaires vont mal, on ne peut évidemment pas stocker des marchandises. Cela tombe sous le sens.

Barzoli affiche un sourire de circonstance:

– C'est évident. Quoique l'île Saint-Louis ne soit pas l'endroit idéal pour se livrer à ce genre d'opération. Mes affaires à moi se traitent par téléphone. Je passe des commandes, les intermédiaires s'arrangent entre eux. C'est simple.

Vérot hoche gravement la tête.

– Je comprends, dit-il. Mais ça ne doit pas vous rapporter beaucoup de commissions, si chacun se sucre au passage? A propos, je me suis amusé à jeter un œil sur la position de votre compte en banque. Ça confirme exactement ce que vous me dites pour ce qui est du calme des transactions. Très, très peu de mouvements. Rien, à vrai dire. Alors je me pose une question: comment ce brave monsieur Barzoli réussit-il à conserver un train de vie aussi important, avec Rolls, hôtel, domesticité et tout ce qu'on ne sait pas... Ce doit être difficile de tenir le coup! Moi, à votre place, je n'y arriverais pas... Il faut dire que mes émoluments de policier ne m'autoriseraient pas à avoir le dixième du centième de ce que vous possédez en meubles, en tapis et en tableaux... Une merveille, votre Utrillo, dites donc. Surtout éclairé comme ça! C'est un vrai ou un faux?

L'inquiétude gagne peu à peu Mathieu. Où veut-il en venir, cet inspecteur matois, trop poli et trop cauteleux pour être honnête? Ce n'est certainement pas pour évoquer les aléas de l'import-export qu'il a surgi, un dimanche à onze heures du soir, quai de Bourbon. La meilleure preuve, c'est qu'il est allé fourrer son groin dans ses comptes. Il vient de le révéler, à bâtons rompus. Et dire que personne à la banque ne lui en a soufflé mot! Le flic est resté debout, alors qu'il l'invitait à s'asseoir, cela ne présage rien de bon.

Barzoli tente une diversion.

– Vous ne voulez vraiment rien prendre? Whisky, champagne, porto?

– Sincèrement, non. Je ne bois jamais quand je suis en service.

Le mot « service » fait passer un courant froid sur l'échine de Mathieu. Enfin, on y arrive! Devant le danger, l'ancien boxeur retrouve son sens de la garde :

– Vous venez chez moi en service? Un dimanche avant minuit?

D'une pichenette, Vérot rejette son chapeau sur l'arrière. L'ombre que porte la lumière du lustre sur son visage asymétrique lui donne un aspect effrayant.

– Je suis toujours en service, dit-il. Vingt-quatre heures sur vingt-quatre. Dans la police, il y a deux sortes de fonctionnaires. La plupart font du neuf heures-midi et du quatorze heures-dix-neuf heures, comme les employés de bureau. Les autres, les poulets, dont je suis, ne pensent qu'à chasser le truand. Pas de famille, pas de vacances, pas de dimanches, pas de jours fériés, pas d'heures légales! C'est ce qui leur permet d'être au courant de pas mal de choses sur les gens du Milieu...

– Bravo, dit Mathieu, faisant un effort désespéré pour paraître sincère. Heureusement qu'il y a des flics comme vous pour protéger la société des gens mal intentionnés! J'ai dit flic, excusez-moi, ce n'est pas péjoratif. C'est tellement entré dans le langage courant...

Vérot lève la main pour signifier que le terme ne l'offusque pas.

– Merci, dit-il. Pendant que j'y pense, je voulais vous demander si, dans les affaires que vous traitez, vous n'auriez pas connu un certain Marcus. David Marcus.

« Nous y voilà », pense Mathieu, qui sent à nouveau un courant glacé escalader sa colonne vertébrale. Il fronce le sourcil, fait semblant de réfléchir.

– Marcus? émet-il après quelques secondes au cours desquelles il a tenté de discerner, dans l'œil de Vérot, une lueur machiavélique. Je ne connais pas, mais le nom me dit quelque chose... Il me semble qu'on a parlé d'un Marcus il n'y a pas longtemps à la télévision. Oui, ça me revient. Un pauvre type qui s'est fait assassiner dans son parking, c'est ça?

Vérot fait un signe de tête affirmatif.

– C'est ça. Donc, vous ne l'avez jamais vu, ce Marcus qui s'est fait descendre?

Mathieu fait non de la tête. Son regard qu'il veut limpide ne trompe pas Vérot.

– Curieux, soupire l'inspecteur sans perdre Barzoli de l'œil.

Il répète ce mot rituel, celui qui noue les estomacs, celui qui brouille les idées tant il laisse planer de menaces :

– Curieux...

Mathieu n'échappe pas à la magie de ce vocable inquiétant. Néanmoins, il fait front.

– Cela vous étonne?

– Que vous ne le connaissiez pas, oui, monsieur Barzoli, fait Vérot courtoisement. Parce qu'on m'a affirmé le contraire. Il va donc falloir que vous veniez me voir à mon bureau du quai des Orfèvres pour tirer ça au clair. Deux personnes m'ont indiqué que vous copiniez avec feu Marcus. Je suis par conséquent obligé de vous confronter. Simple formalité, rassurez-vous. A moins que ça vous dérange?

Mathieu Barzoli, après une courte réflexion qui a fait saillir les veines de ses tempes, ne renonce pas à ses airs d'honnête homme :

– Pas du tout, monsieur l'inspecteur. J'aimerais seulement savoir qui a l'audace d'énoncer pareil mensonge!

Vérot, en stratège chevronné, renvoie tout de suite la balle :

– C'est drôle, j'ai comme l'impression que cela vous ennuie d'avoir connu Marcus. Il n'y a vraiment pas de quoi s'en offusquer.

Barzoli reprend son sang-froid.

– Bien sûr, finit-il par dire après avoir avalé sa salive. Je suis si chatouilleux sur la franchise, que je m'emporte lorsqu'elle est bafouée. Excusez-moi.

L'œil gauche de Vérot, après un vif aller et retour, est venu se remettre dans l'angle de l'orbite.

– Je vous en sais gré, dit-il avec un sourire entendu. Moi aussi je suis à cheval sur la vérité. Pour être franc, ça m'étonnait aussi que vous connaissiez Marcus! Entre la finance où l'on palpe le fric et l'import-export qui se fait par téléphone, il y a une marge. Vous ne naviguez pas dans les mêmes eaux. A moins que vous n'ayez un sosie... Demain onze heures, monsieur Barzoli, à mon bureau, troisième étage du 36. Je m'excuse, je ne peux pas vous recevoir avant. Et puis, cela a si peu d'importance... Comme ça, on verra si les demoiselles Bettina et Sophie maintiennent leur position. Ces prénoms vous disent bien quelque chose, non?

***

Ma BMW s'arrête devant la maison de Sophie, place Dauphine. J'en fais le tour pour lui ouvrir la portière. Elle a déjà surgi de l'habitacle.

– Merci pour tout, me dit-elle en me tendant la main. Pour l'affaire Tina... et pour le homard!

Elle fouille dans son Kelly, en sort une enveloppe sur laquelle est écrit : « M. Roger Borniche. »

– Vous trouverez de plus amples remerciements là-dedans, dit-elle. Bonne nuit... et à bientôt, peut-être. Ça me ferait plaisir de vous revoir.

Déjà, elle a commandé l'ouverture de la porte, et disparu dans le couloir de son vieil immeuble.

Je déchire l'enveloppe avec une impatience de collégien. Elle ne contient qu'un chèque.

23.

Les yeux de l'inspecteur principal Vérot se remettent en ligne, comme chaque fois que la rage l'étouffe. Ce salaud de Mathieu Barzoli s'est volatilisé! Fort de la déposition de Bettina, que Moreux avait enregistrée pendant la nuit de samedi à dimanche, il l'attendait pourtant de pied ferme, gardant en réserve un atout supplémentaire: le témoignage de Sophie Marcus. En présence des deux femmes, Barzoli ne pouvait nier ses relations avec David Marcus et de là, qui sait...

Sophie, Vérot l'avait cueillie dimanche après-midi place Dauphine, avant de se rendre quai de Bourbon. Le pliant à la main, la mallette à couleurs et à pinceaux en bandoulière, elle rentrait chez elle après une séance de chevalet au Sacré-Cœur de Montmartre, quand il avait collé devant son adorable frimousse la photo anthropométrique de Barzoli. Un cliché ancien, écorné, jauni.

– Vous connaissez ce type-là, mademoiselle Marcus?

Surprise, impressionnée par le faciès déconcertant et le ton inquisiteur de l'inspecteur, Sophie, après avoir déposé son attirail sur le toit de sa Coccinelle, avait considéré avec attention les traits de l'individu qu'on lui présentait.

– Vous faites de la peinture, donc vous avez le coup d'œil, avait ajouté Vérot pour parer à une éventuelle hésitation.

Mais Sophie n'avait pas eu une seconde de flottement:

– C'est M. Barzoli, un client de mon père. Il a une drôle de tête, là-dessus... Qu'est-ce qu'il a fait?

– Rien, rien. Je vous expliquerai ça lundi, à onze heures, à mon bureau. Et celui-là?

Dans la foulée, il avait tiré de son portefeuille une photographie plus récente de Benutti, prélevée au service de la carte d'identité nationale.

Sophie avait été moins catégorique:

– Je ne l'ai vu qu'une ou deux fois. Petit, élégant, nerveux... Par contre, il téléphonait chaque semaine, toujours à neuf heures du soir. Je reconnaissais sa voix. Il parlait difficilement.

Le circuit se bouclait. Vérot avait en main la preuve incontestable des relations Marcus-Barzoli-Benutti.

***

Mathieu Barzoli s'est découvert une passion inattendue pour la bière. Il en est à son cinquième demi au bar de l'aéroport. Il consulte sa montre. Derrière les verres fumés de ses lunettes, ses yeux sondent la foule des passagers du vol Air France 174 en partance pour Hong Kong, via Bangkok. Une demi-heure encore à patienter. L'embarquement est prévu pour quinze heures trente. La voix suave de l'hôtesse ne va pas tarder à se manifester dans le haut-parleur que dissimule le stuc du plafond, au-dessus de l'extincteur.

Il n'a pas sourcillé, Mathieu, lorsqu'il a présenté son passeport au C.R.S. de service dans sa cage de verre. Barzoli n'a rien à craindre, d'ailleurs. Il ne fait encore l'objet d'aucune mesure de prévention. L'inspecteur Vérot, furieux de ne pas l'avoir vu se présenter ce matin à sa convocation, aurait-il pu lancer une circulaire de recherches? Certainement pas. Ignorer une injonction policière ne constitue pas un délit. Carlotti, qu'il avait rappelé après la visite de l'inspecteur de l'Antigang, s'était montré formel à ce sujet:

– Aucun article du code n'oblige un témoin à répondre à un interrogatoire. Pas plus que ne sont réprimés le mensonge ou la mauvaise foi.

– Quelle mauvaise foi, Carlo?

– Pas à moi, tu veux! Tu as prétendu ne pas connaître Bettina et Sophie. Donc, pour Vérot, tu as menti. Si tu as menti, c'est que tu as quelque chose à cacher. Là n'est pas le problème. A mon avis, ce flic a une idée derrière la tête. Qu'il soit allé fouiner dans ton compte en banque me chiffonne. Si tu pouvais prendre l'air quelques semaines, le temps que je me renseigne, ce ne serait pas si mal. Est-ce que les deux filles étaient au courant de tes affaires avec Marcus?

Mathieu avait réfléchi avant de grogner:

– Qu'est-ce que j'en sais? Cette vieille crapule a bien pu bavarder...

– Raison de plus. Prends du recul. Si tu veux m'appeler dans deux ou trois jours, je saurai de quoi il retourne. J'ai un compatriote, dans l'équipe de Nonœil, qui a envie d'aller passer un week-end à Deauville avec sa nana. Pas question de lui payer le *Normandy*, bien sûr, mais tu vois ce que je veux dire?

Mathieu avait pris sa décision sur-le-champ. Les aiguilles de la pendule Empire s'étaient rejointes. Minuit. Sa valise était prête. Il y avait rangé le nécessaire de toilette, deux tee-shirts et le pull-over de cachemire prévu pour le voyage. En Thaïlande, la chaleur est de vingt-cinq degrés à cette époque de l'année, la plus agréable pour le tourisme. Inutile de s'encombrer de vêtements, d'autant qu'à Bangkok, les tailleurs sont légion et qu'il leur suffit de moins de vingt-quatre heures pour confectionner un costume en coton à un prix défiant toute concurrence. Mathieu s'était habillé avec soin: chemise bleue, complet fil à fil gris, cravate bleu marine aux discrètes rayures blanches, mocassins noirs *made in Italy*. Il importait d'offrir une excellente présentation aux fonctionnaires de la police de l'air et des douanes.

Il fallait surtout quitter le quai de Bourbon sans attirer l'attention. Vérot avait peut-être laissé sur place une équipe de surveillance afin de mieux le cueillir au petit matin. Là aussi, Carlotti avait été catégorique. La police ne peut agir au domicile d'un citoyen en dehors des heures légales. Qui sait si sa visite n'avait pas pour but de s'assurer de sa présence à Paris, avant d'investir le lendemain, à six heures, l'hôtel particulier?

Une fois de plus, l'avocat marron avait raison. Mieux valait prendre quelques jours de vacances dans l'attente de temps meilleurs. Plus Mathieu réfléchissait, plus il était convaincu qu'une fuite s'était produite au sein de son organisation. Depuis longtemps, la police ne s'intéressait plus à lui. Or, coïncidence curieuse, Vérot lui tombait dessus en pleine affaire Marcus. Quelqu'un avait donc parlé de ses relations avec la victime. Cette canaille de Gianni était en Extrême-Orient, donc à éliminer. Mais il avait pu bavarder sur l'oreiller avec Bettina, qui avait disparu brusquement de l'avenue Foch. Elle était sûrement de retour puisque Nonœil voulait le confronter avec elle. Comme avec Sophie Marcus, qui avait pu surprendre des conversations lorsqu'il rendait visite à son père. Oui, les femmes Marcus avaient dû raconter ce qu'elles savaient, soit à l'inspecteur Moreux, soit à Vérot. Dans les deux cas, il était indispensable et urgent de prendre ses précautions.

Kali, cet idiot de Kali, avait eu, pour une fois, une idée de génie en allant farfouiller quelques semaines plus tôt dans les caves. Il en était remonté avec des clous à tête carrée et des ferronneries datant d'avant la révolution de 1789.

– Vous savez ce que j'ai trouvé, Monsieur, en bas, dans les débris?

– De vieilles ferrailles, apparemment...

– Oui, mais aussi que votre cave communique avec celle de l'immeuble d'à côté, Monsieur. J'ai monté des marches et je suis sorti dans la rue Le Regrattier. Il y a juste une porte à claire-voie qui sépare les caves. Le loquet est tout rouillé...

Minuit et demi. Les lampadaires du quai jouaient à cache-cache avec les traînées de brouillard qui s'effilochaient dans la nuit. Mathieu s'était assuré de la tranquillité des parages à travers l'œilleton de la porte puis, sa valise à la main, il avait gagné sans bruit le sous-sol. La minuterie était éteinte. Sa lampe-stylo projetait un faible faisceau sur les murs suintants. C'était suffisant.

Il avait parcouru une quinzaine de mètres sous la voûte où

s'accrochaient des toiles d'araignée géantes, découvert, au détour d'un pilier de soutien couvert de salpêtre, la porte de séparation. Le loquet, effectivement rouillé, avait cédé sans résistance. Un couloir précédait les marches glissantes d'un escalier en colimaçon. Mathieu s'y était aventuré avec précaution. Une porte ouvrait sur un vestibule qu'un lampadaire extérieur fantomatique éclairait à travers l'imposte d'un lourd vantail clouté. Mathieu avait appuyé sur le bouton qui commandait l'ouverture, avait jeté un coup d'œil à l'extérieur. La rue Le Regrattier sommeillait. Seules, quelques voitures de dîneurs, éparpillés dans les restaurants de la rue Saint-Louis-en-l'Ile, encombraient encore les trottoirs. Se servant de leur ombre comme d'un paravent, Mathieu, plié en deux, s'était faufilé jusqu'au quai d'Orléans, avait traversé le pont de la Tournelle. Un taxi maraudait devant *La Tour d'Argent*. Il l'avait hélé, avait lancé au chauffeur l'adresse de Dominique Vincenza, un ancien berger de Porto-Vecchio, recyclé, pour le compte de son organisation, dans l'exécution de contrats. Il allait pouvoir passer une nuit tranquille, en attendant le grand départ pour Bangkok. De chez Doumé, il préviendrait Jo Benutti de son arrivée.

Un brave garçon, Dominique. Serviable, fidèle, remarquablement efficace, ainsi qu'il venait de le prouver lors de l'affaire Marcus... Bien plus efficace que cet imbécile de Bouissou, qui s'était bêtement laissé prendre. Doumé allait lui servir encore une fois. Deux fois, plutôt.

Parce que deux témoins éventuels contre lui, ça faisait quand même beaucoup.

24.

Bettina tombe de fatigue. Les interrogatoires successifs de Moreux puis de Vérot l'ont achevée. Finalement, ils ont bien été obligés de se rendre compte qu'elle était étrangère aux tractations entre David et ses clients. Vérot, à l'opposé de son attitude lors de leur première entrevue, s'est montré sous un jour plutôt agréable. Depuis qu'elle a livré le nom de Jean-Baptiste et son adresse de la rue Visconti, le comportement des deux policiers à son égard a changé. Les rapports entre Marcus et Barzoli ont semblé toutefois intéresser davantage Vérot que Moreux.

– J'ai convoqué Barzoli pour onze heures, a dit l'inspecteur de l'Antigang. En même temps que Sophie Marcus. Je sais que vous ne vous aimez pas, aussi je procéderai à des confrontations séparées. Surtout, soyez ferme. Et si Barzoli prétend ne pas vous connaître, maintenez votre position.

A midi moins dix, Vérot, excédé d'attendre son témoin défaillant, avait décroché le téléphone pour apprendre que Barzoli était parti depuis la veille, puisque sa valise Hermès, sa préférée, n'était plus là et que le lit n'avait pas été défait.

– Il revient quand? avait aboyé Vérot dans l'appareil.

L'employé de maison guinéen avait répété trois fois qu'il n'en savait rien, rien du tout. Vérot avait raccroché, furibond. Il avait demandé à Bettina, qui attendait patiemment:

– Vous avez un point de chute, à Paris?

– Une amie, quai Louis-Blériot, mais je ne peux pas y

aller sans la prévenir, surtout dans cet état. J'irai plutôt rue du Bois-de-Boulogne, dans un hôtel de mon ancien quartier. Je connais la propriétaire.

– Vous voulez que je vous y fasse conduire?

Le ton était passé de la colère à la galanterie.

– Je marcherai un peu pour me changer les idées. Merci.

Sur le pont, Bettina trouve soudain l'air très frais. Elle remonte le col de son manteau, presse le pas. Un train de péniches descend la Seine en direction du Pont-Neuf. Bettina se laisse porter par la foule dans le passage clouté, gagne la station de taxis de la place Saint-Michel. La grosse horloge de la gare indique une heure dix.

– Rue Duret, s'il vous plaît.

Le chauffeur replie *Le Parisien Libéré* sans se presser, avant d'actionner son compteur.

Bettina respire profondément, soulagée. Elle a bien fait de tout raconter à la police. Elle va enfin pouvoir vivre tranquille, libre, se dégager de ce monde trouble dans lequel David l'avait fait plonger malgré elle.

Les quais défilent. La Concorde, le cours Albert-Ier, le Trocadéro, autant d'images qu'elle ne comptait plus revoir, qui lui paraissent avoir été gommées depuis des mois.

Le taxi coupe l'avenue Foch. Rien n'a changé et pourtant, il lui semble que plus rien n'est pareil.

– Je vous dépose où?

Bettina se ressaisit.

– Rue Duret, à droite, après la contre-allée. Vous m'arrêterez à l'angle de la rue Piccini.

Les quelque soixante-dix mètres pour rejoindre la rue du Bois-de-Boulogne, elle les fera à pied. Elle règle le chauffeur, quitte le taxi. A nouveau, elle resserre le col de son manteau, suit le trottoir de droite en direction de l'avenue de la Grande-Armée. Tout d'abord, un bon bain comme elle avait l'habitude d'en prendre avenue Foch, se prélasser dans l'eau bien chaude avant de se reposer quelques heures. Ce soir, elle ira jeter un coup d'œil sur son ancien immeuble, où David a trouvé la mort, où Jean-Baptiste venait la rejoindre...

A l'angle de l'avenue Alphand, les yeux de Bettina se posent sur une moto arrêtée, moteur au ralenti, contre le trottoir. Une énorme Kawasaki blanche, semblable à celle de son amant. D'instinct, elle relève les yeux. Mais ce n'est pas Jean-Baptiste qui la chevauche. L'homme, en combinaison de cuir, est plus petit, plus trapu. Son casque intégral masque son visage derrière une visière noire impénétrable. Sa main gauche, gantée, agrippe le guidon. La droite disparaît dans le blouson dont la fermeture Éclair est baissée.

Pourquoi ce motard la met-il mal à l'aise? De quoi aurait-elle peur? Les événements de ces derniers jours ont mis ses nerfs à vif, voilà tout!

Elle active le pas, mais l'inconnu se redresse sur sa selle alors qu'elle parvient à sa hauteur. Au malaise se mêle la curiosité. Pourquoi l'homme vient-il de lui faire signe de s'approcher?

Bettina n'a pas le temps de s'interroger davantage. Tout est consommé avant qu'elle ait pu esquisser le moindre geste. Une arme est sortie du blouson de l'inconnu, une arme énorme que termine un long tube. Bettina comprend tout d'un coup que trente ans de sa vie vont prendre fin dans cette rue quasi déserte. Il n'y aura plus de Moreux, plus de Vérot, plus de Barzoli. Tout cela, à cause de David et de sa passion pour l'argent...

Bettina voit l'arme se lever vers son visage. Son cri s'arrête sur ses lèvres. Elle ne perçoit même pas son dernier soupir lorsque les balles de gros calibre vrillent son front, tandis que les accélérations subites du moteur de la Kawasaki couvrent les chuintements étouffés du silencieux.

***

Mathieu Barzoli glisse une pièce de monnaie dans la fente d'un des appareils de la batterie de téléphones accolée aux guichets d'Air France, puis forme un numéro qu'il connaît par cœur.

– Alors?

Dès qu'il entend la réponse, un large sourire balaie sa

face, alors que le haut-parleur annonce l'embarquement immédiat pour Bangkok.

– Très bien, dit-il, mais n'oublie pas l'autre. Tu sais où elle loge, ce sera plus facile.

Il raccroche, ramasse sa valise. Détendu, il présente son billet aux employés du contrôle. En sifflotant une berceuse corse, il s'installe dans le fauteuil club du Jumbo après avoir casé sa mallette de voyage dans le porte-bagages au-dessus de sa tête.

***

Il est vingt-trois heures précises quand Sophie, dans le même mouvement, coupe le moteur de sa Coccinelle quelque peu cabossée, et jette un coup d'œil à sa Rolex en acier. Elle éteint les phares. La place Dauphine est déserte. Un léger brouillard monte du terre-plein gazonné, évoquant une brasserie saturée de fumée, déposant une pellicule graisseuse sur les pare-brise des voitures déjà couverts de contraventions. Sophie ouvre la portière, attrape son sac à main posé sur la banquette arrière, claque la portière sans même se donner la peine de la fermer à clé.

La jeune femme se pelotonne dans sa veste de vison. Elle a écourté le dîner chez les Brignon, couple sympathique, certes, mais d'un autre âge. Ces bavardages entre notaires, avocats, agréés ou commissaires aux comptes n'ont rien de particulièrement excitant. A croire que l'univers des hommes de loi, rassemblés autour d'une table, se limite à la seule enceinte du Palais de justice!

Flavien Despaux, un clerc de l'étude sorti tout droit d'un magasin de prêt-à-porter, voulait l'inviter au Cercle Saint-Germain-des Prés.

– Je suis fatiguée, merci.

– Alors, je peux vous raccompagner...

– Non. Vous êtes gentil, mais j'ai ma voiture.

– Dans ce cas, je vous suivrai jusqu'à votre porte. Ce sera une façon de ne pas vous perdre tout de suite.

Les codes de la Golf GTI de Flavien ont dansé dans le

rétroviseur de la Coccinelle de Sophie. « On ne sort pas des Volkswagen, chantonnait-il. C'est bon signe! »

Il a répondu par trois appels de phares amicaux à la main qui sortait de la vitre pour lui dire au revoir, avant d'accélérer et de mettre le cap sur le Pont-Neuf, en se promettant de tout faire pour entraîner, un de ces soirs, Sophie Marcus chez Castel.

Sophie se traite de tous les noms. Où trouver les clés, dans le fouillis de son sac? « Mademoiselle, disait un professeur des Beaux-Arts hideux et presque paralytique, le sac d'une femme, c'est son cerveau! »

Elle a fini par dénicher la clé de la porte cochère. « Si ces cons de copropriétaires votaient pour le code digital, ça ferait toujours une clé de moins. Avec les vieux, il n'y a rien à faire... Quand on est con, on est con! » Sophie s'amuse avec cette phrase usée qu'elle répète tous les soirs. Dès que la lourde porte s'est refermée, elle obtient la faible lumière du hall. « Encore trois étages à pattes. Quand ces cons auront voté pour l'ascenseur... »

Sur le palier de son étage, elle se croit seule, tranquille, la clé de son appartement à la main, quand l'homme apparaît soudain devant elle, surgi de l'ombre. Petit, trapu, vêtu de cuir, inquiétant comme tout inconnu. Elle ouvre la bouche pour crier. L'homme s'avance vers elle. Le cri reste dans sa gorge.

L'homme tient dans sa main droite une cordelette qu'il fait tournoyer. Pourquoi Sophie est-elle fascinée par ce lacet, dont elle épie le claquement muet?

Ce lacet qui, sur un bond de l'homme, s'enroule soudain autour de son cou. Un sifflement sort de sa gorge quand le cuir s'enfonce dans la chair. Sophie étouffe. Brusquement, la minuterie s'éteint et la cage d'escalier est plongée dans le noir. Il rit, cet étrangleur de grand-guignol trop réel, tandis que le sac de Sophie se répand sur le sol. Ses doigts griffent son cou, tentent désespérément d'arracher la cordelette. Puis tout bascule. Les yeux de Sophie se ferment, ses mains retombent.

La lumière se rallume. L'homme perçoit, trois étages plus

bas, les échos d'une conversation joyeuse. Un couple monte l'escalier...

L'homme hésite, se convainc que sa mission est remplie, que sa cordelette a mis fin aux jours de Sophie Marcus. Dissimulant son visage sous le col de son blouson de cuir, il redescend les marches, croisant un couple qui lui prête à peine attention.

***

J'avance, dans cette odeur d'hôpital, comme un être déjà condamné qui ferait du rab. Du rab, oui, du rabiot, car pourquoi suis-je là, moi, traversant les couloirs de ce service des urgences, où tant de malheureux sont entre la vie et la mort?

Enfin, j'avance.

Le gardien en uniforme, très digne sur sa chaise, a une bonne tête. Il répond à mon sourire. Privé ou pas, ma gueule de flic ne me quitte pas.

L'infirmière, elle, avec son rictus d'agent du KGB, a tôt fait de pulvériser mes vieilles nostalgies.

– Le Dr Muller est prévenu. Vous pouvez entrer mais je reste avec vous. Pas un mot, pas une question. Elle dort. On vient de lui faire sa piqûre.

J'entre dans la chambre. Je pose une fesse sur le tabouret, près du lit. Mes lèvres se sont serrées. Je n'aurai plus le cœur à me moquer de la peinture maladroite, de la voiture déglinguée de Sophie. Je ne vois que son visage, perdu dans le rêve des drogues pharmaceutiques. Ses cheveux lui font une auréole lasse.

– Ça suffit, monsieur, dit l'infirmière du haut de sa raideur.

– Je vous remercie. Je reviendrai.

Eh non, ça ne suffisait pas! Parce que la marque violette, autour du cou de Sophie, je l'ai, moi, en travers de la gorge.

***

– Je suis catastrophé, monsieur Borniche...

– Moi aussi, Maître.

Nous sommes assis sous le haut plafond à poutres apparentes, Brignon derrière son immense table de chêne de style Renaissance, toujours aussi encombrée de dossiers plus volumineux les uns que les autres, moi de l'autre côté, sur un fauteuil à dosseret, devant le sous-main de cuir brun aux armoiries dorées. J'ai l'impression que nous répétons un dialogue de Hitchcock. Il y a les coups de feu, la strangulation, le miracle de la survie, le trafic, le mystère... Sous mes yeux, Me Brignon extirpe du dossier Marcus les deux procurations que j'ai récupérées, chausse ses impressionnants lorgnons à verres cul-de-bouteille.

– Dommage que cette affaire se termine de façon aussi tragique, dit-il.

Mon index s'appuie contre le rebord de la table, d'où mon ongle retire machinalement une épaisseur de cire, coincée dans une nervure.

– Vous avez vu Sophie, ces jours-ci?

– Hier, répond Brignon en passant une main sur son front. Elle va mieux. Les docteurs disent qu'elle pourra sortir la semaine prochaine... Vous savez sans doute qu'elle a reçu la visite de policiers, en fin de semaine?

Je hoche la tête en silence. Deux jours plus tôt, l'inspecteur Vérot a été autorisé à rendre visite à Sophie Marcus à l'Hôtel-Dieu. Après une semaine de soins intensifs, la jeune femme avait surmonté le choc et recouvré l'usage de la parole... Il ne lui resterait de l'agression qu'une vilaine cicatrice autour du cou et des cauchemars pour le reste de sa vie...

– Alors, c'est terminé? demande Brignon.

Sa question me donne froid dans le dos, par sa désespérante simplicité.

– C'est terminé, dis-je. J'ai eu une longue conversation avec le commissaire Vieuchêne qui m'a appris l'envol de Barzoli pour Bangkok. Le témoignage de Sophie, recueilli à l'hôpital par Vérot, a permis de dresser un portrait robot du tueur, portrait confirmé par le couple qui l'a retrouvée, et qui a croisé le meurtrier dans l'escalier de l'immeuble. On a lancé un avis de recherches, mais...

– Mais vous pensez qu'il n'aboutira pas, conclut le notaire.

Je hausse les épaules, connaissant trop bien ce genre d'affaires pour garder la moindre illusion.

– Vous voyez, Maître, il est maintenant à peu près certain que c'est Barzoli qui a commandité le meurtre de Bettina Calgirone et celui de Sophie, comme il avait sûrement commandité ceux de Ferragi et de David Marcus... Il n'y a que trois personnes au monde qui pourraient le faire tomber : Bouissou, auteur présumé du meurtre de Ferragi, mais il est en prison et il ne parlera pas. Gianni Lovera, qui doit en connaître long sur les activités de Mathieu, mais il est en cavale en Thaïlande. Et l'homme qui a tué Bettina et tenté de tuer Sophie... L'Antigang et la Crim' sont sur ses talons. Espérons qu'ils parviennent à le coincer. Et qu'ils arrivent à le faire parler.

– Ça peut prendre longtemps, n'est-ce pas?

Je laisse échapper un petit rire désabusé.

– Des semaines, des mois... Ce type doit se planquer quelque part. Ça ne sera de toutes façons pas facile de lui mettre la main dessus.

Tout prend un goût d'irrémédiable, décidément.

– Et Gianni Lovera? demande Brignon.

– Comment ça?

– Est-il vraiment impensable de tenter de le retrouver, en Thaïlande?

Stupéfait, je dévisage le notaire, dont les yeux brillent d'excitation.

– Vous m'avez dit que vous connaissiez son point de chute, à Bangkok.

– L'hôtel *Siam Intercontinental*, oui...

– Pourquoi ne s'y trouverait-il pas encore?

Quelques instants, je laisse les paroles de Brignon mûrir dans mon esprit. Gianni, alias Jean-Baptiste Marceau, amant de cœur de Bettina, est sans doute le maillon fragile de la chaîne. Je ne le vois pas endosser un meurtre dont il ne serait pas l'auteur. C'est peut-être une piste à creuser...

Le notaire se lève brusquement.

J'ai l'impression qu'il va se mettre à courir, malgré sa démarche de teckel, pour contourner la table et se planter devant moi. Au travers des verres épais, les yeux m'apparaissent énormes.

– Si vous y faisiez un saut, vous, en Thaïlande?

– Moi? C'est que je ne suis pas accrédité pour interroger des témoins. Surtout ceux-là! Dans le temps, oui. Plus maintenant.

– Vous ne l'étiez pas plus en Italie, monsieur Borniche! Pourtant, le résultat est là... Je vous fais une proposition. Libre à vous de l'accepter ou de la refuser. Ce n'est pas une question d'argent, la succession Marcus est importante. Je parle au nom de Sophie. Je vous le demande comme elle vous le demanderait elle-même. Si vous aviez un peu de temps de libre...

Tenter de retrouver Gianni Lovera à Bangkok. Le confronter à Barzoli qui, lui aussi, est allé se réfugier en Thaïlande auprès de son protecteur, le puissant Monsieur Jo. Lui jeter à la face le meurtre de Bettina, sa maîtresse, et tenter, « à l'intox », de le convaincre de charger Mathieu Barzoli pour sauver sa propre peau...

L'idée est absurde, irréalisable. Mais je n'ai vraiment pas le cœur à laisser tomber l'affaire sans tenter encore quelque chose. Après tout, un voyage tous frais payés en Thaïlande ne se refuse pas... Et puis, comme dit l'illustre Vieuchêne: « Nul n'est plus chanceux que celui qui croit à sa chance. »

TROISIÈME PARTIE

25.

John Bellaby, le *Supervisor* pour la Thaïlande de la D.E.A.[1], est un sosie du président Nixon. Même nez, mêmes yeux, mêmes mâchoires. Il se détourne de la fenêtre de son vaste bureau qui domine Ruamrudi Road, le quartier des ambassades.

– Cette soirée au stade de Rajadamoen, Ed?

Edward Norton sourit, sûr de lui. Son front est lisse sous les cheveux taillés en brosse. Il n'a pas oublié son service militaire dans les *Marines*.

– Intéressante, sir. Le spectacle, mais surtout la présence de Benutti et d'un autre Français qu'il est allé chercher au *Siam Intercontinental*.

– Qui était-ce? demande Bellaby en jouant avec un coupe-cigares.

– Un nommé Barzoli. Mathieu Barzoli. J'ai demandé des tuyaux à nos collègues d'Interpol à Paris... Il y avait aussi Phan Loo.

– L'exportateur de ces putains de poupées?

– Exactement. En interceptant deux de ses revendeurs, l'équipe de San Francisco a remonté la filière. Nous pouvons le coincer en flagrant délit quand nous le voudrons. Lors de son prochain raid sur Hong Kong, par exemple. Il fait dissimuler la poudre dans les bras ou les jambes des pou-

1. *Drug Enforcement Administration.*

pées aux étiquettes or à liséré rouge. Les poupées vierges, elles, ont des étiquettes rouges à liséré or. Le bureau de transit de Phan Loo est situé 1 504, Hang Sen House à Hong Kong. Il est tenu par un Chinois de ses amis qui exporte les caisses vers son principal réceptionnaire de Chinatown. Une belle organisation! Savez-vous ce que Owens m'a appris et que Benutti lui-même doit ignorer?

Le *Supervisor* cesse de jouer avec son coupe-cigares. Norton commence à l'intéresser.

– Allez-y, Ed.

– Le Français Benutti livre une héroïne à quatre-vingt, quatre-vingt-cinq pour cent de pureté. Ce taux tombe à cinq pour cent lorsque les toxicomanes l'achètent. Je veux dire que les revendeurs multiplient par seize, dans le meilleur des cas, chaque kilo de Benutti, en ajoutant de la mannite et de la quinine. Phan Loo perçoit naturellement sa commission sur chaque kilo vendu!

John Bellaby approuve d'un sourire pincé.

– Croyez-vous qu'il se mettrait à table si nous le menacions de tout dévoiler à Benutti?

– Ça m'étonnerait. Surprendre son fournisseur en flagrant délit de fabrication est tout aussi impossible. Nous n'y sommes jamais parvenus. Il est protégé par des individus que nous ne connaissons pas ou que nous ne connaissons que trop. Dans la police, les services secrets, et chez nos chers politiciens. La Thaïlande est grande, Ed. Les chemins qui permettraient de localiser son laboratoire clandestin, quand il fonctionne, sont difficilement accessibles. J'ai réussi à savoir par Colter que ça se passait du côté de Mae Hong Son, au bout d'une piste impraticable six jours sur sept. Une ville étrange, plus peuplée de Karens, de Méos, de Lawas, de Shans, de Birmans, de Lisos et de Lahus que de Thaïs. Les montagnards s'y consacrent à la culture exclusive du pavot, et ne portent pas les autorités dans leur cœur. Nous autres Américains, encore moins. Dans ce bazar sauvage, comment voulez-vous filer Benutti?

Le *Supervisor* pousse un soupir. Les mains croisées derrière le dos, il regagne la fenêtre. Le bruit de la circulation sur Wireless Road lui parvient, assourdie. Les antennes du building de l'ambassade finlandaise, de l'autre côté de la rue, servent de terrain de camping à des centaines d'hirondelles.

– Et le spectacle? demande-t-il. C'était bien?

Norton lève les bras, les poings serrés.

– Ça mérite d'être vu une fois. Leur boxe tient du ballet, de la gymnastique et du pugilat. Tout y est permis sauf les crachats et les morsures. Je ne vois pas nos puncheurs combattre sur un ring les pieds nus, une couronne de jasmin autour de la tête, du cou et des avant-bras, avec accompagnement de flûte, de cymbales et de roulements de tambour!... Un peu avant la fin, Benutti, Phan Loo et Barzoli se sont éclipsés. Benutti a regagné le *Siam* à deux heures du matin. J'ai pu savoir qu'il s'envolait à midi pour Chiang Mai, peut-être en compagnie de Barzoli. Ralph a dû les prendre en filature à l'arrivée.

Un rayon de soleil, venu de loin, du côté même du dôme de l'église Saint-Jean-Baptiste, illumine le drapeau étoilé dressé sur sa hampe, derrière le bureau d'acajou.

Le *Supervisor* pivote sur ses talons, fait le tour de son fauteuil, s'assoit lourdement.

– Donc, la police française avait vu juste quand elle signalait les relations entre Benutti et un marchand exportateur de poupées, dit-il. Interpol m'a prévenu de l'arrivée d'un détective privé français, qui s'intéresse lui aussi à l'affaire. Un certain Borniche qui a retenu une chambre au *Siam Intercontinental*. Il prendra contact avec nous. Vous avez remarqué, Ed, qu'ils viennent tous séjourner dans ce palace, à tour de rôle? Tant mieux. Ça nous permet, au moins, de centraliser nos écoutes...

***

Je remercie le Bouddha d'or, d'émeraude ou de jade, de m'offrir à moi, humble chrétien, une si belle matinée de printemps. Le ciel éclate de lumière et, loin de la brouillasse qui, hier encore, ensevelissait Paris, loin de la chambre d'hôpital sordide où j'ai laissé Sophie, je retrouve un peu de chaleur dans le hall immense où je pénètre, mon éternelle valise à la main.

Le *Siam Intercontinental* étale ses variations architecturales au bord d'un parc d'où se détachent un mini-golf, des cours de tennis et un vaste étang en forme de haricot. Un *wat* le jouxte. Je saurai plus tard que c'est le temple de Lotus, si populaire parmi les chauffeurs de taxis qu'ils viennent y faire bénir leur véhicule pour le protéger des accidents.

Derrière le comptoir, le chef de la réception, les cheveux noirs plaqués et luisants, le teint mat, me regarde m'approcher de lui, de ses yeux bridés d'une étonnante mobilité. Je lui découvre un faux air du roi Bhumibol Adulyadej, dont le portrait, en grand uniforme de cérémonie et en couleur, trône au-dessus du comptoir. Un chasseur, en tenue chamarrée, se précipite sur ma Vuitton.

– Une réservation a été faite au nom de Borniche, dis-je.

Le regard noir consulte un registre à la couverture de toile écrue, avant de se lever à nouveau vers moi.

– En effet. Pouvez-vous me confier votre passeport?

Je sors de ma poche le document sur lequel le consulat de Thaïlande à Paris a apposé son visa, je remplis la fiche que l'employé m'a tendue, la signe après avoir noté à la rubrique profession : « Courtier en pierres précieuses. » Les mines de Chanthaburi, fertiles en saphirs et en rubis, appâtent suffisamment de diamantaires pour que cette fonction n'attire pas l'attention. Elle me vaut cependant les courbettes du réceptionniste. Il joint les mains, les lève comme pour faire une prière, très au-dessus de sa tête, signe de déférence, me rend enfin mon passeport.

L'employé décroche une clé du tableau, la remet au chasseur qui la fait disparaître dans sa main avec une vélocité incroyable. Je le suis jusqu'à la batterie d'ascenseurs. Je transpire. Je me sens sale. Et j'ai sommeil, tout d'un coup. Le voyage a duré plus de dix heures et les heures perturbées imposent leur loi. A Paris, il est, en ce moment, sept heures de moins.

Pourtant, je savoure une demi-victoire. Tandis que la

porte de l'ascenseur coulisse pour me laisser passer, je ne peux m'empêcher de repenser à notre « descente » de la rue Visconti, où Monseigneur avait opéré avec maestria. C'est bien grâce au numéro de téléphone griffonné que j'y avais trouvé que je suis là, aujourd'hui. L'hôtel de Jo Benutti. L'hôtel d'où Gianni avait téléphoné à Bettina...

Il est des habitudes dont on ne se défait pas facilement. Les coiffeurs, les tailleurs, les chausseurs, les hôtels, par exemple. Ce qui permet aux flics de retrouver des traces qu'ils croyaient définitivement perdues. Il serait bien étonnant que Barzoli ne soit pas descendu lui aussi au *Siam Intercontinental!*

Le couloir qui conduit à ma chambre ressemble à la coursive d'un navire de croisière. Tout est luxe. Le chasseur m'ouvre la porte, s'efface pour me laisser découvrir une pièce étincelante de soleil, et le balcon-terrasse qui surplombe le parc. Je glisse un pourboire dans la main du Thaï, qui s'incline avant de refermer la porte.

Dieu qu'il fait bon s'étendre sur un matelas confortable après des heures de Boeing! Mes paupières s'alourdissent. Le ronronnement du climatiseur commence à me bercer...

⁂

Huey Ming avait prévu que le long ruban de sable blanc de Pattaya, sur le golfe de Thaïlande, se déroulerait sous des auspices de plus en plus fructueux dans les années à venir. Il ne s'était pas trompé. Aujourd'hui, le site paradisiaque, autrefois fréquenté par les tigres, est devenu un haut lieu du tourisme international. Les quelque cent hôtels de Pattaya Beach Road, l'artère bordée de palmiers, d'acacias et de flamboyants qui, sur plus de quatre kilomètres, court le long de la plage, ne suffisent plus à héberger une clientèle qu'attirent le soleil, les eaux claires et la faune aquatique.

Depuis la disparition de son mari, Mme Huey Ming occupe le troisième étage d'un immeuble moderne aux proportions élégantes, protégé du mauvais sort par une maison des esprits nichée au cœur de la pelouse, face à la mer.

Victor Castani n'a eu aucun mal à découvrir la retraite dorée de la jeune veuve qui, selon les confidences de l'infirmier chef de Mae Saï à Benutti, avait exercé ses talents de masseuse surdouée dans un salon en renom de Patpong II Road. Il s'engage dans l'escalier de marbre, presse un bouton de sonnette en ivoire. L'adorable créature qui lui ouvre, sans prendre la moindre précaution, a tout au plus vingt-cinq ans.

– Miss Huey Ming? demande le petit Corse, pour qui le mot de « veuve » évoquait plutôt une femme mûre.

– Yes...

Il tâtonne un instant pour rassembler quelques bribes d'anglais. Mme Huey Ming retient par le col un peignoir de soie blanche, dont le bas laisse entrevoir des jambes un peu lourdes, mais appétissantes.

– Si vous pouviez m'accorder quelques minutes, propose Castani. Pour l'enquête de l'assurance sur le décès de votre mari. C'est important.

Sans méfiance, elle l'introduit dans un living richement décoré, où l'art chinois se conjugue admirablement avec le mobilier Regency, en acajou. Malgré les stores à demi baissés, le soleil décalque sur la soie, en ombres chinoises, les formes graciles de l'ex-championne du massage *hard and soft*. La vue des bras nus, l'odeur excitante du parfum, l'air enfantin et les yeux vicieux, la transparence du peignoir à peine fermé, imposent à Castani une idée, une seule : posséder ce corps tiède, à la volupté fragile que voile à peine l'étoffe, avant de supprimer un témoin gênant. Il n'a rien de l'amoureux romantique, Victor Castani. Dès que la porte est fermée derrière lui, son masque aimable vole en éclats. D'un geste brusque, il tente d'arracher le peignoir tandis que sa main gauche déboutonne déjà sa braguette. Mais le petit Corse est trop empressé, et la belle veuve Huey Ming parvient à s'arracher de ses bras et à se réfugier derrière le canapé.

– *Maï pen ray*, je vous en prie, calmez-vous! adjure-t-elle, figée sur place, en fixant son visiteur de ses yeux en amande.

La vue d'un sein émergeant de l'échancrure du vêtement

translucide ne fait qu'exacerber le désir de Castani. Il contourne le divan, cherche à saisir la femme par le cou.

– *Maï khno chaï*, je ne comprends pas... Vous deviez me parler de l'assurance de mon mari!

– Je m'en fous de ton mari, gronde-t-il. Enlève ça!

La voix est menaçante, et un pistolet qui a jailli de sa poche se braque sur la poitrine qui palpite.

Mme Huey Ming, abasourdie, lui jette un regard suppliant. Elle écarte la robe de chambre, dévoile son corps nu. Castani s'approche, le souffle court, remet son arme dans la poche.

– Laissez-moi, implore la jeune femme. Je vous ai fait entrer comme un ami...

Victor Castani ne l'entend même pas. D'un geste, il déchire le peignoir, jette la femme sur le canapé. Comme elle se débat, il lui prend le sein gauche, le pétrit, tord avec sauvagerie le mamelon tandis qu'il introduit son membre dans cette chair qui se refuse :

– Écarte les cuisses, salope, jure-t-il. Tu en as vu d'autres dans ton bordel, avant d'épouser ce vieux con!

– *Maï a-o!* Non! Non!

Peine perdue. Dans ce combat, Mme Huey Ming ne peut résister. Son agresseur l'écrase de son poids, ne pensant qu'à posséder ce corps qui tente encore de s'opposer en se tortillant sous lui. Il n'entend même pas le bruit de verre brisé, alors qu'il commence à sentir son membre pénétrer l'intimité de la malheureuse. Et il ne voit pas le morceau de vase qu'elle brandit devant ses yeux, ne sent pas l'entaille qu'elle vient de lui faire au cou, une blessure d'où le sang commence à couler, inondant sa chemisette, dégoulinant sur l'épaule de la femme violée.

Machinalement, Castani passe la main sur sa gorge, la retire poisseuse et rouge. Alors seulement, il comprend. Instantanément, le désir fait place à la fureur. Maintenant, son cou le brûle. Cette garce l'a blessé, lui, Victor Castani, homme de main de Jo Benutti, qui a survécu à tant de mauvais coups sans jamais la moindre anicroche.

Le Corse se lève, hagard, pressant son cou de la main

gauche pour tenter d'arrêter l'hémorragie. Il s'empare d'un coussin, en arrache la housse, en fait un tampon qu'il applique sur la blessure.

Les yeux écarquillés, la veuve nue, souillée, n'ose pas faire un geste. Quand Castani se retourne vers elle, les traits convulsés, elle se redresse, saute du canapé, s'enfuit sur la terrasse, appelle à l'aide. Le bruit de la circulation sur Pattaya Beach Road absorbe ses cris. Le Corse, effrayant, hideux, une partie du visage barbouillée de sang, avance toujours. Elle lève les bras, tente encore d'échapper aux lourdes pattes tendues vers elle, crie au secours! Mais elle perd l'équilibre en heurtant un bac de fleurs.

Les mains puissantes de Victor Castani se referment autour du cou, gracile, ne s'ouvrent que lorsque le corps qu'il ne désire même plus demeure sans vie sur le béton de la terrasse...

26.

Lorsque Jo Benutti, au volant de sa Land Rover, a repris la route de Chiang Mai, trois jours plus tôt, Gianni a mesuré la profondeur de sa solitude. La tristesse de l'endroit lui noie le cœur. Autour du village, les hameaux disparaissent au milieu de collines rocheuses couronnées de brume. Le pays, d'une sauvagerie absolue, est dépourvu de routes. Des peuples curieux, mi-nomades, mi-insociables, vivent dans le secret des jungles montagneuses : des Méos, aux volumineux turbans noirs, porteurs de lourds colliers d'argent, des Yaos, aux vêtements brodés et au dialecte compréhensible d'eux seuls, des Phi Thong Luang, ou Esprits des feuilles jaunes, dont l'existence était encore inconnue voilà quelques années...

Mae Saï est un creuset de communautés diverses, à la culture inchangée depuis des siècles, séparées de la civilisation par des distances que l'on répugne à franchir.

Hier, Gianni s'est aventuré sur le chemin étroit, menant au village akkha le plus proche. Un chemin sans accotement, une suite de virages annelés les uns aux autres, qui semblent avoir été aménagés pour servir de points d'appui à d'éventuelles embuscades. Deux Karens, armés de fusils de chasse, l'accompagnaient. Le soleil frappait la piste qui se faufilait entre les montagnes couvertes d'une végétation exubérante jusqu'au village, accroché à l'escarpement d'une falaise. Il avait trouvé, là-haut, une tribu calme, au mode de vie fruste. Les hommes se livraient à des exercices de balançoire à l'intention du Bouddha de la fertilité afin d'accroître le rendement de leurs quelques arpents de terre. Les femmes brodaient des perles de tissu de couleurs vives et des ornements d'argent sur leurs jupes ultra-courtes qui découvraient des cuisses énormes et sales. Le chef de village, pour leur souhaiter la bienvenue, leur avait offert un bol de nouilles de riz garnies de minuscules morceaux de viande. Gianni était revenu traumatisé par cette expédition harassante. Li Phuong et ses sbires pouvaient bien transformer la baraque-infirmerie en cabines de transfusion modernes, il ne ferait pas de vieux os dans cette contrée.

Le jeune Corse avait soudain réalisé combien coûte cher, moralement et physiquement, de vivre en marge des lois. Il en était presque arrivé à regretter le trafic de drogue auquel voulait le soumettre Benutti. Au moins, en convoyant les kilos de poudre vers Hong Kong et les États-Unis, il aurait échappé à l'enfer de la brousse.

Ici, tout lui semble hostile, dangereux... Jusqu'à Li Phuong lui-même qui, dès le départ de Jo Benutti, a changé d'attitude à son égard. Le Karen lui adresse à peine la parole, le laisse seul à longueur de journée dans ses bureaux, installés dans l'ancienne maison de Huey Ming.

A plusieurs reprises, Gianni l'a aperçu traînant avec ses hommes parmi la foule des pauvres bougres donneurs de sang qui se massent devant la baraque ornée d'une immense croix verte. Des malheureux dont la démarche, la longue attente sur la piste poussiéreuse, les gestes lents, traduisent le délabrement. Un amoncellement de misère, de détresse, de résignation.

Ce matin encore, Li Phuong semblait en grande conversation avec le sumo posté à l'entrée de la baraque. Benutti n'avait-il pas promis qu'il se débarrasserait à la première occasion de cette masse de graisse de cent vingt kilos, à la gueule bouffie, au faciès déformé par les coups et dont les yeux bridés, fentes glaciales, semblent toujours menaçants?

Depuis le début de la matinée, assis devant le bureau qui lui sert en même temps de coffre-fort, Gianni pointe, repointe, additionne, multiplie. Les imprécations d'un vieillard à l'encontre du sumo qui vient de l'évincer lui font brusquement relever la tête.

– Trente baths seulement? Pourquoi tu paies moins?

– C'est comme ça. Si ça ne te plaît pas, tu vas vendre ton sang de merde ailleurs.

– Je te ferai punir par l'esprit, voleur!

La peau flasque des joues pend autour de la bouche que l'absence de dents froisse comme un chiffon. Dans le visage glabre, seuls vivent les yeux, brillants de fièvre et de colère.

– Tu entends, saloperie de Jap'? Tu entends que je vais te faire punir par l'esprit?

Gianni enregistre les murmures de la foule indignée. La menace, les chuchotements laissent le sumo de marbre. Sa veste kaki, dépourvue de manches, d'où jaillissent des biceps monstrueux, son jean délavé, rapiécé comme un habit d'arlequin, lui confèrent l'apparence d'un lutteur de foire faisant la parade devant un public amusé. Mais les Thaïs qui sont là, l'œil cave et le teint cireux, n'ont pas envie de rire. Leur sourde protestation enhardit le vieillard qui s'avance et crache une nouvelle injure au visage du colosse.

C'en est trop. Le sumo empoigne le malheureux par le col, le soulève de terre, le fait tournoyer à bout de bras avant de l'expédier d'un puissant mouvement d'épaule de l'autre côté de la piste. L'homme catapulté s'effondre, la tête contre un rocher. De son oreille éclatée s'écoule un filet de sang qui s'élargit en tâche sombre, suivant le relief capricieux du chemin empierré. Le sumo, impassible, a repris son opération de canalisation.

Gianni referme le cahier des recettes. Cent quatre donneurs le premier jour, cent soixante-dix-sept le second, quatre-vingt-neuf, déjà, jusqu'à cet incident.

La journée s'annonçait pourtant profitable. Dans la salle, au milieu des allées et venues des deux menuisiers karens qui clouaient, sciaient, peignaient, les donneurs défilaient. L'aiguille de l'infirmier, cent fois aiguisée sur la brique, déchirait les chairs, laissait de profondes meurtrissures sur les peaux déjà contusionnées par les prélèvements antérieurs.

– Plie ton bras et appuie bien le pouce. C'est rien, ça, ça ne va pas couler longtemps.

Les hommes, livides, chancelants, quémandaient leur dû. Pas un, jusqu'à ce vieillard, n'avait osé récriminer contre l'abaissement du tarif.

Gianni jette un coup d'œil sur les étagères où, au-dessus des bottes de paille et sous les chapelets d'oignons suspendus aux poutres noircies par la fumée d'un ancien début d'incendie, s'alignent les bocaux. Il reporte son regard vers le rocher au pied duquel gît toujours le vieillard inanimé. Chose étrange : personne n'est venu à son aide.

Inquiet, Gianni quitte sa table de travail, s'apprête à aller au secours du malheureux. Un grognement salue son apparition sur le seuil de la baraque, un grondement qui s'amplifie, annonciateur de tumulte. Des cris incompréhensibles fusent de toutes parts à son intention. Un dangereux frissonnement semble agiter la foule des donneurs de sang.

Gianni, perplexe, se retourne. Ses gardes du corps karens ont disparu. Il sent, tout d'un coup, la peur le gagner. Son cœur s'accélère, sa peau se recouvre d'une moiteur glacée. Là-bas, le sumo qui s'est avancé dans la foule hurle, fait de grands moulinets des deux bras pour imposer sa présence au milieu des zombies qui le pressent de tous côtés. Puis, soudainement, son index se pointe vers Gianni. Des visages, tordus par la colère, terrifient le jeune Corse qui met ses mains en porte-voix.

– *Wait a minute*[1]! s'époumone-t-il. Que se passe-t-il?

Personne ne le comprend, personne même ne l'écoute. Un cri, plus fort que les autres, plus déchirant, lui parvient. Le sumo, défiguré, assommé, est lynché par la foule grouillante. Des mains armées de gourdins s'avancent vers la baraque-infirmerie, alors qu'une pierre fait voler en éclats une fenêtre. Lancé avec force, un morceau de fonte touche Gianni à la cuisse. La douleur, fulgurante, irradie dans toute sa jambe gauche, la paralyse comme une piqûre anesthésiante.

Frappé de panique, Gianni se réfugie derrière le fragile

1. Attendez une minute.

rempart de la porte. La projection d'un tronc de teck pulvérise à son tour l'autre fenêtre de la façade. La porte s'ouvre sous la poussée de bras décharnés. Des visages grimaçants, des poings lestés de pierres et de bâtons, s'encadrent dans l'embrasure. En tête de l'émeute, les deux ouvriers karens de Li Phuong.

Gianni, dans un flash, réalise. L'homme de confiance de son oncle s'est vengé. Comme le sumo japonais, il va laisser sa peau dans ce trou perdu où les sauvages font la loi. L'instinct de conservation le fait réagir.

Jo Benutti lui a confié un colt Cobra qu'il serre dans le tiroir supérieur de son bureau. Dans un réflexe de défense, il s'en empare et, sans même viser, vide le barillet sur les assaillants.

Aux clameurs succèdent bientôt des hurlements de douleur, puis des gémissements. Lorsque la fumée se dissipe, Gianni, hébété, constate que trois hommes gisent sur le plancher, à l'entrée du baraquement, se tortillant comme des anguilles, dans une mare de sang. Les autres, subitement dégrisés, ont battu en retraite.

Il demeure là, dans un état second, incapable du moindre mouvement, l'arme à la main. Peu à peu, les battements de son cœur reprennent un rythme raisonnable. Combien de temps reste-t-il ainsi, immobile, devant ses trois victimes dont les râles d'agonie le laissent indifférent? Quelques minutes, à peine. Une voix aiguë l'arrache à sa léthargie.

– *Drop your gun* [1]!

Gianni lève les yeux. Tremblants de peur ou d'excitation, deux Thaïs accourus du poste de la police des frontières, distant de quelques centaines de mètres, pointent sur lui leurs armes de service.

***

D'avance, ma sieste était fichue. Les yeux à peine fermés, j'ai ressassé les événements de ces derniers jours. Il en a de bonnes, le notaire! Bangkok n'est pas Paris... Ici, le temps

1. Lâchez votre arme!

me fait défaut. Je ne peux pas moisir dans cette fourmilière dont je ne comprendrai jamais le langage, métropole démesurée où se côtoient le chaos et la sérénité, l'exotique et le banal. La traversée de la ville constitue en soi une véritable expédition tant la circulation est intense. Je croyais découvrir des rues étroites, bordées de canaux malodorants, de ribambelles de pousse-pousse, d'enfilades de rizières. Je n'ai trouvé que d'imposants immeubles de bureaux, des supermarchés modernes, des cinémas somptueux, tout au long des grandes avenues où pétaradent des motos, où les embouteillages battent des records de durée.

Définitivement réveillé, je me lève et je m'habille pour redescendre à la réception. En venant ici, je n'avais qu'une piste, qu'un espoir : cet hôtel *Siam Intercontinental* où Jo Benutti et, je l'espérais, Gianni et Mathieu avaient résidé lors de leur passage à Bangkok... Peut-être y étaient-ils toujours. Ou peut-être avaient-ils laissé des traces permettant de remonter jusqu'à eux?

Au moment où je m'apprête à quitter la chambre, le téléphone grésille. Je soulève le combiné. Une voix à l'accent yankee se glisse dans l'écouteur.

– Je voudrais parler à M. Borniche, s'il vous plaît.

Je suis déjà sur mes gardes.

– Qui le demande?

La réponse m'arrive, sur un fond de téléscripteur :

– *Supervisor* John Bellaby, de la *Drug Enforcement Administration.*

– Ravi de vous entendre, dis-je, toujours sur la défensive. Comment avez-vous su...

– Interpol m'a annoncé votre arrivée et votre désir de me contacter. N'ayant pas de nouvelles, je vous appelais à tout hasard. Seriez-vous libre pour dîner?

Je laisse l'invitation se promener un moment dans mon crâne avant de répondre :

– Ce soir?

– *Yes.* Je pars demain dans le Nord, pour quelques jours. Une opération de reconnaissance... A mon retour, alors, si vous n'êtes pas libre ce soir.

L'esprit du lieu me dicte d'accepter la proposition, qui peut ne pas se renouveler.

– Ce soir, d'accord, mais où?

– Au *Hilton International* si vous voulez bien. Il se trouve dans Wireless Road. Vous suivez la Rama 1 Road jusqu'à l'ambassade britannique. Après, vous tournez à gauche... Huit heures, ça va?

– Très bien. Je vous reconnaîtrai comment?

– Pas difficile. Je serai à l'entrée. On dit que je suis le sosie du président Nixon. Moi, je veux bien...

C'est d'un pas résolument allègre que je traverse le hall du *Siam Intercontinental.* L'esprit du lieu doit toujours veiller sur moi, puisqu'il m'incite à demander à brûle-pourpoint au concierge à qui je tends la clé de ma chambre :

– Vous parlez français?

Il incline la tête.

– Oui, Monsieur. Que puis-je pour votre service?

– Me dire si mon ami Mathieu est là. Je ne l'ai pas vu dans l'avion. Tel que je le connais, il a pu avancer ou retarder son voyage...

J'ai mis tant de sincérité dans ma question que la réponse ne se fait pas attendre.

– M. Mathieu...

Je le coupe.

– Barzoli, oui...

Il écarte légèrement les bras.

– Vous l'avez manqué, Monsieur. M. Barzoli était effectivement là. Il a quitté l'hôtel depuis peu...

Je prends ma mine la plus étonnée.

– Il m'avait pourtant assuré que nous voyagerions ensemble! Avec lui, c'est toujours comme ça. L'habitude de la solitude, sans doute...

– Il était avec un autre industriel, Monsieur.

J'avance le menton en signe d'ignorance.

– Possible. Il vous a dit quand il reviendrait?

– Non, Monsieur. M. Barzoli ne passe ici que de temps en temps. Je sais que son ami habite Chiang Mai mais je n'ai pas son téléphone...

C'est le moment d'y aller de ma petite obole. Ma main part dans la poche de ma veste, à la recherche d'un billet bleu de cinquante baths, venu tout droit du bureau de l'aéroport. Je le glisse dans la main du concierge qui s'est avancée par-dessus le comptoir.

– Aucune importance. L'ambassade américaine, c'est de quel côté?

L'employé aux clés d'argent m'accompagne sur le pas de la porte, me désigne Rama 1 Road tout illuminée.

– Vous longez Siam Square sur un mile, jusqu'à l'ambassade de Grande-Bretagne. Après, c'est sur la gauche.

Et comme il se confond en remerciements, l'esprit du lieu me pousse à ajouter :

– Son ami de Chiang Mai, ce n'est pas M. Benutti?

– Si, Monsieur. Un excellent client.

Il est dix-neuf heures vingt. La nuit est depuis longtemps tombée, et pourtant j'ai l'impression d'être en plein jour, sous la profusion du néon. Pas un coin d'ombre. De l'autre côté de Siam Square, les vitrines resplendissent d'objets de luxe, ou d'appareils photographiques.

L'hôtel *Erawan* est imprégné d'odeurs de jasmin et d'encens. Devant le sanctuaire du dieu Siva, d'innombrables mains anonymes ont déposé en guise de reconnaissance de minuscules éléphants de bois, semblables aux ex-voto des murs de Notre-Dame-de-la-Garde, à Marseille. Je coupe Rajdamri Road où les vendeurs ont amoncelé leurs trésors de guerre sur le trottoir. J'emprunte Wireless sur la gauche, découvre, un peu plus loin, un *Hilton* resplendissant de lumière. Je gagne le hall. Nixon bis est là, un journal à la main. Avec une tête pareille, ce ne doit pas être facile de passer inaperçu. Il est vrai qu'un *Supervisor*, ça commande des agents spéciaux. Comme Vieuchêne ses esclaves. A d'autres, donc, les filatures et les planques...

27.

Roulant au ralenti sur Huai Khao Road au volant d'une banale Honda couleur crème, Jo Benutti, les yeux masqués par des Ray-Ban fumées, a déjà repéré la silhouette trapue de Li Phuong. Le Karen fait les cent pas, visiblement nerveux, devant l'hôtel *Rincome.* Le coup de klaxon de Benutti le fait sursauter, mais il retrouve un semblant d'assurance pour s'engouffrer dans la voiture, à côté de son patron.

La Honda emprunte le boulevard extérieur, pour venir s'arrêter devant le temple Suan Dok dont la cour est hérissée de mausolées aux formes élancées. Immédiatement, Li Phuong a repéré une Buick stationnée à une distance respectable, occupée par un homme dont il ne peut distinguer les traits. Comme toujours, Monsieur Jo a pris ses précautions...

– Alors? questionne celui-ci après avoir coupé le moteur.

– On a un problème, *kap.* Votre neveu...

Le visage de Benutti se crispe.

– Qu'est-ce qui se passe encore!

– Il a fait des bêtises. Il a été arrêté par la police des frontières, à Mae Saï.

– C'est pas vrai, bon sang!

Le Karen déglutit péniblement.

– *Chaï, chaï...* Si, c'est vrai. Il... il a tué trois clients. On l'a transféré ici, à Chiang Mai, au commissariat central.

Abasourdi, Jo Benutti arrache ses lunettes et le fixe d'un regard meurtrier.

– Qu'est-ce que vous dites?

Li Phuong agite la tête pitoyablement.

– Je ne fais que vous répéter ce que mes ouvriers m'ont appris, *kap*! Tout ça, c'est de la faute du sumo japonais. Il a brutalisé un vieillard, et ça a provoqué la fureur des donneurs. Ils se sont jetés sur lui, l'ont assommé, étranglé, piétiné. Votre neveu a pris peur. Il a sorti une arme et il a tiré dans le tas. Tout le chargeur y est passé.

Li Phuong marque un temps d'arrêt comme s'il hésitait à poursuivre.

– Ce que je crains, dit-il enfin, c'est que votre neveu raconte tout ce qu'il sait à la police. Krung Sri n'est pas un tendre. Il a des méthodes bien à lui pour faire parler les gens. Krung Sri, c'est le commissaire qui a l'affaire en main.

– Gianni ne sait rien, dit sèchement Benutti en serrant le volant d'une rage à peine contenue. Ce n'est pas non plus un homme à se mettre à table.

– Oui, mais il est venu avec vous à Mae Hong Son. Il sait comment ça se passe. L'armée pourrait nous tomber dessus au moment de la récolte...

– On changera de coin, grommelle Benutti. Mais je croyais que vos Karens devaient lui servir de gardes du corps?

Li Phuong a un geste évasif.

– La rapidité de l'émeute les a surpris... Ils n'ont rien pu faire.

Benutti secoue la tête, remet ses lunettes et démarre. Derrière lui, la Buick se coule elle aussi dans le trafic, sans se laisser distancer.

– Merci de m'avoir prévenu, dit-il d'une voix lasse. Je vous ramène au *Rincome*?

– *Kaôp koun cap*, merci...

Tout au long du trajet, Jo Benutti ne desserre plus les dents, absorbé dans ses pensées. Gianni a-t-il vraiment les reins assez solides pour résister à l'isolement dans une prison thaïe, voire aux sévices de policiers peu scrupuleux? Impossible en tout cas de tenter la moindre intervention, même en faisant jouer ses relations. La récolte de Mae Hong Son vient à peine d'être terminée, et la came n'est pas encore en lieu sûr. Pour l'instant, il est impensable d'attirer l'attention sur ses activités...

Et même s'il parlait... Que sait-il, Gianni? Que Huey Ming a été abattu? Jamais il ne serait assez fou ou assez terrifié pour le révéler. Non... En Thaïlande, Gianni n'est que le gérant d'une entreprise de prélèvements sanguins parfaitement légale. Reste son passé européen.

– *Sawatdi...*

Benutti s'arrache à ses pensées. Li Phuong, un sourire forcé aux lèvres, incline à nouveau la tête.

– *Sawatdi, kap.*

– C'est ça, grommelle Benutti. Au revoir.

Le Karen sort de la Honda, referme obséquieusement la portière et s'éloigne, un peu trop vite.

Quel a réellement été son rôle dans cette obscure histoire d'émeute? Pourquoi a-t-elle vraiment éclaté? Pourquoi ses gardes du corps ne sont-ils pas intervenus?

Benutti hoche la tête, lâche un juron et démarre, après s'être assuré d'un coup d'œil dans le rétroviseur que la Buick de Castani le suit toujours.

Décidément, rien ne tourne rond pour lui, en ce moment. Deux jours plus tôt, Me Carlotti lui a dressé, à sa demande, un tableau complet des événements parisiens qui ont provoqué la fuite de Gianni, puis de Mathieu Barzoli. Mathieu, qu'il connaît depuis toujours, qu'il a formé, et qui perd la tête au premier coup dur pour jouer au massacre de la Saint-Valentin! Une planche pourrie, voilà ce qu'il est devenu, parce que la fille Marcus a survécu et qu'elle pourra témoigner. Si Mathieu rentre en France, la police finira bien par le coincer. Mais s'il reste en Thaïlande et que les flics français parviennent à prouver sa responsabilité dans cette stupide vague de meurtres, ne risque-t-on pas de remonter jusqu'à lui, Benutti?

***

Les cellules de détention provisoire du commissariat de Chiang Mai n'ont rien de réjouissant. On ne les fait pas visiter aux huiles judiciaires, toujours intéressées par les mesures de protection de la liberté individuelle. On ne les cite pas en exemple.

Au nombre de six, situées de part et d'autre d'un couloir qu'une lourde porte condamne, elles sont éclairées, *a giorno*, par un plafonnier cerclé de fer. Le bâtiment de trois étages faisait partie, autrefois, d'une muraille défensive contre les invasions chinoise et birmane. Ne sont restées que les fondations ancestrales qui ont été spécialement aménagées pour la conservation momentanée des délinquants. Une grille, aux barreaux à l'épreuve de toutes les scies du monde, permet d'accéder, dans chaque cage, aux grabats des prisonniers. Une odeur de moisi, de renfermé, emplit l'air ambiant malgré la présence d'une gaine centrale d'aération que protège une herse métallique, à demi dévorée par la rouille.

Depuis son arrestation, Gianni Lovera, enchaîné par les chevilles, attend sa comparution devant le commissaire Krung Sri, chef de la police des frontières. Pour l'instant, allongé sur sa paillasse, il regarde avec dégoût les trois autres Thaïs qui partagent sa cellule. L'un, jeune, le crâne rasé, les yeux baissés, se prépare à la mort. Il a été découvert en possession de deux kilos de morphine et doit être incessamment transféré devant les juges de Bangkok. Les lèvres à peine mobiles, il récite, dans son coin, les psaumes de contrition et de pénitence que lui dicte sa religion.

Un Karen dont le corps porte les traces des violences qu'il a endurées au cours de son interrogatoire, occupe la paillasse voisine. Il ne parle pas, ne gémit pas. Il observe. Gianni a constaté que rien des gestes et des habitudes des gardiens ne le laissait indifférent et il en a déduit que l'homme guettait l'occasion propice pour tenter l'éventuelle et improbable évasion. Il est difficile de lui donner un âge bien que le tatouage de son bras gauche, au-dessous d'un dragon ailé, mentionne « Saïgon 1949 ».

Le voisin immédiat de Gianni est un vieillard malodorant et édenté, au cerveau dérangé, enroulé dans de vieux lambeaux de soie jaune. De temps en temps, il se plante devant la grille, en équilibre sur un pied, les bras en croix, et murmure des paroles incohérentes à destination des invisibles gardiens. Puis il se met à courir dans la cellule, enjambant les paillasses, avant de tomber brutalement sur les genoux, implorant l'esprit protecteur de ses bras levés.

Gianni en arrive presque à regretter sa cellule de la prison des Baumettes. Sous ses yeux, au moins, s'étalaient les mamelons brûlés par le soleil des collines de Mazargues. Et ses compagnons de misère parlaient sa langue...

Ici, tout est sale, dur, dangereux. Ses vêtements sont souillés, déchirés. Son corps tout entier porte les marques d'un premier interrogatoire mené de façon particulièrement musclée par les policiers thaïs de la frontière. Et, bien sûr, sa montre et tous ses objets de valeur ont été « égarés »...

Gianni se redresse, s'assied puis, s'accrochant à un barreau de la grille, réussit à se mettre debout. Surpris, le vieillard le contemple, sa bouche ouverte laissant échapper un filet de bave.

Dans cette cave aux relents de pourriture, les minutes s'écoulent, angoissantes. Gianni ne peut que ressasser les mêmes pensées. Comment va-t-il pouvoir se sortir de ce bourbier? La menace qui pesait sur lui depuis son évasion s'est précisée. Ou bien on le garde ici, pour y être jugé sur une action dont il n'est pas responsable, ou bien il avoue sa véritable identité et il retrouve, par la voie de l'extradition, le chemin des prisons françaises. A moins que son oncle puisse intervenir. Est-il seulement informé de son arrestation?

En France, on ne peut retenir contre lui qu'une évasion avec violence. Cinq ans au grand maximum... Tandis qu'ici, dans ces pays où la vie compte si peu...

Il revient à sa paillasse, s'allonge. L'idée a fait son chemin. Gianni en est certain, à présent. Tout, plutôt que cette geôle infâme... Il faut se faire extrader vers la France. A tout prix... Bettina est libre, elle viendra le voir en prison en attendant sa libération. Et elle a de l'argent, elle le lui a dit plusieurs fois...

Une goutte d'eau suinte, au-dessus de sa tête, entre les moellons de la voûte couverts de salpêtre. « Si elle tombe sur ma main, je suis extradé, pense-t-il. Si elle passe à côté... » Il retient son souffle. La goutte glisse sur une aspérité, y laisse une marque brillante, la contourne, grossit et finalement se détache. Elle est tombée sur la couverture, à vingt centimètres de sa main ouverte. Gianni ferme les yeux. La chance n'est plus avec lui.

***

Jo Benutti est toujours lucide, même lorsqu'on l'arrache à sa sieste. En un clin d'œil, il émerge du sommeil pour décrocher le téléphone.

Prudent, il attend qu'une voix se déclare à l'autre bout du fil. Il n'est rassuré que lorsqu'il reconnaît l'accent chantant et la voix puissante de Barzoli. Un coup d'œil à sa montre lui apprend qu'il a sommeillé une bonne partie de l'après-midi.

– C'était pour te dire au revoir, dit Barzoli. Je rentre en France.

Un silence, lourd de sens. Puis la voix de Mathieu vibre à nouveau dans l'écouteur.

– Castani m'a appris l'arrestation de ton neveu. Ça sent mauvais, Jo. Je le connais bien, ce petit con de Gianni. Qu'est-ce qu'il a eu besoin de flinguer ces pauvres types?

Jo Benutti se retient de justesse, force sa voix à rester neutre.

– Pourquoi tu le traites de petit con, Mathieu?

– Parce qu'il fout la merde partout où il passe, Jo! Chez moi, quand tu m'as demandé de l'héberger après sa cavale, tu sais ce qu'il a fait, ton Gianni? Il a sauté ma femme. Voilà pourquoi elle s'est barrée, ma femme. Tu le savais, ça, ou tu le savais pas?

Extrait de quelques secondes de sombres méditations, Benutti répond sèchement.

– Me fais pas marrer, Mathieu. Il n'y a que le métro qui ne lui était pas passé dessus. Je croyais que tu avais les poulets aux fesses, en France?

Le souffle puissant de Barzoli lui parvient dans le combiné.

– Je ne les ai plus. Plus de plaideurs, plus de plaidoiries, comme dit Carlotti. Fini les accusations, les confrontations et tout le bazar...

– C'est-à-dire?

– Que j'ai fait le vide. J'ai fait nettoyer tout ce qui pouvait porter atteinte à mon honneur et à ma probité.

Impassible, avec seulement une méchante lueur dans le regard, Jo Benutti répète, très calme:

– C'est-à-dire?

– C'est-à-dire que la femme et la fille de Marcus sont parties chez saint Pierre pour ne pas faire de peine à saint Mathieu. Tu saisis? Et toi, si tu veux mon avis, tu devrais faire pareil. Mettre les bouts quelque temps. Parce que ton Gianni, ça m'étonnerait qu'il tienne le coup avec les perdreaux qui vont lui tomber sur le dos. Il faut savoir s'effacer, de temps en temps, pour mieux réapparaître ailleurs.

Jo Benutti blêmit mais réussit à maîtriser sa fureur. Douter de Gianni, c'est douter de lui-même. Qu'est-ce qu'il se croit, ce Mathieu qui lui doit sa fortune?

– Tu as raison, dit-il. Voilà ce que c'est de faire confiance aux jeunes. Ils manquent par trop d'expérience. Tu pars quand, alors?

– Demain soir. Les filles ont été liquidées il y a près de quinze jours, maintenant. Ça a dû se calmer. Et puis les flics ne peuvent rien contre moi. Ce n'est pas le cas pour ton neveu qui a été retapissé. Ils connaissent son vrai nom et ça me fout le trac. Il est capable de raconter que c'est moi qui l'ai fait casser du Marseille-Paris et qui lui ai filé des faux papiers!

Un silence puis:

– Je vais voir ce que je peux faire pour lui, Mathieu. Tu es où, en ce moment?

– Au *Siam Intercontinental*, mais ne m'appelle pas, il vaut mieux être prudent. Je téléphone de la poste. On ne sait jamais...

– On ne sait jamais, tu as raison. Bon retour, Mathieu.

***

A peine le combiné raccroché, le téléphone se met à grésiller. C'est cette fois la voix de Victor Castani qui résonne aux oreilles de Benutti.

– Qu'est-ce qu'il vous a raconté, Mathieu?

– Qu'il rentre demain en France. Pour le moment il passe la nuit au *Siam*.

Castani a du mal à dissimuler son trouble.

– Quel enfoiré! Ce n'est pas au *Siam* qu'il est. C'est à l'*Oriental*. Suite 427. Qu'est-ce que je fais?

– Rien, Victor. Puisque Mathieu veut vraiment nous quitter, je crois que je vais lui payer un beau voyage...

***

Le bureau de Ralph Colter fleure le jasmin. De la pièce de droite, on peut apercevoir, en ouvrant la fenêtre, le plus grand temple de Chiang Mai, le Phra Sing Luang, qui se dresse à l'abri de l'agitation et de la cacophonie de moteurs et d'avertisseurs de Singharaï Road. Les sculptures de ses portes dorées brillent sous les rayons obliques du soleil.

Le *Special Agent* Ralph Colter, un quadragénaire d'allure juvénile, a le visage couperosé sous des cheveux blonds et drus. Sa connaissance des mœurs et des idiomes des populations tribales le désignait tout naturellement pour informer son chef, le *Supervisor* Bellaby, des trafics de la région nord de la Thaïlande, le Triangle d'or, de Mae Hong Son à Chiang Kam, en passant par Tha Ton et Mae Saï.

Ralph Colter nous attendait à l'aéroport de la ville que l'on désigne ici sous le nom de « la Rose du Nord », dont une aire est réservée à la D.E.A. La porte de plexiglas à peine ouverte, j'ai sauté à terre, les cheveux en broussaille, le cœur en compote et la tête fracassée. Je me souviendrai longtemps de ma sautillante randonnée en hélicoptère, de Bangkok à Chiang Mai, à califourchon sur une nourrice de carburant, coincé derrière le pilote et l'imperturbable Bellaby. Mon âme de pionnier de l'espace s'est volatilisée au creux des trous d'air, dans le vacarme des rotors. Il n'y avait que deux casques pour assurer aux oreilles une protection efficace. J'étais l'intrus, je me devais donc d'abandonner le casque du copilote au distingué chef de l'expédition vers les contrées inconnues. J'ai survolé la ville flottante d'Ayuthaya, ses temples, ses lacs et ses rizières, puis Lo Buri, plus au nord, noyée dans le grenier à riz de la plaine centrale où les fermes à toit de chaume se dissimulent au milieu des bambous. Dans un louable excès de courtoisie, le pilote faisait du rase-mottes au-dessus de champs boueux, de vestiges de pagodes, de ruines envahies par une végétation exubérante. Des convois de bois de teck descendaient les rivières, des arbres à fleurs ombrageaient les maisons lacustres de Phitsanulock. Lampang jaillissait au fond d'une large vallée, avec ses carrioles tirées par des chevaux et ses temples birmans aux sept chapelles, une pour chaque jour de la semaine.

– Colter est un type formidable, m'avait dit Bellaby lors de notre dîner de la veille au *Hilton*. Je dois le voir demain pour l'affaire qui nous intéresse tous les deux. Si vous voulez être du voyage...

A Chiang Mai, le *Special Agent* régional nous attendait à notre descente de l'hélico. Vingt-cinq minutes plus tard, je faisais la connaissance de son bureau exotique et confortable.

Nous sacrifions au rite du thé tandis que le souffle d'air conditionné me caresse le visage en permanence. Les yeux lavande de Colter, vifs et mouvants sous les sourcils blonds, dénotent une connaissance des faits qui ne m'échappe pas. J'en déduis vite que son *Supervisor* lui a communiqué l'exposé de l'affaire que j'avais fait en dégustant le beignet de crevettes et le sauté de poulet aux noix de cajou du *Hilton*. A peine avais-je réintégré ma chambre du *Siam Intercontinental* que tous mes propos avaient dû être transmis.

Lorsque nous avons fini de savourer notre seconde tasse d'eau teintée en échangeant nos impressions sur le fonctionnement de nos polices respectives, Ralph Colter en vient aux faits.

– Il y a longtemps que nous avons localisé Benutti, dit-il. Il se déplace souvent, mais quand il est à Chiang Mai, j'ai sept agents uniquement chargés de surveiller son emploi du temps. Il y a quelques jours, l'un de ses hommes de main, un certain Victor Castani, a loué une Toyota à l'agence Thaï international de Don Muang. Il a restitué la voiture le lendemain à neuf heures et il s'est embarqué sur le vol de dix heures de la Thaï Airways, une compagnie intérieure, pour Chiang Mai. La Toyota avait parcouru trois cent vingt-deux kilomètres, soit un aller et retour de cent soixante kilomètres chacun. J'ai tracé un cercle autour de Bangkok, au compas. Avec un rayon de cette distance je n'ai pas trouvé beaucoup de villes intéressantes correspondant à un pareil circuit...

Bellaby se tourne vers moi, le visage grave.

– Coïncidence, ce même jour, à Pattaya, une station balnéaire très à la mode, une jeune femme a été étranglée, nue, dans son appartement. Meurtre banal en soi si mon agent de là-bas n'avait pas louché sur une des circulaires que j'expédie régulièrement de mon terminal aux services régionaux. Il a relevé le nom de Huey Ming. Continuez, Ralph...

Colter prend son temps avant de répondre. Il ramasse sur la table une courte pipe, la bourre avec soin.

– Ce Huey Ming était un collecteur de sang, poursuit-il. Il avait fait fortune à Mae Saï, à la pointe septentrionale de la Thaïlande, avant d'être assassiné. Votre compatriote, monsieur Borniche, un certain Jean-Baptiste Marceau, lui avait succédé depuis quelques jours et des transformations étaient en cours dans les locaux lorsque...

Il allume sa pipe, secoue la tête avec une lenteur d'homme prudent, savourant son effet, conscient de mon impatience.

– ... J'ai su par la police des frontières qu'une émeute avait eu lieu, fomentée par un groupe rival. Un employé, un sumo japonais, a été lynché par les donneurs de sang en furie et Marceau a fait usage de son arme pour se défendre. Il a été interpellé et se trouve en garde à vue au commissariat, ici, à Chiang Mai, pour y répondre de la mort de trois hommes. C'est le commissaire Krung Sri qui s'occupe du dossier avec l'aide d'un Indochinois qui lui sert d'interprète.

Je ne peux réprimer un geste d'impatience. Tout cela, je le sais déjà depuis notre dîner au *Hilton* avec Bellaby. Si je suis là en ce moment, c'est parce que les hommes de la D.E.A. connaissent aussi bien que moi la véritable identité du prétendu Jean-Baptiste Marceau, ainsi que ses liens de parenté avec Benutti ou les charges qui pèsent sur lui en France.

– Le commissaire Krung Sri sait-il qui est vraiment son prisonnier? demandé-je.

– On va le lui apprendre, dit Colter en laissant filtrer entre ses dents un mince filet de fumée.

– Mieux vaut attendre encore un peu...

Bellaby me jette un regard en coin, tout en se servant un autre thé glacé.

– Pourquoi?

– C'est simple. Il est enfermé dans un cachot, incapable de comprendre la langue de ses compagnons de cellule ni celle des policiers qui le gardent. Vous imaginez son état d'esprit?

Colter tète bruyamment le tuyau de sa pipe, puis émet une sorte de gloussement.

– Paniqué, sans aucun doute...

– Exactement. Laissons-le mariner encore quelque temps. Comme le commissaire Vieuchêne a dû vous le dire, nous pensons pouvoir « intoxiquer » suffisamment Gianni Lovera pour qu'il nous aide à coincer Mathieu Barzoli, son patron en France... Benutti, c'est votre affaire. A chacun sa cible, messieurs...

Bellaby approuve de la tête.

– Si vous coincez Barzoli, on aura une chance de parvenir jusqu'à Monsieur Jo lui-même... On va vous donner un coup de main, monsieur Borniche.

28.

Gianni frotte ses poignets endoloris. Les gardiens qui l'encadrent viennent de lui enlever les menottes. Est-ce l'odeur de moisi ou la vétusté des lieux qui fait frémir ses narines?

– Asseyez-vous, ordonne le commissaire Krung Sri en désignant le tabouret au centre de la cellule.

Le *Supervisor* Bellaby et l'interprète se tiennent un peu en retrait, silencieux.

– Votre nom? demande le policier thaï.

– Marceau. Jean-Baptiste Marceau.

– Age?

– Vingt-huit ans.

– Marié?

– Célibataire.

– Profession?

– Représentant.

– En quoi?

– Import-export, dit Gianni.

Il semble fier de ce mot magique et, du coup, cesse de masser ses poignets. Le commissaire Krung Sri, lui, n'a pas l'air convaincu du tout. Il arbore même un sourire franchement ironique. Ce qui ne l'empêche pas de noter avec soin les réponses, en fonctionnaire méticuleux. Les cendres de son cigarillo teintent de gris la feuille de papier administratif sur laquelle il inscrit des signes cabalistiques.

D'un revers de la main, le policier balaie les cendres, puis il relève la tête.

– Import-export de quoi?

– De tout, répond Gianni avec un aplomb superbe.

– Vous vous moquez, faites attention...

– Je ne me moque pas! J'achète des marchandises en France et je les revends ici, en Thaïlande.

Le regard de Gianni se porte sur Bellaby qui semble l'approuver, hochant la tête avec un flegme très anglo-saxon. Du coup, Gianni prend un peu plus d'assurance. Un sourire éclaire même une seconde son visage tuméfié. Mais le regard de Krung Sri a tôt fait de le remettre à sa place.

La voix du policier thaï nasille :

– A Mae Saï, vous achetiez quoi, et vous vendiez quoi? Des marchandises en contrebande? Des pierres précieuses? De l'opium? Vous résidiez où, avant de vous installer au village?

– Au *Siam Intercontinental.*

– Vous trafiquiez par correspondance?

Gianni secoue la tête énergiquement.

– Pas du tout. A Mae Saï, je m'occupais de la banque du sang. J'enregistrais le nombre de prises, je comptabilisais les flacons et je versais les fonds aux donneurs. Les laboratoires sont autorisés, en Thaïlande, non?

– Bien sûr! Sa Majesté décore elle-même, chaque année, le meilleur donneur. Mais il s'agit de laboratoires honnêtes, qui ont pignon sur rue, qui paient des impôts, qui emploient du personnel compétent! La baraque de Mae Saï vous appartient-elle?

Gianni se sent coincé. Il hésite quelques secondes avant de répondre.

– Elle m'a été confiée pour quelques jours, le temps d'apprendre le métier et de voir si je pourrais m'habituer à la région.

– Qui vous l'a confiée?

– Son propriétaire. Je visitais le village. Je m'étais arrêté devant la porte à croix verte, lorsqu'il est sorti. Nous avons sympathisé. Il m'a demandé si cela m'intéresserait de le remplacer, le temps d'un voyage en France. Il m'a promis de m'indemniser à son retour si ça ne me plaisait pas. Si, au contraire, je trouvais la profession agréable et rentable, il pourrait me confier le laboratoire en gérance libre, ce qui lui permettrait d'en créer un dans une autre région.

– Vous parlez thaï?

Gianni voit le piège.

– Le propriétaire parle français. Il m'a dit qu'il avait acheté le fonds de commerce à la veuve de son prédécesseur, qui voulait quitter le village.

Krung Sri continue à noter les réponses de Gianni, que lui transmet l'interprète.

– Vous avez son nom?

La réponse arrive, très vite :

– François Baggini. Un homme grand, maigre, les cheveux très bruns, le visage grêlé, une légère claudication, je crois.

– Il habite où, en ce moment?

Gianni a un moment de flottement. Si le flic passe au fichier le nom qu'il vient d'inventer, il s'apercevra vite de la supercherie. Quoique la guerre du Viêt-nam ait fait franchir la frontière à pas mal de mercenaires en rupture de ban... Baggini pourrait être un de ceux-là.

– Je l'ignore. A Mae Saï, il devait coucher derrière le laboratoire. Ses affaires personnelles y sont restées.

Le commissaire hoche la tête, sceptique.

– Les siennes ou celles du précédent propriétaire, M. Huey Ming, assassiné sur la route de Chiang Mai. Tombé dans une embuscade avec ses gardes du corps-infirmiers. On a récupéré son fourgon, les bonbonnes de sang pulvérisées, enlisé au bord d'une rivière. Et sa veuve vient d'être assassinée, elle aussi, dans son appartement de Pattaya-Beach.

La révélation met Gianni mal à l'aise. Benutti ne l'a pas mis au courant de ce meurtre... Il découvre soudain que Monsieur Jo a vraiment employé les grands moyens pour s'approprier le commerce de Mae Saï... Son regard se trouble lorsque le commissaire demande :

– Vous avez obtenu un visa de notre consulat parisien,

d'après le passeport qu'on a trouvé sur vous. Vous n'avez donc jamais eu d'ennuis avec la police?

Gianni s'efforce de maîtriser sa voix.

– Jamais. Sinon, on ne me l'aurait pas accordé. La police des frontières me l'aurait même supprimé.

Krung Sri secoue la tête.

– Je suis de la police des frontières. Je sais donc comment on les franchit sans passeport, côté birman et côté laotien... Je ne crois pas votre histoire, monsieur Marceau. Mais le problème n'est pas là. Il y a eu mort d'homme, et nous devons enquêter sur votre degré de culpabilité. S'il est établi que vous avez tiré en état de légitime défense, je vous libère. Sinon, la détention sera longue, très longue. Dans une prison qui n'a rien de comparable avec notre poste de police. Une prison où les pendaisons s'exécutent sous les yeux des détenus pour mieux leur donner le goût de dire la vérité.

Le regard de Gianni se trouble un peu plus. L'espace d'un instant, il se sent prêt à tout révéler sur son passé, à demander l'extradition, à avouer tout ce qu'on voudra... Mais les paroles de Krung Sri contenaient tout de même une note d'espoir. S'il est prouvé qu'il a agi en état de légitime défense...

– Deux questions encore, annonce Krung Sri tout en dessinant des ronds sur sa feuille. Quelles sont les raisons qui vous ont incité à venir dans notre pays? Quel motif avez-vous donné au consulat pour obtenir un visa de plus de quinze jours? Parce que nos lois sont formelles en matière d'immigration. Les passeports doivent être présentés au consulat accompagnés de trois photographies pour un visa touristique de soixante jours maximum. Il est impossible d'obtenir une prolongation sauf cas très spécial... Avez-vous remis ces trois photos à Paris?

Il ne paie pas de mine, ce petit flic aux yeux en amande, mais il pose des questions vicieuses. S'il lui prend l'idée de vérifier à Paris, la version de Gianni tombera. Mathieu n'avait certainement pas envisagé cette possibilité lorsqu'il lui a fait cadeau du faux passeport. Il ne faut surtout pas se laisser démonter.

– Bien sûr, affirme Gianni avec un aplomb que ne renierait pas un acteur consommé. J'ai fait faire les clichés avenue Kléber, près du Trocadéro, avant de les remettre à votre délégation de la rue Greuze. Ce sont vos compatriotes qui m'ont donné l'adresse du photographe.

Krung Sri enregistre, avec l'air désabusé du flic qui en a entendu d'autres. Il sort un nouveau cigarillo de sa poche, prend tout son temps pour l'allumer.

– Parfait, soupire-t-il en faisant semblant de relire ses notes. J'ai consigné votre déposition. J'espère qu'elle est sincère. Signez là, en bas de la page, à gauche...

Il tend son stylo à Gianni qui, la bouche soudain sèche, s'exécute. Le commissaire roule la feuille, la glisse dans un tube de carton, s'écarte pour permettre à Bellaby de prendre la parole.

– Je serai bref, dit le *Supervisor* dans un français excellent. Une toute, toute petite question toutefois. Où est Benutti?

Les yeux de Gianni s'écarquillent, exprimant l'ahurissement le plus complet.

– Benutti? demande-t-il. Qui est-ce, Benutti?

– Un monsieur qui se livre au trafic de l'opium sur une grande échelle. Originaire de Corse. Une île magnifique, la Corse, où tout le monde se connaît. Je pensais que vous aviez entendu parler de lui.

– Je ne vois vraiment pas ce que vous voulez dire.

Bellaby écarte la question d'un large geste de la main.

– N'en parlons plus. Cela n'a d'ailleurs qu'une importance relative... Vous l'auriez connu, vous auriez pu nous renseigner sur le labo d'héroïne qu'il tient vers Mae Hong Son. Sur ses dévoués collaborateurs, aussi. Un certain Li Phuong, un Karen... Est-ce que le nom de Mathieu Barzoli vous dit quelque chose?

Cette fois, Gianni ne peut s'empêcher de réagir, en entendant les noms prononcés par ce grand type flegmatique à l'accent traînant, qui polit ses ongles sur le revers de sa veste tandis que Krung Sri, lui, continue à prendre des notes, sur un petit carnet cette fois. Il cherche une échappatoire. Tout commence à se mêler dans son cerveau.

– Barzoli? Je ne vois pas...

– Merci, dit Bellaby. Ce sera tout pour moi. Je laisse le soin à un de vos compatriotes de vous en dire un peu plus.

Avec stupeur, Gianni constate que le commissaire thaï, l'Américain et l'interprète quittent la pièce où il reste seul en compagnie des deux gardes, sur la défensive. De quel compatriote le grand échalas a-t-il voulu parler? Il tend l'oreille, capte la rumeur d'une conversation dans le couloir. Qu'est-ce que tout cela signifie?

Lorsque je fais mon entrée dans la pièce, Gianni Lovera ouvre des yeux ronds, faisant un effort manifeste pour comprendre ce qu'un Français vient faire dans ce poste de police qui sent le cuir et la sueur.

Je m'assois sur la chaise, face à lui. Je cale posément mon dos contre le bois poli. Ce que Gianni ne peut savoir, c'est que j'ai enregistré ses réponses, assis dans le bureau des agents de la police frontalière. La mini-pastille, installée par Bellaby dans le lustre qui diffuse sa lumière verdâtre sur la table, m'a transmis fidèlement les nuances de son embarras.

Nous avons soigné notre plan, le commissaire Krung Sri, le *Supervisor* Bellaby et moi. Je ne devais intervenir que dans la phase finale, quand Gianni se serait enferré dans ses explications. Le coup de grâce, en quelque sorte!

J'ai en main les preuves de sa duplicité. Il ne me reste plus qu'à le confondre. Cela ne doit guère être difficile. La première question pourtant, c'est lui qui la pose, l'espoir dans la voix :

– Vous êtes un avocat envoyé par l'ambassade de France?

– Non, dis-je avec un mince sourire. Pourquoi?

– Parce qu'on m'a dit que, lorsqu'un Français était arrêté dans ces pays de dingues, l'ambassade était immédiatement prévenue. Je croyais...

Il paraît déçu. Puis il me dévisage, la garde haute.

– Vous êtes qui, alors? Depuis une heure, on me pose des tas de questions auxquelles je ne comprends rien!

On lui donnerait l'hostie sans confession, à Gianni. Sa voix chante le Midi que j'aime, la Corse en particulier. Je n'y ai que des amis.

– Un flic, dis-je. En congé sans solde et en promenade touristique forcée. Tu m'as singulièrement facilité la tâche, tu sais. Sans cette bienheureuse bagarre, je serais encore en train de te chercher.

Gianni ne s'attendait pas à cette entrée en matière. Il s'ébroue, amorce un mouvement de recul. J'enchaîne aussitôt, profitant de l'ouverture :

– On parle beaucoup de toi, à Paris. Un peu trop, à mon avis, mais les absents ont toujours tort, c'est connu. On parle de toi pour Marcus, pour Bettina, pour Sophie. Pour des tas d'autres choses, encore. En Italie, c'est pareil. Comme à Marseille. Moi, je n'ai fait que prendre le train en marche, quand tu l'as quitté. Tu vois ce que je veux dire?

J'observe sa réaction. Il déglutit péniblement, ses yeux fuyant les miens, mais il a encore le front d'esquiver.

– Je ne comprends pas votre charabia... Qu'est-ce que c'est que cette histoire de train?

Il récupère à une vitesse impressionnante, le salaud! La partie s'annonce moins facile que je ne l'avais prévu.

– Je t'explique. Comme dirait Coluche, c'est l'histoire d'un mec qui monte à Paris par le train de Marseille. Deux pandores l'accompagnent. Qu'est-ce qu'il fait, le mec, hein? Il va aux toilettes avec un gendarme et il l'assomme pour pouvoir se barrer. Pas mal, hein, comme histoire?

Il encaisse, imperturbable. Je poursuis, dans la foulée.

– ... A Paris, c'est pas facile de vivre quand on a les poulets aux fesses! Alors, pendant un bout de temps, il se planque. A Saint-Germain-des-Prés, au fond d'une cour. Un joli petit studio, au troisième étage de la rue Visconti, avec le téléphone et tout et tout. Après, pour se déplacer, il achète une moto... Une superbe Kawasaki blanche, qu'il gare dans la courette.

J'ai marqué des points. Gianni me semble quelque peu groggy. Je change de registre.

– Je ne vais pas continuer cette mauvaise imitation, dis-je, fixant sa gueule d'homme à femmes. On va parler sérieusement, si tu veux bien! Que tu racontes tes salades à la police thaïlandaise, qui d'ailleurs n'en croit pas un mot, passe encore. Mais pour moi il faut trouver autre chose. M'expliquer comment l'encaisseur de Milan a été abattu, comment Ferragi a été descendu rue Fontaine... Me parler aussi de ta rencontre avec Bettina. Elle était amoureuse de toi, Bettina. Au point de tirer un chèque sur le compte de son amant Marcus pour payer ton uniforme de motard! Je peux t'en donner le numéro. Toi aussi, tu étais un peu amoureux. Ça explique le télégramme que tu lui as adressé de Bangkok, signé de tes initiales, et je ne parle pas du coup de fil que tu lui as passé à son appartement de Naples...

Au fur et à mesure que je parle, un changement s'opère dans les traits de Gianni. Il ne faut plus grand-chose pour le faire basculer. J'adopte un ton paternel...

– Écoute bien, Jean-Baptiste Lovera. Pour le moment, tu es recherché pour hold-up, évasion avec violences, usage de faux papiers d'identité, pour les assassinats de Ferragi et de Marcus. Le meurtre de Bettina, bien que les gars de la P.J. pensent que tu avais toutes les raisons de supprimer un témoin gênant, ce n'est pas toi. Tu n'étais plus en France. Mais ça, ils ne le savent pas. Pourtant, la même arme a servi dans les trois cas.

L'œil a chaviré.

– Pourquoi vous me parlez de Bettina au passé?

Il est presque mûr pour se mettre à table. La faille dans un système de défense difficile à maintenir. Je connais trop de détails sur son compte. Je peux lui parler de ses parents, de sa tante de Nice, de sa fausse identité, de sa fausse adresse, de tous ces petits riens qui, savamment distillés, frappent à l'estomac et donnent l'impression que l'on en sait encore davantage.

– Parce qu'elle a été tuée... A deux pas de l'avenue Foch. Rue Duret, exactement. Un type en moto l'attendait. On a son signalement. Il a utilisé la même arme. L'Identité judiciaire est formelle. Il a aussi tenté d'étrangler Sophie Marcus.

Gianni n'est plus seulement pâle. Le voici livide.

– Ça alors, murmure-t-il comme pour lui-même.

Je jette un coup d'œil sur les gardiens qui ne

comprennent rien à notre conversation mais semblent fascinés par le changement brutal qui s'est opéré chez Gianni. Son désarroi est éloquent. Il me regarde comme si j'étais un extraterrestre.

– En congé ou pas, vous êtes quand même un flic? demande-t-il.

– Privé, je t'ai dit. Mais j'ai la possibilité de te faire sortir d'ici si tu me dis la vérité. Autrement...

– Autrement? balbutie-t-il.

– On va te laisser croupir dans une oubliette humide, sans lumière, avec pour tableau des exécutions rapides... On n'a pas l'air de plaisanter, dans le coin, avec les trafiquants de drogue...

Gianni m'interrompt vivement.

– Je n'y ai jamais touché!

– Peut-être. Mais il va falloir expliquer comment tu t'es intéressé à la banque de sang. Avec ou sans Benutti. Avec ou sans Barzoli... Qui est en Thaïlande, lui aussi. Nous en avons la preuve. Il a assisté à un combat de boxe l'autre soir, en compagnie de Benutti. Ils ont passé la nuit au *Siam Intercontinental*. Suppose que je raconte tous tes exploits aux autorités thaïlandaises? Tu es bon comme la romaine!

Gianni a perdu pied. Je le lis sur son visage. C'est surtout la mort de Bettina qui l'a touché de plein fouet. Je ne vais pas le lâcher pour autant.

– A qui appartenait l'arme que tu planquais dans ta sacoche de moto lorsque tu es allé au bois de Boulogne pour donner une leçon de conduite à Bettina?

Cette fois, il n'a plus le choix. Vient-il de comprendre que Bettina avait tout raconté? Pour s'en sortir, il est, lui aussi, obligé de parler. Sinon, il portera le chapeau pour les meurtres. C'est l'engrenage fatal.

Gianni baisse la tête, les doigts frémissent. Ce doit être un sacré tumulte, sous l'abondante chevelure.

– Vous me donnez votre parole que Bettina a été assassinée?

– Je te la donne, mais quelle preuve peux-tu avoir de ma bonne foi?

Il réfléchit quelques instants puis :

– Je vous crois, vu que tout ce que vous avez dit jusqu'à maintenant est exact. Il y a des détails que vous ne pouvez pas inventer, comme l'histoire du chèque qui a servi à payer la combinaison de motard...

Je rectifie :

– Les deux. La tienne et la sienne. Elle m'a aussi confié qu'elle t'avait prêté le boîtier de commande de son parking... Les flics ne sont pas des fakirs, Jean-Baptiste... Je te confirme qu'elle est morte. Bien morte. Tuée par des balles provenant de l'arme qui a abattu Ferragi et Marcus...

Encore quelques secondes de silence. Gianni relève la tête, demande :

– Vous vous appelez comment?

– Borniche.

– Vous avez le signalement de celui qui aurait abattu Bettina?

Je rectifie :

– Qui *a* abattu. Tu en auras les preuves lorsque tu seras extradé vers la France. Petit, trapu, d'après le témoignage d'une femme qui était sur sa terrasse, à l'angle de la rue Piccini. Une moto semblable à la tienne. Une Kawasaki blanche... dont on n'a pas relevé le numéro, c'est dommage.

Les lèvres se pincent. Une lueur mauvaise passe dans l'œil de Gianni.

– Il s'est même servi de ma moto, l'ordure, dit-il à mi-voix. Il l'aura voulu.

Un temps, une langue qui passe sur les lèvres desséchées, puis :

– Je vais tout vous dire, monsieur Borniche.

ÉPILOGUE

Je n'ai pas besoin d'une imagination de romancier pour me plonger dans l'univers des foies blonds, des cèpes et des truffes odorantes du pays de Cro-Magnon. Il me suffit d'ouvrir les yeux et les narines. Le décor de la rôtisserie est à l'image des auberges du Périgord qui fleurent la bonne cuisine, et où l'on vous reçoit comme un ami.

Vieuchêne, pour faire l'étalage de son génie et célébrer du même coup les prémices de la réconciliation policière, a eu l'idée de réserver une table d'angle, au premier étage de *La Périgourdine*, dont il est un client assidu. La vue sur la Seine, la place Saint-Michel et, de l'autre côté du vieux pont, sur le Palais de justice et le Quai des Orfèvres est imprenable. Avec, en toile de fond, la grandiose et harmonieuse architecture de Notre-Dame de Paris.

Les agapes se terminent. Le Gros pose sa serviette chiffonnée à la gauche de son assiette, se lève. Son regard parcourt l'ovale de la table, se pose un instant sur chaque convive pour le prendre à témoin de la déclaration solennelle qu'il s'apprête à lui assener. Les conversations ont chu dans la salle, frappées en plein vol. Figés devant l'aquarium géant, le maître d'hôtel et ses trois serveurs attendent. Un déjeuner de flics, ça intéresse toujours!

Moi, je connais par cœur ces ripailles, style quatrième République! Je sais comment ça commence et comment ça finit. Sanglé dans son costume bleu marine des grandes occasions, le Napoléon de la police se râcle la gorge. L'introduction va comporter les remerciements d'usage, la sérénade flatteuse au directeur de la police judiciaire qui a accepté l'invitation de son concurrent. Puis débutera la narration des événements, de l'assassinat de David Marcus à la mort de Bettina Calgirone. Je me doute bien que le Gros ne va pas s'attarder sur l'enquête de Moreux dont la main, au fond de sa poche, est sûrement en train de triturer un paquet de chewing-gum. Les yeux en équerre de Vérot, relégué en bout de table, feignent l'indifférence. Ils sont comme moi, Moreux et Vérot, les conférences-ronds de jambe les agacent. Vossel, lui, est aux anges et ses joues, sous l'effet du saint-estèphe, ont singulièrement rosi.

– Monsieur le directeur, messieurs...

Ça y est, c'est parti! Au rappel de sa qualité, le patron du Quai des Orfèvres que Vieuchêne a judicieusement placé en face de lui, soulève une paupière. Moreux ingurgite en vitesse une tablette de gomme et l'œil gauche de Vérot se cristallise sur la stature massive du narrateur.

– ... Je lève ma coupe au mérite de nos chers collègues. Avec une ténacité qui les honore, ils ont su dénouer les fils de l'intrigue Marcus et mettre une fin à la dangereuse activité de l'homme de main de Mathieu Barzoli. Grâce à vous, messieurs, le tueur Dominique Vincenza est sous les verrous.

Les verres s'élèvent, s'entrechoquent sans grand enthousiasme. J'ai beau avoir l'habitude des déclarations fracassantes de mon ex-patron, je suis toujours sidéré de son habileté à retourner les situations. Quand il partira à la retraite, nul doute que la Sûreté nationale perdra un de ses meilleurs prestidigitateurs.

Je ferme les paupières pour mieux me mettre dans l'ambiance, savourant l'interprétation très personnelle que donne mon ancien patron du meurtre du parking Foch, de l'identification de Gianni Lovera, du retour d'Italie de la superbe Bettina, de mon arrivée à Bangkok. Pas un mot, naturellement, sur la perquisition matinale et illégale au domicile clandestin du faux Jean-Baptiste Marceau. Silence également sur l'interminable chevauchée d'André Bouissou à l'*Hôtel des Vertus*. Il connaît son dossier, Vieuchêne. Il noie le poisson avec un art consommé.

– ... Comme vous, chers collègues, la police est ma passion. Elle me fait coucher tard et lever tôt. Je suis donc à mon bureau lorsque Borniche me joint au téléphone. Il est inquiet. Agir dans un pays inconnu, à la civilisation, aux mœurs et à la langue si différentes des nôtres n'est pas chose facile, croyez-le! D'autorité, je le branche sur Interpol qui, à son tour, le met en contact avec la D.E.A., le défunt *Narcotic's Bureau* si vous préférez. C'est un ancien de chez nous, Borniche. Mon devoir me commande de le soutenir.

Le Gros s'arrête, avale cul sec une coupe de Mumm pour s'affermir la voix. Il va reprendre le cours de sa démonstration, falsifiée à sa manière. Mais je décroche. Petit à petit, malgré moi, je suis revenu à Chiang Mai où, dans le bureau nauséabond du commissariat, un Gianni désemparé suppute ses chances de pouvoir échapper à la justice thaïlandaise.

***

– Je vais tout vous dire, monsieur Borniche.

La phrase libératrice vient d'être prononcée. Je retiens mon souffle, dans ce bureau étouffant qu'éclaire un lustre d'une lumière verdâtre et où le micro de Bellaby continue à jouer son rôle de mouchard.

Gianni fait durer le suspense. Rien n'a de goût plus amer que la vérité. Je plane dans un état second, pris par l'envie d'intervenir, d'en terminer rapidement, et la nécessité de mettre mes questions en veilleuse pour ne pas déranger la confession qui s'annonce. Je me sens tour à tour survolté et harassé de fatigue. Une tension nerveuse trop longtemps contenue.

Enfin, Gianni se décide :

– Le commissaire thaï m'a dit que, s'il était établi que je me trouvais en état de légitime défense, il me libérait. Vous y croyez, vous?

Aïe! Mes espoirs s'envolent. Il me faut redresser rapidement la barre, dissiper les illusions de Lovera sur un prétendu élargissement.

– J'en doute, dis-je. Et pour plusieurs raisons. D'abord, il faut la prouver, la légitime défense. Il y aura plus de témoins contre toi que pour. Mets-toi à leur place : tu as expédié trois des leurs au paradis des Esprits, ils ne vont pas te faire de cadeau! Comme les enquêtes, dans ces pays du bout du monde, ne doivent pas être vraiment rapides, je crains que tu restes des jours et des mois à croupir dans leurs culs-de-basse-fosse. Avec les risques de maladies, de vengeance qu'un long séjour comporte. Ensuite, la France te fera notifier une demande d'extradition. Pas de libération, donc, tu es bien d'accord? Eh bien, le temps passé ici en détention ne sera pas déduit de la peine que les tribunaux français sont susceptibles de t'infliger. Beaucoup d'années de perdues, Gianni. Par contre, si tu joues le jeu de la vérité, si tu es plus avec nous que contre nous, on peut agir au niveau des autorités gouvernementales du royaume. Elles verront d'un bon œil ton départ, persuadées que tu n'échapperas pas, en France, au châtiment. Une bouche de moins à nourrir, pour eux...

Dix secondes de silence traduisent bien l'embarras de Gianni.

– Et qui pourrait agir, en Thaïlande, pour me faire transférer?

– L'Américain que tu as vu tout à l'heure avant moi. C'est le chef de la section antidrogue. Il a presque tous les pouvoirs, dans ce pays.

– Je n'ai jamais touché à la drogue...

– Je sais. Mais ton oncle Benutti ne peut pas en dire autant.

Le visage se ferme, tout d'un coup. Je m'aperçois que j'ai fait fausse route. J'ai touché le point sensible.

– J'ignore ce que fait mon oncle. Et même si je le savais, je ne dirais rien contre lui. Jamais. C'est à la police de prouver ses actions illégales, s'il en commet. Pas à moi de le dénoncer...

J'en connais qui, devant leur magnétophone, doivent grincer des dents d'indignation.

– Laissons tomber ton oncle, dis-je. Mais que penses-tu de Barzoli qui, comme par hasard, se trouve, lui aussi, en Thaïlande?

Le visage se transforme. Les yeux deviennent durs. Gianni hoche la tête à deux reprises, les lèvres serrées.

– Une ordure...

L'air de rancune, de dégoût mêlé de fureur m'encourage à planter mes banderilles.

– Ce n'est pas nouveau, on sait ça depuis longtemps, dis-je d'un ton que je veux détaché. Tu étais au mieux avec lui, pourtant. Il est même venu rue Visconti avec son valet noir pour enlever ta moto...

– Pour la filer à Doumé. C'est lui, Doumé, le motard de la rue Duret. J'ai compris quand vous m'en avez parlé... C'est l'homme à tout faire de Mathieu. Pour Ferragi, c'est lui. Pour Marcus, c'est lui. Pour Bettina, c'est encore lui...

– Doumé?

– Dominique Vincenza. Il faisait équipe avec Bouissou. Lorsque Ferragi a été abattu pour une question de gros sous, ils étaient ensemble. C'est Doumé qui a emporté le flingue de Bouissou. Barzoli avait une dent contre Marcus. Il l'accusait de l'avoir volé à plusieurs reprises. Doumé a été chargé de l'exécuter. C'est une brute, Mathieu. Il bousillerait père et mère pour un franc. J'ai bien fait de lui baiser sa femme. Elle m'en a tellement raconté sur son compte! Il a quelques macchabées sur la conscience... Seulement, pour le piquer, c'est une autre histoire. Il a toujours l'alibi qu'il faut. Tiens, pour Marcus, par exemple, il n'était pas à Paris, ce salaud. Ce jour-là, vous le trouverez à Genève avec retour à Paris par le dernier vol de la Swissair. Après le meurtre.

– Pour Bettina, il était en instance de départ pour Bangkok, à Roissy...

Gianni a un haussement d'épaules.

– Évidemment. Remarquez, la moto lui appartenait puisqu'il m'avait avancé l'argent pour l'acheter et que je ne l'ai jamais remboursé. Il s'était occupé de l'immatriculation sous mon nom bidon de Marceau. Ma cavale ne me permettait pas d'aller remplir les papiers moi-même dans les bureaux de la préfecture de police.

Gianni se sent délivré d'un poids. Avec un soupir, il accepte la cigarette que je lui tends, et reste silencieux quelques secondes.

Mon cœur cogne d'émotion quand je fais bifurquer la conversation sur Doumé :

– Il vit à Paris, Vincenza?

La réponse arrive, très vite.

– Boulevard Gouvion-Saint-Cyr, à l'angle de la rue des Dardanelles. C'est pas difficile à trouver...

Le Gros, désirant ménager ses effets, marque une pause. Le silence est total. Le menton sur la poitrine, le directeur a du mal à garder les yeux ouverts, mais les quelques bribes du discours qu'il a captées dans sa demi-somnolence suffisent à le remettre en selle.

– C'est donc à ce moment-là, cher Vieuchêne, que vous nous avez loyalement passé l'information. Moreux et Vérot, qui ont travaillé la main dans la main, ont kidnappé Vincenza au petit matin. Un rustre. Ils n'ont pas compris comment il avait eu la sottise de garder par devers lui une arme compromettante. Vossel n'a eu aucune difficulté pour établir ses comparaisons. Comme on pouvait s'y attendre, Vincenza nie tout, bien entendu. Mais les charges recueillies contre lui sont telles qu'il est bon pour les Assises. Même sa Kawasaki garée dans la courette de l'immeuble a été saisie. L'immatriculation était toujours au nom de Marceau. Au fait, cher Vieuchêne, est-ce que vous l'avez toujours en point de mire, Benutti?

Le Gros sent le coup de griffe sous le propos.

– C'est la cible de toutes les polices, monsieur le directeur. Nous finirons bien un jour par faire un beau carton. J'ai toujours pensé que la roue de la fortune tournait plus vite que celle du moulin. Alors, je patiente... Si Mathieu Barzoli avait pu nous donner un coup de main, c'en était fini du règne de Benutti. Mais ce vendredi 13 n'était pas son jour de chance, à Barzoli.

Mathieu Barzoli renoue la ceinture de son peignoir de

soie. La glace de sa salle de bains de l'hôtel *Oriental* lui renvoie l'image d'un homme fatigué par des heures d'insomnie. Fatigué mais heureux, puisque les nouvelles qui lui sont parvenues, de nuit en raison du décalage horaire, l'ont définitivement rassuré. Doumé a su se montrer à la hauteur de la situation. Et l'avocat Carlotti a été formel. Jamais plus le cynique inspecteur Vérot ne pourra mettre son client en difficulté. « La plaidoirie cesse faute de plaideurs », a-t-il plaisanté, au bout du fil. Reste Bouissou, bien sûr, le troisième et dernier témoin. Mais Mathieu sait qu'il n'est pas homme à faire des révélations à qui que ce soit, surtout pas à Vérot dont il garde un souvenir cuisant. Encore moins à désirer être confronté à lui comme l'avaient presque souhaité ces deux écervelées de Bettina et de Sophie. Elles sont bien avancées, maintenant, d'avoir voulu jouer les auxiliaires de justice!

Devant le miroir, Mathieu se complaît à souligner, du doigt, les cernes de ses yeux. A caresser ses joues bleues de barbe. Il s'étire, bâille. En ouvrant les doubles rideaux, il reçoit en pleine face le soleil qui nimbe de lumière les rives de la Chayo Phraya. Des barges, lourdement chargées de riz, la proue au ras de l'eau, remontent la rivière au milieu d'une flottille d'embarcations de toutes tailles, de toutes formes et de toutes couleurs.

Au moment où il commence à se raser, on frappe à la porte. Il jette un coup d'œil à sa montre-bracelet posée sur le bord du lavabo : 8 heures 45 précises. Le service est rigoureux. Le valet d'étage entre, chargé d'un plateau sur lequel une théière voisine avec une assiettée d'œufs au bacon et une bouteille d'eau minérale.

L'employé empoche, avec un large sourire, le billet de cent baths que Mathieu est allé chercher dans la poche de son peignoir. Mathieu n'a plus mal à la tête. Il se sent même en forme. C'est une belle journée qui s'annonce. Le courrier d'Air France est à 19 heures, il a le temps de déjeuner et d'aller faire un peu de lèche-vitrine du côté de Yaàwarat Road, célèbre avenue où les boutiques d'or se comptent par centaines, accolées les unes aux autres, avec un détour au Marché des Voleurs.

En sifflotant, il s'attaque au rasage de l'autre joue.

Dès qu'on s'éloigne de l'embarcadère de l'*Oriental* quelque peu rafraîchi par la brise marine, c'est la fournaise. La Surawong Road suffoque dans les miasmes d'un soleil poussiéreux. Mathieu Barzoli transpire dans son costume de lin gris clair. Ses pieds souffrent dans les mocassins de toile écrue. Dans sa main gauche, un mouchoir de soie éponge sans cesse son front brûlant, humide.

Mathieu est un homme prudent. Il se méfie des pickpockets. Aussi, ses yeux balaient le terrain, comme des radars, derrière le verre teinté des lunettes. Tout à l'heure, en quittant l'*Oriental* il a inspecté les alentours avant de s'engager dans la Surawong, haut lieu des distractions. Il rase les boutiques, marque un temps d'arrêt devant celle d'un éleveur de serpents venimeux. Un employé malingre, aux pommettes émaciées, saisit un cobra royal long de plusieurs mètres et, tandis que la main gauche serre le cou du reptile, les deux doigts de la main droite pressent les sacs situés derrière les yeux afin de recueillir dans une soucoupe le précieux venin jaune.

De son pas pesant, Mathieu reprend sa marche. Le soleil projette sur le macadam les ombres géantes des buildings. Dans le ciel d'un bleu intense, des cerfs-volants évoluent au-dessus d'un terrain de sport, sous les yeux de spectateurs confortablement allongés sur des chaises longues. Mathieu stoppe à nouveau sa progression. Ce qui le préoccupe, à cet instant, c'est de savoir si le minuscule cerf-volant en forme de chauve-souris va pouvoir échapper au monstre de deux mètres que cinq adultes manœuvrent avec adresse. Mathieu connaît la règle du jeu. Sponsorisées par des sociétés commerciales et des ministères, les équipes s'affrontent dans un combat qui oppose les cerfs-volants mâles, les gros, aux femelles, les petits. Le but des gros est de s'emparer des petits, plus rapides, plus faciles à manœuvrer. Les paris vont bon train.

Pour une fois, Mathieu néglige d'observer la rue. Il ne voit pas le tube noir qui sort de la blouse d'un jeune cycliste qui s'est approché de lui. Une flamme suivie d'un claquement qui viole le silence de la rue. Tranquillement, le Thaï presse une seconde fois sur la détente.

La première balle a atteint Mathieu Barzoli à la nuque. Elle ressort par l'œil gauche, faisant éclater le verre sombre des lunettes. La deuxième balle frappe le dos, au niveau du cœur, au moment où Mathieu s'affaisse.

Le trafiquant tournoie, s'effondre, le visage ruisselant de sang.

Quand le policier thaï, son casque colonial aussi immaculé que son baudrier et ses gants, se risque à tacher le cuir fauve de ses brodequins dans la flaque sanguinolente qui s'étale sous le corps, le pouls de Mathieu a déjà cessé de battre.

Le Gros s'arrête. Il transpire. Il sort de sa poche un large mouchoir à carreaux, s'essuie le front. Le Mumm cuvée réservée où il puise des forces neuves n'est qu'un allié trompeur. Le directeur, alourdi par l'abondance des plats, somnole. Je contemple d'un œil las la mastication de Moreux, l'agitation permanente de Vérot qui consulte sa montre toutes les trente secondes. A quoi riment ces déjeuners-conférences qui se résument à l'éternel et inévitable monologue d'autosatisfaction?

Heureusement, la petite comédie humaine qui se joue devant moi, avec acteur principal et figurants, touche à sa fin. Quand Vieuchêne annoncera comment, grâce aux renseignements qu'il m'a fournis et que j'ai répercutés aux agents de la D.E.A., Gianni a obtenu son extradition vers la prison marseillaise des Baumettes, le rideau tombera.

Nous n'en sommes pas encore tout à fait là.

– Un mot pour terminer, messieurs, et je vous remercie d'avoir bien voulu vous rendre à mon invitation, reprend Vieuchêne après une courte pause. Il faut que nous fumions le calumet de la paix car rien n'est plus stupide que cette guéguerre des polices à laquelle nous nous livrons depuis des années. La société n'a rien à y gagner. Le cadavre de Li

Phuong a été découvert, égorgé, au pied d'un des énormes lions qui encadrent l'escalier abandonné du temple de Mae Hong Son, et Phan Loo, le trafiquant aux poupées, a préféré avaler une dose de strychnine lorsque la police des stupéfiants a fait une descente à l'improviste dans sa fabrique. Seul, notre cher Jo Benutti s'en tire bien. Il faut qu'il soit notre cible à tous. Encore une fois, merci, et à bientôt pour une nouvelle et efficace collaboration.

Un à un, nous quittons la salle de *La Périgourdine.* En cette journée printanière d'avril, la Seine s'étire, paresseuse, sous mes yeux.

– Que pensez-vous de mon laïus, Borniche? demande Vieuchêne dès que nos concurrents devenus associés nous ont serré la main pour reprendre la direction du Quai des Orfèvres.

Ce n'est pas le moment de le décevoir.

– Bien, très bien, patron. Vous avez seulement oublié de dire que Bouissou vient de prendre sept ans de réclusion pour l'assassinat de Ferragi et que les Italiens qui accusaient Lovera d'être l'auteur des coups de feu se sont rétractés. C'est tout juste s'il va prendre deux ans pour évasion...

Le Gros marque un temps d'arrêt sur la place Saint André-des-Arts.

– Je vous ai demandé ce que vous pensiez de mon laïus, dit-il. C'est ça qui m'intéresse, pas vos critiques.

– Je vous ai dit que c'était bien, patron. Surtout d'avoir proposé à la P.P. de travailler avec vous sur Benutti.

Vieuchêne se recule d'un pas, me regarde en dessous pour mieux juger de ma sincérité, se rapproche, l'air matois.

– Parce que vous croyez que je vais leur passer un tuyau, si j'en ai? Vous n'êtes plus dans le coup, mon petit Borniche! Ça fait trop longtemps que j'ai Benutti dans le collimateur pour leur laisser la moindre chance de me le souffler. Une cible pareille, on n'en rencontre pas tous les jours. Ni même une fois par génération!

Le 24 décembre 1983, dans une clinique de Passy, s'éteignait, victime d'un cancer généralisé, un malade dont la fiche d'entrée portait le nom de Marchand Hubert, 194, avenue Victor-Hugo à Paris XVIe.

Les empreintes digitales recueillies par l'Identité judiciaire établissaient qu'il s'agissait d'un nommé Joseph-Dominique Benutti.

Los Angeles, septembre 1987, mars 1988.

Cet ouvrage a été réalisé sur
Système Cameron
par la SOCIÉTÉ NOUVELLE FIRMIN-DIDOT
Mesnil-sur-l'Estrée
pour le compte de France Loisirs
le 12 juin 1990

Imprimé en France
Dépôt légal : février 1990
N° d'édition : 25088 - N° d'impression : 15041